I0829504

Ke Kāula
Kamaha‘o o ‘Oza

Also available
from Evertype
Pystrior Marthys Pow Òz
(in Cornish)
The Wonderful Wizard of Oz
(in English)
La Mirinda Sorĉisto de Oz
(in Esperanto)
La Marveloza Sorcisto di Oz
(in Ido)
Asarlaí Iontach Oz
(in Irish)
The Winnerfu Warlock o Oz
(in Scots)
evertype

EVERTYPE 2018

Paʻi ʻia na ka/*Published by*, Evertype, 19A Corso Street, Dundee, DD2 1DR, Kekokia/*Scotland*. *www.evertype.com*.

Poʻomanaʻo kumu/*Original title: The Wonderful Wizard of Oz* 1900. Kēia unuhi ʻana/*This translation* © 2018 Keao Ne-Smith. Kēia paʻi ʻana/*This edition* © 2018 Michael Everson. Ka paʻi mua ʻana ʻApelila 2018, Iune 2019/*First edition April 2018, June 2019*.

Loaʻa kekahi kope hoʻāhu o kēia puke na ka British Library mai. *A catalogue record for this book is available from the British Library.*

ISBN-10 1-78201-211-7
ISBN-13 978-1-78201-211-5

Hoʻonohonoho paʻi ʻia ma ka/*Typeset in* Coldstyle a me ka/*and* Denslow na/*by* Michael Everson. ʻIli puke/*Cover*: Michael Everson. Nā kiʻi/*Illustrations*: W. W. Denslow, 1900.

ʻŌLELO MUA.

I ke au ʻana o ka manawa, hahai nā moʻo kaʻao, nā moʻolelo, a me nā moʻo kupua i nā kamaliʻi, ʻoiai he hoihoi kamaliʻi o ka noʻonoʻo kūpono i nā moʻolelo kupaianaha, hoʻokāhāhā, a ʻoiaʻiʻo ʻole ke nalu iho. Piha ka hauʻoli me ka hoihoi o kamaliʻi i nā moʻolelo no nā wāhine hiʻu iʻa no muliwai o Wailuku, Hilo me Makaweli, Kauaʻi ā ʻoi aʻe i nā ʻano kaʻao ʻē aʻe a pau.

Eia naʻe, ʻo ke kaʻao, ka moʻo kaʻao, a me ka moʻolelo, he aha ka ʻokoʻa i loko o ka waihona noʻonoʻo o kamaliʻi? ʻOiai ua hiki mai ka manawa no kekahi kakaʻina moʻolelo kupaianaha hou i nele ai ke kupua kalakupua, ka peke, a me ke kupua ʻēheu, ma ko lākou mau ʻano maʻamau i manaʻo wale ʻia, a pēia pū nā hana hoʻokūnāhihi a ʻeʻehia no ke kiʻi ʻana e pepehi i haku ʻia e nā haku moʻolelo e aʻoaʻo ai i kekahi haʻawina kūoʻo loa. He lunaʻikehala nō ko ka hana hoʻonaʻauao o ke au hou; no laila, he puni nā kamaliʻi o kēia au i ka hoʻokāʻau i loko o ka moʻolelo kupaianaha me ke kāpae loa ʻia o nā hana kohu ʻole i loko o ke kaʻao.

Me ka noʻonoʻo pū i kēia mau manaʻo a pau, ua kākau ʻia ka moʻolelo, ʻo Ke Kāula Kamahaʻo o ʻOza e nanea ai kamaliʻi o kēia au, ʻo ia ka poʻe mea nui loa. He ake ua moʻolelo nei e kū i ke ʻano moʻo kaʻao o kēia au kahi i mālama ʻia ai ke kāhāhā me ka ʻoliʻoli a kāpae ʻia ka ʻehaʻeha me ke kūnāhihi ʻino.

L. FRANK BAUM

CHICAGO, ʻAPELILA 1900

Ho'ola'a 'ia kēia puke
i ku'u hoa maika'i a hoa pili
'ao'ao, 'o ia Ku'u Wahine

L.F.B.

PAPA KUHIKUHI.

Mokuna I.
Ka Makani
Ka'a Wiliwili.

NOHO ʻO DOROTEA MA KULA mauʻu nui o Kanesasa, me ʻAnakala Heneri, he mahi ʻai ʻo ia, a me ʻAnakē ʻEma, ʻo ia ka wahine a ka mahi ʻai. He liʻiliʻi ko lākou hale, ʻoiai ua pono e halihali ʻia mai ka papa lāʻau e kāpili ʻia ai ka hale ma luna o nā kaʻa halihali no nā mile he nui. He ʻehā nō paia, he papahele, a me ke kaupaku; hoʻokahi nō ia lumi, a he kapuahi kūkaehao nō ko kēia lumi no ke kuke ʻana, he waihona pā, he pākaukau, ʻekolu a ʻehā nō noho, a me nā pela moe. He moe nui ko ʻAnakala Heneri lāua me ʻAnakē ʻEma ma hoʻokahi kūʻono, a he moe liʻiliʻi nō ko Dorotea ma kekahi kūʻono. ʻAʻohe wahi keʻena waihona ma luna a ma lalo paha—koe he lua i ʻeli ʻia ai

ma ka honua, kāhea ʻia he lua pakele makani kaʻa wiliwili, kahi e peʻe ai ka ʻohana ke pā mai ka makani kaʻa wiliwili nunui me kona ikaika pū e luku ai i ka hale i mua ona. He puka hoʻopakele nō ko kēia lua ma waenakonu o ka papahele, ua kāpili ʻia kekahi alapiʻi e iho ai i lalo o kēia lua pōuliuli a hāiki.

I ke kū ʻana o Dorotea ma ka ʻīpuka me ka nānā pū ma ʻō a ʻō, ʻaʻohe āna wahi mea i ʻike ai, ʻo ke kula nui ākea wale nō, he lehu wale nō ka waihoʻoluʻu ma nā ʻaoʻao a pau. ʻAʻohe wahi kumulāʻau a hale paha e kukū ana ma ka ʻili laulā a ākea o kula e waiho mōlalelale ana ā hiki i ke ʻalihi lani ma kēlā a me kēia ʻaoʻao. Papā maila ka lā ā moʻa ʻokoʻa ihola ka honua i pau i ka palau ʻia, a he lehu pū ke kahua honua me nā ʻoā liʻiliʻi ma ʻō ma ʻaneʻi. ʻAʻole nō uliuli ka mauʻu, ua moʻa ke poʻo o nā lau mauʻu loloa ā like ka waihoʻoluʻu me nā wahi ʻē aʻe a pau. Ua pena ʻia ka hale ma mua, akā, ua puʻupuʻu pū ka pena e like me ka ʻōwela a pau pū i ka holoi ʻia e ka ua, a i kēia manawa, he lehu pū ka hale e like me nā mea ʻē aʻe a pau.

I ka hiki ʻana mai o ʻAnakē ʻEma e noho ai i laila, he wahine male ʻōpiopio a uʻi nō ʻo ia. Akā, ua hoʻololi nō hoʻi ka lā a me ka makani iā ia kekahi. Ua pau ka ʻōlino o kona mau maka a he kūoʻo a ʻāhinahina pū i kēia manawa; ua pau ka ʻula helohelo o kona mau pāpālina a me nā lehelehe, a ua ʻāhinahina pū nō i kēia manawa. Ua wīwī ʻōnāwali kona nānā ʻana a pau kona minoʻaka ʻana. I ka hiki ʻana mai o Dorotea iā ia he keiki makua ʻole, kau kona lima ma luna o kona puʻuwai me ka ʻuā pū nō no kona pūʻiwa i ka paʻē mai o ka ʻakaʻaka hauʻoli o Dorotea; a nānā akula ʻo ia i ua kaikamahine ala me ka mahalo pū i ka loaʻa o kekahi mea e ʻakaʻaka ai.

ʻAʻohe wahi ʻakaʻaka o ʻAnakala Heneri. Ikaika kona noke ʻana i ka hana mai kakahiaka ā pō ka lā a ʻaʻole loa ʻo ia kamaʻāina i ka ʻoliʻoli. Ua ʻāhinahina pū nō ʻo ia kekahi mai kona ʻumiʻumi loloa ā hiki i kona kāmaʻa puki kalakala, a he kūoʻo a ʻano kaumaha loa kona nānā ʻana, a kakaʻikahi loa kona walaʻau ʻana.

He ʻakaʻaka ʻo Dorotea iā Toto, a ʻaʻohe ona lilo he ʻāhinahina pū kona waihoʻoluʻu e like nā mea a pau ā puni ona. ʻAʻole ʻāhinahina ka waihoʻoluʻu o Toto; he ʻīlio liʻiliʻi a ʻeleʻele ʻo ia me ka huluhulu loloa a palupalu a me nā maka liʻiliʻi a ʻeleʻele nō hoʻi he hulali me ka hauʻoli ma kēlā me kēia ʻaoʻao o kona wahi ihu liʻiliʻi. Pāʻani ʻo Toto ā pō ka lā a pāʻani pū ʻo Dorotea me ia a ua nui kona aloha iā ia.

Akā nō naʻe, i kēia lā, ʻaʻole lāua i pāʻani pū. Ua noho ʻo ʻAnakala Heneri ma ka ʻanuʻu o mua o ka hale a nānā i ka lani me ka hopohopo pū, ua ʻoi aku kona ʻāhinahina ma mua o ka mea maʻamau. Ua kū ʻo Dorotea ma ka ʻīpuka me Toto pū nō ma kona mau lima, a nānā pū nō ʻo ia i ka lani. E holoi ana ʻo ʻAnakē ʻEma i nā pā.

Mai ke kūkulu ʻākau mai, lohe maila lākou i ka nākolo mai o ka makani, a ʻike akula ʻo ʻAnakala Heneri me Dorotea i ke kūlou ʻana o ka mauʻu loloa e like me ka ʻaleʻale nui ʻana o ke kai ma mua o ka ʻino e hiki mai ana. Kani honua maila ka hōkiokio ʻana o ke ea mai ke kūkulu hema mai, a i ka huli ʻana o ko lāua mau maka i kēlā ʻaoʻao, ʻike akula lāua i ka ʻaleʻale liʻiliʻi ʻana o ka mauʻu mai kēlā ʻaoʻao mai kekahi.

Kū honua ʻo ʻAnakala Heneri i luna.

"Ke hiki mai nei ka makani kaʻa wiliwili, e ʻEma," wahi āna i kāhea ai i kāna wahine. "E hele au e nānā i ka pūʻā pipi." A laila, holo akula ʻo ia i kahi o nā hale hoʻāhu kahi i mālama ʻia ai nā pipi me nā lio.

Hoʻokuʻu ihola ʻAnakē ʻEma i kāna hana a hiki maila i kahi o ka ʻīpuka. Hoʻokahi wale nō leha ʻana o ka maka a ʻike maopopo aʻela ʻo ia i ke koʻikoʻi o ka ʻino e kokoke mai ana.

"Dorotea, ʻeleu!" wahi āna i ʻuā ai. "Holo i ke keʻena ma lalo!"

Lele akula ʻo Toto i waho o nā lima o Dorotea a peʻe ma lalo o ka moe, a hoʻomaka akula ke kaikamahine e hele e kiʻi iā ia. Me kona makaʻu loa pū, wehe aʻela ʻo ʻAnakē ʻEma i ka puka hoʻopakele ma ka papahele a iho akula i lalo o ke alapiʻi i loko o ka lua pouli a liʻiliʻi. ʻAkahi nō a hopu akula ʻo Dorotea iā Toto a hoʻomaka akula e hahai i kona ʻanakē. Ma kahi hapalua o ka holo ā kēlā ʻaoʻao o ka lumi, hao honua maila ka ʻuī ikaika ʻino o ka makani, a nui ka huki ʻana o ka hale, a no ka ikaika loa, ua palahuli ʻo ia a noho honua ʻo ia i lalo ma ka papahele.

A laila, he ʻano ʻē loa ka hana.

Ua niniu ka hale ʻelua a ʻekolu paha manawa a hoʻomaka ihola e lewa i luna ma ka lewa. Manaʻo ihola ʻo Dorotea e lewa ana ʻo ia i luna o kekahi pāluna.

Ua hālāwai ka makani no ka ʻākau a me ka hema ma kahi e kū ana ka hale, a ua lilo ia wahi ʻo waenakonu o ka

Ua hopu ʻo ia iā Toto ma kona pepeiao.

makani kaʻa wiliwili. Aia ma waenakonu o ka makani kaʻa wiliwili, ʻo ka mea maʻamau, he kū mālie ke ea, akā, no ka ikaika loa o ke kaomi ʻana o ka makani ma nā ʻaoʻao a pau o ka hale, hāpai ʻia ka hale i luna a i luna loa ā hiki akula iā luna loa o ka makani kaʻa wiliwili; a i laila kahi e waiho ai a halihali ʻia ā mamao he mau mile nō me ka maʻalahi loa e like me kou halihali ʻana i ka hulu manu.

Ua nui nō ka pouli, a uō nui loa maila ka makani ā puni ona, akā, ua ʻike ʻo Dorotea e kau ana nō ʻo ia me ka maʻalahi nō. A hala aʻela ka niniu ʻana he mau manawa a me ka hiō pū ʻana nō hoʻi hoʻokahi manawa, manaʻo ihola ʻo ia me he mea lā e hoʻopaipai mālie ʻia ana ʻo ia e like me kekahi pēpē ma luna o kona moe paipai.

ʻAʻole i makemake ʻo Toto. Holoholo kikī aʻela ʻo ia ā puni ka lumi, holokē ma ʻō a holokē ma ʻaneʻi me ka ʻaoa pū me ka ikaika; akā, noho mālie ihola ʻo Dorotea ma ka papahele a kali ihola e ʻike ai i ka mea e hiki mai ana.

Hoʻokahi manawa, ua kokoke loa ʻo Toto i ka puka hoʻopakele i hāmama pū, a hāʻule nō i loko; ʻo ka manaʻo mua o ke kaikamahine, ua lilo loa ʻo ia ala. Akā, ʻaʻole i liʻuliʻu a ʻike aʻela ʻo ia i hoʻokahi o kona mau pepeiao e ʻōkū ana i luna ma loko mai o ka lua, no ka mea, na ke kaomi ikaika o ka makani i hāpai iā ia i ʻole ʻo ia e hāʻule maoli. Kolo akula ke kaikamahine i kahi o ka lua, a hopu akula iā Toto ma kona pepeiao, a alakō akula iā ia i loko o ka lumi, a pani ʻo ia i ka puka hoʻopakele i ʻole e loaʻa ai i ka ulia.

Ua hala aʻela nā hola, a emi pū ihola ka makaʻu o Dorotea; akā, ua mehameha nō hoʻi ʻo ia, a no ka ikaika loa o ka hū ʻana o ka makani ā puni ona, ua ʻaneʻane e kuli pū kona pepeiao. Ua haʻohaʻo ihola ʻo ia inā e ʻōpā pū ʻia ʻo ia ke hāʻule hou ka hale i lalo; akā, i ka hala ʻana o nā hola me ka ʻole o ka pilikia, ua hele ā pau kona kānalua a hoʻoholo ihola ʻo ia e kali mālie a ʻike i ka mea e hiki mai ana. ʻAkahi nō ʻo ia a kolo aku ma luna o ka papahele e holu ana ā hiki i kona moe a moe ma luna; a hahai akula ʻo Toto a moe pū ihola ma kona ʻaoʻao.

Me ka holu ʻana nō o ka hale a me ka hū pū ʻana nō hoʻi o ka makani, ʻaʻole liʻuliʻu a pani pū ʻo Dorotea i kona mau maka a lilo ihola i ka hiamoe ʻokoʻa.

Mokuna II.
Ka Hālāwai ʻana
me nā Menekini.

Pū‘iwa

‘INO KONA ALA ‘ANA, HE ‘EMO ‘OLE
nō a ikaika loa ka nei ‘ana, inā
‘a‘ole ‘o Dorotea e moe ana ma luna o ka
pela moe palupalu, he ‘eha nō paha ‘o ia. Ua
kā‘ili ‘ia iho kona aho no ka huki ‘ino a ha‘oha‘o ihola ‘o
ia i ka mea i hana ‘ia ai; hō‘ō ‘o Toto i kona ihu hu‘ihu‘i a
li‘ili‘i i loko o kona maka a honihoni ihola ma ke ‘ano
kānalua. Noho a‘ela ‘o Dorotea i luna a ‘ike akula ua pau
ka ‘oni o ka hale; ‘a‘ole i pouli pū, a ua pā mai ka
mālamalama o ka lā ma ka pukaaniani ā piha ka lumi.
Lele a‘ela ‘o ia mai luna aku o kona moe, a me Toto nō
ma kona mau ku‘eku‘e wāwae, holo akula ‘o ia a wehe i
ka puka.

ʻUā aʻela ke kaikamahine liʻiliʻi me ke kāhāhā pū a nānā akula ma ʻō a ma ʻō, e ulu ana ka ʻaʻā o kona mau maka i kāna mea kamahaʻo loa i ʻike ai.

Ua kau mālie pono ihola ka makani kaʻa wiliwili i ka hale i lalo—ma kona ʻano nō he makani kaʻa wiliwili—e waiho ana ma kekahi ʻāina nani kamahaʻo loa. He ʻāina mauʻu nani loa nō mai kekahi ʻaoʻao ā kekahi ʻaoʻao, me nā kumulāʻau hiehie nō e huahua ana i nā hua ʻai momona a ʻono loa. He mau ōpū pua nani a uluwehi nō hoʻi ma nā wahi a pau, a e kani ana ka leo o nā manu he kakaʻikahi ka ʻike ʻia o nā waihoʻoluʻu a me ka ʻālohilohi o ka hulu, a e lelele ana hoʻi ma luna o nā kumulāʻau a me nā laʻalāʻau. Aia ma kahi ʻaʻole mamao loa kekahi kahawai liʻiliʻi e kahe ana ma waena o nā kapa hāuliuli, ua hulali a nahenahe ka halulu ʻana, i ka pepeiao o kekahi kaikamahine i noho lōʻihi loa ai ma nā kula ʻōneanea a lehu.

Iā ia e kū ana me ka nānā pū me ka pīhoihoi nui i nā mea ʻano ʻē a nani loa e nānā ai, ʻike akula ʻo ia i kekahi pūʻulu poʻe, ʻo ia ka poʻe ʻano ʻē loa āna i ʻike ai i kona ola ʻana, e kokoke mai ana lākou i kahi ona. ʻAʻole lākou i nui e like me nā kānaka mākua āna i maʻa ai i ka ʻike aku; akā, ʻaʻole nō naʻe lākou pōkole loa kekahi. ʻO ka pololei, ua ʻano kū like ko lākou lōʻihi me ua Dorotea nei nō, a he keiki ʻano lōʻihi kūpono nō ʻo ia no kona pae makahiki, eia naʻe, ma ka nānā aku, he poʻe ʻelemākule maoli nō lākou.

He ʻekolu kāne me hoʻokahi wahine, a he ʻano ʻē ka lole o lākou a pau. E pāpale ana lākou i nā pāpale poepoe a he winiwini ma ke poʻo hoʻokahi kapuaʻi ka lōʻihi ma luna aʻe o ko lākou mau poʻo, a he mau pele liʻiliʻi nō ā puni ka pale e kanikē ana i ko lākou ʻoni ʻana. He uliuli ka waihoʻoluʻu o nā pāpale o nā kāne; he keʻokeʻo ka pāpale o ka wahine pōkole, a e komo ana ʻo ia i ka lole wahine keʻokeʻo e luhe ana nā pelu mai kona mau po‘ohiwi mai. Aia ma ‘ō ma ‘ane‘i o kona lole nā hōkū li‘ili‘i e hūlalilali ana i ka lā e like me nā kaimana. E komo ana nā kāne i ka lole uliuli, ua like ka ikaika o ka uliuli me ko lākou mau pāpale, a e komo pū ana lākou i nā kāma‘a puki i ho‘ohinuhinu nui ‘ia ai, ua ‘ōwili ‘ia ma ka‘e ma luna a he uliuli ikaika ka ‘ōwili. Mana‘o ihola ‘o Dorotea ua pae nō paha lākou iā ‘Anakala Heneri, ‘oiai he ‘umi‘umi nō ko ‘elua o lākou. Akā na‘e, ua akāka i kona ‘ike ‘ana ua luahine nui aku nō ka wahine i nā kāne. Pa‘apū kona maka i ka minomino, a ua ‘ane ke‘oke‘o pū kona lauoho, a ‘ano ‘o‘ole‘a nō ho‘i kona hele wāwae ‘ana.

I ke kokoke ‘ana mai nei o kēia po‘e i kahi o ka hale kahi e kū ana ‘o Dorotea ma ka ‘īpuka, ua kū mālie iki ihola lākou a hāwanawana li‘ili‘i ihola ma waena o lākou, me he mea lā ua maka‘u lākou i ke kokoke hou ‘ana mai. Akā, ua hiki mai ka luahine pōkole i kahi o Dorotea a kūlou ha‘aha‘a maila nō a ‘ī maila ma ka leo nahenahe loa:

“Welina ke aloha, e ka Wahine Ho‘okalakupua maika‘i, ma ka ‘āina o nā Menekini. Ua piha ko mākou ho‘omaika‘i iā ‘oe no kou pepehi ‘ana i ka Uiti ‘Ino o ka Hikina ā make, a no ka ho‘o-pakele ‘ana mai i ko mākou lāhui kanaka i ka noho kua-pa‘a ‘ana.”

Ua ho‘olohe ‘o Dorotea i kēia ha‘i‘ōlelo me ka ha‘oha‘o pū. He aha nō ho‘i ka mana‘o o kēia wahine li‘ili‘i ma kona kāhea ‘ana iā ia he wahine ho‘okalakupua, me ka ‘ōlelo pū mai ua pepehi 'o ia i ka Uiti 'Ino o ka Hikina? He kaikamahine 'ōpiopio hala 'ole a make'e maluhia 'o ia i hāpai 'ia a'ela e kekahi makani ka'a wiliwili i nā mile he nui mai kona home aku; a 'a'ohe nō ona pepehi i kekahi mea ma mua i kona ola holo'oko'a.

Akā, ua 'upu nō paha kēia wahine li'ili'i i ka pane mai o Dorotea; no laila, ho'opuka akula 'o ia, me ke ku'ihē pū nō, "He nui loa nō kou 'olu'olu, akā, he kuhi hewa nō paha kāu. 'A'ole nō au i pepehi i kekahi mea."

"Akā, pēlā nō ka hana a kou hale, 'eā," wahi a ka luahine li'ili'i i pane ai me ka 'aka'aka pū, "a 'o ia hopena like nō. E nānā 'oe!" wahi āna i ho'omau ai me ke kuhi pū aku i ke kihi o ka hale. "Aia lā kona mau wāwae 'elua, ke 'oi'oi maila nō mai lalo mai o kekahi 'āpana lā'au."

Ua nānā akula 'o Dorotea, a kani iki ihola kona 'uā i ka maka'u. Aia ma laila 'i'o nō ma lalo o ke kihi o ke kaola nui o ka hale kahi i kau ai ka hale, e 'oi'oi mai ana 'elua mau wāwae i waho, e komo ana i nā kāma'a kālā hinuhinu me nā manamana wāwae winiwini.

'Uā maila 'o Dorotea, "Auē nō ho'i ē! Auē nō ho'i ē!" a pū'ili pū ihola kona mau lima no ka pū'iwa palena 'ole. "Hā'ule

"O au ka Uiti o ka ʻĀkau."

maila nō paha ka hale ma luna ona. He aha nō ho‘i kā kākou hana?”

‘Ī maila ka luahine li‘ili‘i ma ke ‘ano mālie, “‘A‘ohe nō mea e hana ai.”

Nīnau akula ‘o Dorotea, “A ‘o wai lā ‘o ia?”

“‘O ia akula ka Uiti ‘Ino o ka Hikina, e like me ka‘u ma mua aku nei,” wahi a ka wahine li‘ili‘i i pane ai. “Ho‘opa‘a mai nei ‘o ia ala i ka lāhui Menekini i ka noho kuapa‘a no nā makahiki he nui nō, ho‘ohana nō ‘o ia iā lākou ma ke ‘ano kauā kuapa‘a i ka pō me ke ao. I kēia manawa, ua ho‘oku‘u ‘oko‘a ‘ia lākou, a he ho‘omaika‘i lākou iā ‘oe no kāu hana lokomaika‘i.”

Nīele akula ‘o Dorotea, “‘O wai ka lāhui Menekini?”

“‘O ia ka lāhui kanaka e noho nei ma kēia ‘āina o ka Hikina, kahi i noho ali‘i ai ka Uiti ‘Ino.”

“He Menekini nō ‘oe?” i nīele ai ‘o Dorotea.

“‘A‘ole, akā, ‘o au ko lākou hoaloha, a he noho au ma ka ‘āina ma ka ‘Ākau. I ko lākou ‘ike ‘ana i ka waiho make ‘ana o ka Uiti o ka Hikina, ua ho‘ouna mai nā Menekini i kekahi ‘elele māmā ia‘u, a hiki koke maila nō au. ‘O au ka Uiti o ka ‘Ākau.”

“Auē!” wahi a Dorotea. “He uiti maoli nō ‘oe?”

“‘Ae, ‘oia‘i‘o nō,” wahi a ka luahine li‘ili‘i. “Akā, he uiti maika‘i nō au, a aloha nā kānaka ia‘u. ‘A‘ole nō like ka nui o ko‘u mana me ka Uiti ‘Ino i noho ali‘i ai ma ‘ane‘i, inā ‘a‘ole pēlā, na‘u nō ho‘oku‘u aku iā lākou no‘u iho nō.”

‘Ī akula ke kaikamahine, “Akā, ua mana‘o nō au he ‘ino nō ho‘i nā uiti a pau,” ua ‘ano pi‘i kona maka‘u i ka ‘alo ‘ana i kekahi uiti maoli. “‘Ō, ‘a‘ole, hewa loa kēnā kuhi. He ‘ehā wale nō mau uiti mai kekahi pe‘a ā kekahi pe‘a o ka ‘Āina ‘o ‘Oza, a he maika‘i ‘elua o nā uiti, ‘o ia ka mea e noho nei ma ka ‘Ākau a me ka Hema. Ua ‘ike nō au he

ʻoiaʻiʻo kēia, ʻoiai ʻo au nei kekahi o lāua, ʻaʻole hiki ke hoʻohewahewa. ʻO nā uiti ʻelua koe i noho ai ma ka Hikina a me ke Komohana, he ʻinoʻino maoli nō; akā, me kou pepehi ʻana nō i hoʻokahi o lāua, he hoʻokahi wale nō Uiti ʻInoʻino i koe ma ka ʻāina holoʻokoʻa o ʻOza—ʻo ia ka mea e noho nei ma ke Komohana."

A hala kekahi manawa pōkole e noʻonoʻo iho ai, ʻī akula Dorotea, "Akā, mea maila ʻAnakē ʻEma ua e kala loa i make ai nā uiti a pau."

"ʻO wai ʻo ʻAnakē ʻEma?" wahi a ka luahine liʻiliʻi i nīele ai.

"ʻO ia koʻu ʻanakē e noho nei i Kanesasa, kahi i hiki mai nei au."

Me he mea lā e noʻonoʻo ana ka Uiti o ka ʻĀkau no kahi manawa pōkole, me kona poʻo e kūlou ana a me ka nānā pū i ka honua. A laila, ea hou maila kona poʻo a ʻī maila, "ʻAʻohe oʻu maopopo i kahi o Kanesasa, no ka mea, ʻaʻole nō au i lohe no ua ʻāina lā ma mua. Akā, e haʻi mai ʻoe, he ʻāina naʻauao nō ia?"

Pane akula ʻo Dorotea, "ʻAe, ʻoia nō."

"Inā pēlā, ʻo ia nō ke kumu. Ma nā ʻāina naʻauao, manaʻo au ʻaʻohe wahi uiti i koe, ʻaʻohe kahuna hoʻokala-kupua, ʻaʻohe kahuna ʻanāʻanā, ʻaʻohe mea hana hoʻo-kalakupua. Akā, ke ʻike nei nō ʻoe, ʻaʻole i hoʻonaʻauao ʻia ka ʻĀina ʻo ʻOza, ʻoiai ua hōʻoki ʻia maila mākou mai nā ʻāina ʻē aʻe a pau o ka honua. No laila, ua oia mau nō ko mākou mau kāhuna hoʻokalakupua wāhine me nā kāne."

Nīnau akula ʻo Dorotea, "ʻO wai nā kāhuna hoʻokala-kupua?"

Pane maila ka Uiti, "ʻO ʻOza nō hoʻi ke Kāula Nui," emi maila kona leo he leo hāwanawana wale nō. "Ua ʻoi aku

kona mana ma mua o mākou
a pau i hui ʻia ai. Noho ʻo ia
ma ke Kaona Nui ʻEmelala.”

Ua manaʻo ʻo Dorotea e
nīnau i kekahi nīnau hou
aku, akā, ma ia manawa nō,
ma hope o ko lākou kū mālie
ʻana ma ka ʻaoʻao me ka
hāmau pū, ʻo ka ʻuā ikaika
maila nō ia o nā Menekini a
kēnā akula ko lākou mau
manamana lima i ke kihi o
ka hale, kahi e moe ana ka
Uiti ʻIno ma mua.

“He aha?” wahi a ka luahine i
nīele akula, a nānā akula nō ʻo ia a
hoʻomaka maila e ʻakaʻaka. Ua pau
ka ʻike ʻia o nā wāwae o ka Uiti make, a ʻaʻohe wahi mea i
koe, koe nā kāmaʻa kālā hinuhinu.

Hoʻākāka maila ka Uiti o ka ʻĀkau, “Ua hopena
luahine nō ʻo ia, a no ka hopena luahine loa, ua hele ā maloʻo
hikiwawe ʻo ia i ka lā. Ua pau loa nō ʻo ia. Akā, lilo nā
kāmaʻa kālā nou, a nāu e komo.” Kūlou ihola ʻo ia i lalo a
kiʻi i nā kāmaʻa, a ma hope o ka hoʻoluli ʻana ā pau ke ehu
lepo, hāʻawi akula ʻo ia i nā kāmaʻa iā Dorotea.

“Ua nui nō ka haʻaheo o ka Uiti o ka Hikina i kēnā
mau kāmaʻa kālā,” wahi a hoʻokahi o nā Menekini, “a ua
kau ka mana o kekahi pule kalokalo ma luna o ia mea; akā,
he aha lā ke ʻano, ʻaʻohe loa o mākou ʻike.”

Ua halihali ʻo Dorotea i nā kāmaʻa i loko o ka hale a
kau akula ma luna o ka pākaukau. A laila, puka hou maila
ʻo ia i waho i kahi o nā Menekini a ʻī akula:

"Nui loa koʻu ʻiʻini e hoʻi i kahi o koʻu ʻanakē me koʻu ʻanakala, he nui nō paha ko lāua hopohopo noʻu. E ʻoluʻolu, e kōkua mai iaʻu i ka huli ʻana i ke ala e hoʻi ai?"

ʻO ka hana mua a ka Uiti a me nā Menekini, ʻo ia ka nānā pū kekahi i kekahi, a laila, nānā maila iā Dorotea, a luliluli ihola ko lākou mau poʻo.

ʻĪ maila hoʻokahi, "Ma ka Hikina, ʻaʻole mamao mai neʻi aku, loʻa kekahi panoa nui, ʻaʻohe ola o kekahi kanaka i ke kaha ʻana ā puka ma kekahi ʻaoʻao."

"Like pū ma ka Hema," wahi a kekahi, "ua hele nō au a ʻike. Ai ma ka Hema ka ʻāina o ka lāhui Kualini."

ʻĪ maila ke kolu o ke kanaka, "ʻŌlelo ʻia ua like pū nō ma ke Komohana. A ai ma kēlā ʻāina, kahi e noho nei ka lāhui Winiki, noho aliʻi ka Uiti ʻIno o ke Komohana, a hoʻolilo ʻo ia iā ʻoe i kauā kuapaʻa ma lalo ona ke kaha aku ʻoe i kahi ona."

ʻĪ maila ka luahine, "ʻO ka ʻĀkau koʻu home, a ma kona palena ka panoa nui hoʻokahi nō e hoʻopuni nei i kēia ʻĀina ʻo ʻOza. Minamina nō hoʻi, e ke keiki, he pono nō ʻoe e noho me mākou."

Ma kēia lohe ʻana, hoʻomaka ihola ʻo Dorotea e uē nui, no ka mea, ua mehameha nō ʻo ia ma waena o kēia poʻe malihini. Ua hele ā ʻano kaumaha nō hoʻi nā Menekini lokomaikaʻi i kona kulu waimaka ʻana, a unuhi hikiwawe maila lākou i kā lākou mau hainakā a hoʻomaka ihola e uē pū. ʻO ka luahine liʻiliʻi hoʻi, wehe aʻela ʻo ia i kona pāpale a

hoʻokaulike akula i ke poʻo winiwini ma ke poʻo o kona ihu, iā ia e helu ana, "Kahi, lua, kolu" ma ka leo kūoʻo loa. ʻĀnō iho nō a loli ka pāpale he papa poho kākau, a kākau ʻia kēia ʻōlelo ma nā hua palapala nui me ke poho keʻokeʻo:

"E HELE ʻO DOROTEA I KE KAONA NUI ʻEMELALA"

Ua lawe ka luahine liʻiliʻi i ka papa poho mai luna aku o kona ihu, a ma hope o ka heluhelu ʻana i ka ʻōlelo ma luna, ua nīnau mai ʻo ia, "ʻO Dorotea nō kou inoa, e ke keiki?"

Pane akula ke keiki, "ʻAe," a nānā akula ʻo ia i luna a hoʻomaloʻo akula i kona mau waimaka.

"No laila, kūpono nō iā ʻoe ke hele i ke Kaona Nui ʻEmelala. Malia paha na ʻOza e kōkua iā ʻoe."

Nīnau akula ʻo Dorotea, "Ai hea kēia Kaona Nui?"

"Ai ma waenakonu pono o ka ʻāina, a noho aliʻi ʻia e ʻOza, ke Kāula Nui aʻu i haʻi ai iā ʻoe."

Nīnau akula ke kaikamahine me ka hoihoi pū, "He kanaka maikaʻi nō ʻo ia?"

"He Kāula maikaʻi nō ʻo ia. Inā he kāne a he wahine paha ʻo ia, ʻaʻole maopopo iaʻu, no ka mea, ʻaʻole au i ʻike maka iā ia ma mua."

Nīnau akula ʻo Dorotea, "Pehea au e hōʻea aku ai i laila?"

"Hele wāwae wale nō ka hana. Lōʻihi ka hele ʻana ma kekahi ʻāina he ʻoluʻolu nō ma kauwahi a pouli nō ma kauwahi me nā weliweli nui. Akā naʻe, e hoʻohana nō au i nā hana hoʻokalakupua a pau loa i paʻa iaʻu e hoʻomalu ai iā ʻoe."

Nonoi akula ke kaikamahine, "E hele pū mai nō ʻoe me aʻu?" hoʻomaka maila ʻo ia e nānā i kēia luahine liʻiliʻi ma ke ʻano ʻo ia kona hoaloha hoʻokahi wale nō.

Pane maila ʻo ia ala, "ʻAʻole hiki iaʻu ke hana pēlā, akā, e hāʻawi nō au iā ʻoe i kuʻu honi, a ʻaʻohe wahi mea nāna e

hōʻeha mai i kekahi mea i honi ʻia e ka Uiti o ka ʻĀkau.”

Hoʻokokoke maila ʻo ia iā Dorotea a honi iā ia me ka mālie ma kona lae. Ma kahi i hoʻopā ai kona mau lehelehe ma luna o ka lae o ke kaikamahine, ua waiho ʻia kekahi meheu poepoe e hulali ana, a ua ʻike ʻo Dorotea ma hope.

ʻĪ maila ka Uiti, “Ua kīpapa ʻia ke alanui e hele ai i ke Kaona Nui ʻEmelala me ka uinihapa lenalena, no laila, ʻaʻole hiki ke hoʻohewahewa. Ke kū aku ʻoe i mua o ʻOza, mai makaʻu iā ia, akā, e haʻi pololei i kou moʻolelo a noi iā ia e kōkua mai iā ʻoe. Aloha ʻoe, e ke keiki.”

Ua kūlou haʻahaʻa loa nā Menekini ʻekolu i mua ona a aloha maila iā ia me ka ʻōlelo hoʻopaipai pū nō kekahi, a hele akula lākou i kahi ʻē ma waena o nā kumulāʻau. Kūnou maila ka Uiti i kona poʻo iā Dorotea ma ke ʻano oluʻolu, a niniu ihola ma luna o kona kuʻekuʻe wāwae hema ʻekolu manawa, a pau pū ihola kona ʻike ʻia, a pūʻiwa ʻino ihola ʻo Toto, a ʻaoa nui akula ʻo ia ma ia hope mai; ua makaʻu ʻo ia i ka nunulu, iā ia ala i kū mai ai ma kahi kokoke.

Akā, ua ʻike nō ʻo Dorotea he uiti ʻo ia ala, a no laila, ua ʻupu nō ʻo ia i ko ia ala nalo ʻana me kēlā nō, a ʻaʻohe ona wahi pūʻiwa iki.

Mokuna III.
Ka Hoʻopakele ʻana o Dorotea i ke Kiʻi Hoʻoweliweli.

Waiho MEHAMEHA ʻIA ʻo Dorotea a hoʻomaka maila e piʻi kona pōloli. No laila, hele aku nei ʻo ia i kahi o ka waihona meaʻai a ʻoki akula i ʻāpana palaoa, a hāpala akula i ka waiūpaka ma luna. Hāʻawi akula ʻo ia i kekahi iā Toto, a hele akula ʻo ia e kiʻi i kekahi pākeke ma luna o ka haka a halihali akula i ke kahawai liʻiliʻi a hoʻopiha me ka wai maʻemaʻe aʻiaʻi loa. Holo akula ʻo Toto i kahi o nā kumulāʻau a hoʻomaka e ʻaoa i nā manu e kau ana ma laila. Ua hele ʻo Dorotea e kiʻi iā ia a ʻike akula i ka hua ʻai momona loa e luhe ana mai luna mai o nā lālā, a ʻohi akula ʻo ia i kekahi, manaʻo ihola ʻo ia ua kūpono loa kēia i pāʻina kakahiaka.

A laila, ua hoʻi aku nei ʻo ia i ka hale, a ma hope o ka inu nui ʻana o lāua ʻo Toto i ka wai huʻihuʻi a maʻemaʻe, hoʻomākaukau maila ʻo ia no ka hele aku i ke Kaona Nui ʻEmelala.

Hoʻokahi wale nō lole wahine o Dorotea i koe, akā, ua maʻemaʻe a e kaulaʻi ana ma luna o kekahi pine ma ka ʻaoʻao o kona moe. He ʻāpā lole pulupulu kona lole, he palaka ka lau he keʻokeʻo a uliuli; a me ka ʻāpahupahu iki pū nō o ka uliuli no ka nui o ka holoi ʻia ʻana, ua oia mau nō kona uʻi i lole palaka. ʻAuʻau pono ihola ke kaikamahine, komo ʻo ia i ka lole pulupulu, a nākiʻi i kona pāpale lā ʻākala ma luna o kona poʻo. Ua lawe ʻo ia i kekahi ʻie liʻiliʻi a hoʻopiha me ka palaoa mai loko mai o ka waihona meaʻai, a kau ʻo ia i kekahi kāwele lole ma luna. A laila, nānā akula ʻo ia i lalo i kona mau wāwae a ʻike i ke kahiko me ka pau pū o ka pono o kona mau kāmaʻa.

ʻĪ ihola ʻo ia, "ʻAʻole paha kūpono no ka huakaʻi lōʻihi, e Toto." Nānā maila ʻo Toto i kona maka me kona mau maka ʻeleʻele liʻiliʻi a konini ihola kona huelo e hōʻikeʻike ai i kona maopopo i kāna ʻōlelo.

Ma ia manawa, ua ʻike aku ʻo Dorotea i nā kāmaʻa kālā kahiko o ka Uiti o ka Hikina e waiho ana ma luna o ka pākaukau.

"Haʻohaʻo au inā kū nō iaʻu," wahi āna iā Toto. "Kūpono nō paha kēia no ka hele i ke kaʻahele wāwae lōʻihi, ʻaʻohe nō pau o kona pono."

Wehe aʻela ʻo ia i kona kāmaʻa ʻili holoholona kahiko a hoʻāʻo akula ʻo ia i nā kāmaʻa kālā, a ua kū nō iā ia me he mea lā ua hana ʻia nona.

Kiʻi aʻela ʻo ia i kāna ʻie.

ʻĪ akula ʻo ia, "Mai, e Toto, e hele kāua i ke Kaona Nui ʻEmelala a noi i ka ʻOza Nui no ka hoʻi ʻana i Kanesasa."

Ua pani ʻo ia i ka puka a laka pū nō hoʻi, a hoʻihoʻi akula i ke kī i loko o ka pākeke o kona lole wahine. A no laila, me Toto pū nō e holopeki mālie ana ma hope ona, hoʻomaka akula ʻo ia i kona huakaʻi.

Ua loaʻa nā alanui he nui ma kahi kokoke, akā, ʻaʻole i lōʻihi loa a loaʻa ihola iā ia ke alanui i kīpapa ʻia me ka uinihapa lenalena. ʻAʻole nō liʻuliʻu a e hele wāwae ʻano māmā ana nō ʻo ia i kahi o ke Kaona Nui ʻEmelala, a e kani nakekeke ana kona mau kāmaʻa me ka hauʻoli ma ke ala kīpapa paʻakikī. Ua papā mai ka lā me ka māʻamaʻama nō a kanikani nahenahe mai nei nā manu, a ʻaʻole nō i makaʻu loa kēia kaikamahine e like me kāu e kuhi ai no kekahi kaikamahine liʻiliʻi i kāʻili hikiwawe ʻia ai mai kona ʻāina ponoʻī aku a waiho ʻia ma kekahi ʻāina malihini.

Iā ia e hele wāwae ana ma ke ala, ua pūʻiwa ʻo ia i ka nani o ka ʻāina ā puni ona. E waiho ana nā pā lāʻau ma kaʻe o ke alanui, ua pena ʻia he uliuli ʻāhiehie ka waihoʻoluʻu, a ma kēlā ʻaoʻao aku, e waiho ana nā pā huika a me nā lau ʻai, ua lehulehu loa. Ua ʻike akāka ʻia ua akamai nō nā Menekini i ka mahi ʻai a akamai lākou i ka hoʻoulu i nā mahina ʻai nui. Eia aku a eia mai, hoʻohala ʻo ia i kekahi hale, a puka mai nā kānaka e nānā iā ia a kūlou haʻahaʻa, iā ia i māʻalo ai; ua ʻike nō nā kānaka a pau nāna i pepehi i ka Uiti ʻIno a nāna i hoʻopakele iā lākou i ko lākou nohona kuapaʻa. He ʻano ʻē nō ke kiʻi o nā hale noho o nā Menekini, he poepoe nō a he ʻōpuʻu poepoe nō hoʻi ke kaupaku. Ua pena

ʻia he uliuli nā hale a pau, ʻoiai ma kēia ʻāina ma ka Hikina, ʻo ka uliuli ka waihoʻoluʻu punahele.

I ka mōlehulehu ahiahi, māluhiluhi maila ʻo Dorotea i kona kaʻahele wāwae lōʻihi ʻana a hoʻomaka ihola ʻo ia e haʻohaʻo i kahi e hoʻāumoe ai, a hōʻea akula ʻo ia i kekahi hale i ʻano ʻoi iki aku kona nui i nā hale ʻē aʻe. Aia ma ka pā mauʻu uliuli ma mua o ua hale nei, e hulahula ana nā kāne me nā wāhine he nui. Ua loaʻa ʻelima poʻe kānaka liʻiliʻi e hoʻokani ana i ka pila waiolina ā nui loa e like me ka mea i hiki, a e ʻakaʻaka a hīmeni ana nā kānaka, a aia ma kahi kokoke kekahi pākaukau nui i piha me nā hua ʻai a me nā hua kukui ʻai, nā meaʻono pai, nā meaʻono, a me nā ʻano ʻai ʻono like ʻole nō hoʻi e ʻai ai.

Ua aloha ʻoluʻolu maila kēia poʻe iā Dorotea, a kono maila iā ia e pāʻina ahiahi a hoʻāumoe me lākou; ʻo kēia ka home o hoʻokahi o nā Menekini waiwai loa o ka ʻāina, a ua ʻākoakoa pū mai kona mau hoaloha e hoʻolauleʻa ai i ko lākou hoʻokuʻu laʻelaʻe ʻia i ka noho kuapaʻa ʻana ma lalo o ka Uiti ʻIno.

Ua ʻai ʻo Dorotea i ka pāʻina ahiahi a na ka Menekini waiwai nō i lawelawe iā ia nona iho nō, ʻo Boka kona inoa. A laila, noho ihola ʻo ia ma luna o kekahi noho ʻoluʻolu a nānā akula i nā kānaka e hulahula ana.

I ka ʻike ʻana maila o Boka i ko Dorotea mau kāmaʻa kālā, ʻī maila ʻo ia:

"He wahine hana hoʻokalakupua nui nō paha ʻoe."

Nīele akula ke kaikamahine, "He aha kāu mea e ʻōlelo nei me kēlā?"

"No ka mea, ke komo nei ʻoe i nā kāmaʻa kālā a nāu i pepehi i ka Uiti ʻIno ā make. ʻO kekahi mea nō, he keʻokeʻo ma loko o kou lole palaka, a ʻo nā uiti me nā wāhine hana hoʻokalakupua wale nō ka poʻe komo i ke keʻokeʻo."

"He wahine hana hoʻokalakupua
nui nō paha ʻoe."

ʻĪ akula ʻo Dorotea, "He palaka uliuli a keʻokeʻo koʻu lole nei," a hoʻopālahalaha ihola ʻo ia i ka minomino o kona lole.

"Nui nō kou ʻoluʻolu e komo ai i kēia ʻano," wahi a Boka. "He uliuli ka waihoʻoluʻu o nā Menekini, a ʻo ke keʻokeʻo ka waihoʻoluʻu o nā uiti. No laila, ua ʻike nō mākou he uiti ʻoluʻolu nō ʻoe."

ʻAʻole ʻo Dorotea i ʻike i ka mea e pane ai i kēia ʻōlelo, ʻoiai me he mea lā he manaʻo nā kānaka a pau he uiti nō ʻo ia, a ua ʻike nō ʻo ia he kaikamahine maʻamau wale nō ʻo ia i hiki mai nei ma ka ulia i loko o ka makani kaʻa wiliwili ma kekahi ʻāina malihini.

I kona luhi ʻana i ka nānā hulahula ʻana, na Boka i alakaʻi iā ia i loko o ka hale, kahi āna i hāʻawi ai iā ia i kekahi lumi me kekahi moe uʻi nō ma loko. Ua hana ʻia nā uhi pela moe i ka ʻāpā lole uliuli, a ua ʻoluʻolu ka hiamoe ʻana ma lalo o ia mau mea ā ao hou aʻela, me Toto nō e moe pupuʻu ana ma luna o ka moena uliuli ma kona ʻaoʻao.

Ua māʻona pono kona ʻōpū i ka pāʻina kakahiaka a nānā akula ʻo ia i kekahi pēpē Menekini liʻiliʻi e pāʻani ana me Toto a huki ka pēpē i ko ia ala huelo a ʻuāʻuā a ʻakaʻaka aʻela ma kahi ʻano i leʻaleʻa ai ʻo Dorotea. Ua leʻaleʻa maoli nō nā kānaka a pau iā Toto, ʻaʻohe o lākou ʻike i ka ʻīlio ma mua.

Nīnau akula ke kaikamahine, "Pehea ka mamao ā kū aku i ke Kaona Nui ʻEmelala?"

Ua kūoʻo maoli ka pane ʻana o Boka, "ʻAʻole au ʻike, ʻaʻohe nō oʻu hele i laila ma mua. E aho ʻaʻole e hele e ʻike iā ʻOza, koe ke loʻa kekahi hana me ia. Akā, lōʻihi nō ka hele ʻana ā kū i ke Kaona Nui ʻEmelala, he mau lā nō koe. Ua kūʻonoʻono a ʻoluʻolu nō kēia ʻāina, akā, pono nō ʻoe e kaha ma nā wahi ulu nāhelehele a weliweli ma mua o kou kū ʻana aku i ka pau ʻana o kou huakaʻi."

Ua piʻi ke kuʻihē o Dorotea i kēia lohe ʻana, akā, ua ʻike nō ʻo ia ʻo ka ʻOza Nui wale nō ka mea i hiki ke kōkua iā ia i ka hoʻi ʻana i Kanesasa, no laila, ua hoʻoholo loa ʻo ia ʻaʻole e huli hou i hope.

Ua aloha akula ʻo ia i kona poʻe hoaloha, a hoʻomaka hou akula ʻo ia i ka hoʻomau ma kona alanui uinihapa lenalena. I kona hele ʻana i nā mile he nui, manaʻo ihola ʻo ia e kū a hoʻomaha, a no laila, ua piʻi ʻo ia ma luna o ka pā ma kapa alanui a noho ʻo ia i lalo. Ua loaʻa kekahi pā mahi kūlina ma kēlā ʻaoʻao o ka pā, a ma kahi ʻaʻole mamao loa, ua ʻike ʻo ia i kekahi Kiʻi Hoʻoweliweli Manu, e kau kiʻekiʻe ana ʻo ia ma luna o kekahi pou e hōʻā ai i nā manu mai nā hua kūlina pala aku.

Hilinaʻi akula ʻo Dorotea i kona ʻauae ma luna o kona lima a nānā pono akula i ke Kiʻi Hoʻoweliweli me ka haʻo-haʻo pū. He ʻeke liʻiliʻi kona poʻo piha i ka mauʻu maloʻo, a ua pena ʻia nā maka, ka ihu, a me ka waha i helehelena. E kau ana kekahi pāpale uliuli a winiwini kahiko o kekahi Menekini ma luna o kona poʻo, a ʻo ke koena o ua kiʻi nei, he paʻa lole uliuli, ua ʻāpahupahu pū a kahiko, a ua hoʻopiha ʻia me ka mauʻu maloʻo kekahi. Aia ma kona mau wāwae nā kāmaʻa puki kahiko me nā kaʻe uliuli ma luna, e like nō me nā kānaka ʻē aʻe a pau o kēia ʻāina, a ua koʻo ʻia ke kiʻi

Ua mākaʻikaʻi ʻo Dorotea i ke Kiʻi Hoʻoweliweli me ka haʻohaʻo pū.

ma luna aʻe o nā kumu kūlina ma luna o kekahi pou i hou ʻia i luna o kona kua.

Iā Dorotea e nānā pono ana i ka helehelena ʻano ʻē o ke Kiʻi Hoʻoweliweli i pena ʻia ai, ua pūʻiwa ʻo ia i ka ʻike i ka ʻāwihi mālie mai o hoʻokahi o nā maka iā ia. Ua manaʻo ʻo ia ma mua ua kuhi hewa nō paha ʻo ia, no ka mea, ʻaʻohe ʻāwihi o nā maka o kekahi kiʻi hoʻoweliweli ma Kanesasa; akā, ma ia manawa nō, ua kūnou ke poʻo o ke kiʻi iā ia ma ke ʻano hoʻohoaloha. A laila, iho ihola ʻo ia i lalo o ka pā a hele wāwae akula i kahi o ke Kiʻi, a holo akula ʻo Toto ma kēlā ʻaoʻao o ka pou a ʻaoa aʻela.

"Aloha awakea mai," wahi a ke Kiʻi Hoʻoweliweli me ka leo ʻano kalakala nō hoʻi.

Nīele akula ke kaikamahine me ka haʻohaʻo pū, "Ua ʻōlelo mai nō ʻoe?"

"ʻOia," wahi a ke Kiʻi Hoʻoweliweli i pane mai ai. "Pehea ʻoe?"

Pane akula ʻo Dorotea ma ke ʻano ʻoluʻolu nō, "Maikaʻi nō au. Pehea ʻoe?"

"ʻAʻole nō maikaʻi loa," wahi a ke Kiʻi Hoʻoweliweli me ka minoʻaka pū nō, "piula kēia kū wale nō i neʻi ā pō ka lā a ao ka pō e hōʻā ai i nā manu ʻalalā."

Nīnau akula ʻo Dorotea, "ʻAʻole hiki ke iho i lalo?"

"ʻAʻole, ua paʻa kēia lāʻau i luna o koʻu kua nei. Ke ʻoe ʻoluʻolu, e wehe i kēia lāʻau a nui nō koʻu mahalo iā ʻoe."

Kīkoʻo nā lima ʻelua o Dorotea a hāpai akula i ke kiʻi a wehe iā ia mai luna aku o ka lāʻau. Ua piha ke kiʻi i ka mauʻu maloʻo, no laila, ua māmā nō.

"Mahalo nui iā ʻoe," wahi a ke Kiʻi Hoʻoweliweli, iā ia i kau ai ma ka honua. "Me he mea lā he kanaka hou nō au."

Ua huikau ʻo Dorotea i kēia, no ka mea, ua ʻano ʻē iā ia kēia lohe ʻana i kekahi kanaka hoʻopiha ʻia i ka walaʻau, a no ka ʻike iā ia e kūlou ana me ka hele wāwae pū ma kona ʻaoʻao.

I ka hoʻomālō pono ʻana o ke Kiʻi Hoʻoweliweli iā ia iho me ka pūhā pū, nīnau maila ʻo ia, "ʻO wai ʻoe? A i hea ʻoe e hele nei?"

"ʻO koʻu inoa, ʻo Dorotea," wahi a ke kaikamahine, "a ke hele aku nei au i ke Kaona Nui ʻEmelala e noi ai i ka ʻOza Nui e hoʻihoʻi hou mai iaʻu i Kanesasa."

Nīele maila ʻo ia, "Ai hea ke Kaona Nui ʻEmelala? A ʻo wai kēia ʻOza?"

Pane hou akula ke kaikamahine me ka pūʻiwa pū, "ʻAʻole ʻoe ʻike?"

"ʻAʻole. ʻAʻole au ʻike i kekahi mea. Ua ʻike ʻoe, ua hoʻopiha ʻia au, no laila, ʻaʻohe nō oʻu lolo," pēlā i pane ai ʻo ia ala me ke kaumaha pū.

"ʻŌ," wahi a Dorotea, "Nui nō koʻu minamina iā ʻoe."

Nīele maila kēlā, "Manaʻo ʻoe inā hele pū au i ke Kaona Nui ʻEmelala me ʻoe e hāʻawi mai kēlā ʻOza iaʻu i ka lolo?"

"ʻAʻole au ʻike," pēlā i pane ai ʻo ia nei, "akā,

ua hiki nō iā ʻoe ke hele pū me aʻu inā makemake ʻoe. Inā ʻaʻole e hāʻawi ʻo ʻOza iā ʻoe i ka lolo, ʻaʻole hiki ke piʻi hou aʻe kou pilikia ma mua o kēia ē?"

"Pololei nō," wahi a ke Kiʻi Hoʻoweliweli. "Ike nō ʻoe," hoʻomau maila ʻo ia ma ke ʻano maopopo loa, "ʻaʻole nō pilikia iaʻu ke hoʻopiha ʻia koʻu mau wāwae me nā lima me kēia kino pū, no ka mea, ʻaʻohe oʻu ʻeha. Ke hehi nō kekahi mea ma luna o koʻu manamana wāwae a hou iaʻu i ke kui paha, ʻaʻole pilikia, ʻaʻohe oʻu ʻike i ka ʻeha. Akā, ʻaʻole au makemake e kāhea mai kekahi iaʻu he lōlō, a inā mau nō ka piha o kuʻu poʻo i ka mauʻu maloʻo, ʻaʻohe lolo e like me ʻoe, pehea au e ʻike ai i kekahi mea?

"Maopopo iaʻu kāu mea e ʻōlelo mai nei," wahi a ke kaikamahine liʻiliʻi, ua minamina loa nō ʻo ia iā ia. "Ke hele pū mai ʻoe me aʻu, e noi nō au iā ʻOza e hana e like me ka mea hiki iā ia nou."

"Mahalo," wahi āna, ua nui kona mahalo.

Ua hoʻi nō lāua i ke alanui. Ua kōkua ʻo Dorotea iā ia i ka pinana ma luna o ka pā lāʻau, a hoʻomaka akula lāua i ka hele ma ke ala uinihapa lenalena e hele ai i ke Kaona Nui ʻEmelala.

ʻAʻole i makemake ʻo Toto i kēia ʻōhua hou ma ka hoʻomaka ʻana. Honihoni hele akula ʻo ia ā puni ke kanaka hoʻopiha ʻia me he mea lā ua hoʻohuoi ʻo ia he pūnana ʻiole nō paha ma loko o ka mauʻu maloʻo, a nunulu pinepine ʻo ia ma ke ʻano nuha i ke Kiʻi Hoʻoweliweli.

"Mai nānā iā Toto," wahi a Dorotea i kona hoa hou. "ʻAʻohe ona nahu."

"Ō, ʻaʻole au makaʻu," i pane mai nei ke Kiʻi Hoʻoweliweli. "ʻAʻole hiki iā ia ke hōʻeha i ka mauʻu maloʻo. E ʻae mai ʻoe iaʻu e halihali i kēnā ʻie nāu. ʻAʻole nō pilikia iaʻu, ʻaʻohe oʻu piula. E haʻi aku au iā ʻoe i kekahi huna," wahi āna i hoʻomau ai, iā ia i hele wāwae ai. "Hoʻokahi wale nō aʻu mea e makaʻu ai."

Nīele akula Dorotea, "He aha kēlā? ka mahi ʻai Menekini nāna i hana iā ʻoe?"

"ʻAʻole," i pane mai ai ke Kiʻi Hoʻoweliweli; "ke kūkaepele ʻā."

Mokuna IV.
~Ke Alanui e Kaha ai ma Loko o ka Ulu Lāʻau.~

A HALA KEKAHI MAU HOLA, UA HO'O-maka e 'āpu'upu'u ke alanui, a ua pi'i ka hana nui o ka hele wāwae 'ana, a he 'ōkupe pinepine ke Ki'i Ho'oweliweli ma luna o nā uini-hapa lenalena, ua kapakahi nō ho'i ma kēia wahi, a palahuli mau 'o ia.

I kekahi manawa, haki pū ka uinihapa a hakahaka pū paha, a he pukapuka nō ho'i, a lele 'o Toto ma luna e 'a'e ai, a hele 'o Dorotea ma kēlā a i 'ole kēia 'ao'ao. No ke Ki'i Ho'oweliweli, 'a'ohe ona lolo, no laila, hele pololei nō 'o ia a hehi 'o ia ma loko o nā mālualua a palahuli loa ā pālaha ma luna o nā uinihapa pa'akikī. 'A'ohe loa ona 'eha, a hāpai 'o Dorotea iā ia a kūkulu hou iā ia ma kona mau wāwae, a komo pū nō 'o ia i ka 'aka'aka i kāna mau hana ho'okā'au.

ʻAʻole i mālama pono ʻia nā mahina ʻai o kēia wahi e like me nā mahina ʻai ma mua aku nei. Ua emi mai ka nui o nā hale a pēia pū nā kumu hua ʻai, a i ko lākou neʻe ʻana i mua, piʻi pū ke kūlana makaʻu me ka mehameha o ka ʻāina.

I ke kū ʻana o ka lā i ka lolo, ua noho lākou ma kapa alanui, ma kahi kahawai liʻiliʻi, a wehe aʻela ʻo Dorotea i kāna ʻie a kiʻi aku nei i ka palaoa. Hāʻawi aku nei ʻo ia i kekahi ʻāpana i ke Kiʻi Hoʻoweliweli, akā, hōʻole maila kēlā.

"ʻAʻole au ʻike i ka pōloli," wahi āna, "a laki nō me kēlā, no ka mea, ua pena wale ʻia nō kuʻu waha, a ke ʻoki au i kekahi puka ma kahi o kuʻu waha e ʻai ai, hemo nō ka mauʻu maloʻo i hoʻopiha ʻia ai ma loko i waho, a laila, pau ka pono o ke kiʻi o kuʻu poʻo."

Ua ʻike koke Dorotea ma ia manawa nō ua pololei kēia ʻōlelo, no laila, kūnou wale nō kona poʻo a hoʻomau i ka ʻai i kāna palaoa.

"E haʻi mai i kekahi mea nou a me kou ʻāina i hele mai nei," wahi a ke Kiʻi Hoʻoweliweli, i ka pau ʻana o ka pāʻina a ke kaikamahine. No laila, ua hahaʻi aku ʻo Dorotea iā ia no Kanesasa, a no ka lehu pū o nā mea a pau ma laila, a no ka hāpai ʻana o ka makani kaʻa wiliwili iā ia ā hiki i kēia ʻāina ʻano ʻē nei, ʻo ʻOza. Ua hoʻolohe pono ke Kiʻi Hoʻoweliweli, a ʻī maila ʻo ia:

"ʻAʻole maopopo iaʻu kou kumu e makemake ai e haʻalele i kēia ʻāina nani a hoʻi i kēlā wahi maloʻo a lehu āu i kāhea ai ʻo Kanesasa."

"ʻO ke kumu, no ka mea, ʻaʻohe ou lolo" pēlā i pane ai ke kaikamahine. "ʻAʻole pilikia ka nui o ka pilikia a me ka lehu o ko kākou mau home, he makemake mākou, ka poʻe kānaka me ka ʻiʻo a me ke koko, e noho ma laila ma mua o kekahi ʻano ʻāina ʻē aʻe inā nani paha a ʻaʻole paha. ʻAʻohe wahi i like me ka home."

"'O koʻu hana ʻia maila nō ia ʻelua lā aku nei nō," wahi a ke Kiʻi Hoʻoweliweli.

Kani'uhū ihola ke Ki'i Ho'oweliweli.

"He 'oia'i'o nō, 'a'ohe o'u maopopo," wahi āna. "Inā i piha ko 'oukou mau po'o i ka mau'u malo'o, e like me a'u, a laila, noho nō paha 'oukou a pau ma nā wahi nani, a laila, 'a'ohe wahi po'e koe ma Kanesasa. Laki 'o Kanesasa i ka lo'a o ka lolo iā 'oe."

Noi akula ke keiki, "E mo'olelo mai paha 'oe, iā kākou e ho'omaha mai nei?"

Ua nānā ke Ki'i Ho'oweliweli iā ia me ka minamina pū, a pane maila:

"Ua pōkole wale nō ko'u ola 'ana, 'a'ohe o'u 'ike. 'O ko'u hana 'ia maila nō ia 'elua lā aku nei nō. 'A'ohe o'u 'ike i kekahi mea i hana 'ia ai ma ke ao ākea ma mua o kēlā manawa. Laki nō, i ka hana 'ana o ka mahi 'ai i ku'u po'o, 'o kekahi o kāna hana mua, 'o ia ka pena i ku'u mau pepeiao, me kēlā au i lohe ai i nā mea e hana 'ia mai ana. Ua lo'a kekahi Menekini me ia, a 'o ka mea mua a'u i lohe ai i ka mahi 'ai i ka 'ōlelo mai, 'o ia ho'i, 'Pehea kou mana'o i kēia mau pepeiao?'

""A'ale nō pololei loa,' wahi a kekahi.

""A'ale pilikia,' wahi a ka mahi 'ai. 'He pepeiao nō,' a he 'oia'i'o nō ē?

"'I kēia manawa, e hana au i nā maka,' wahi a ka mahi 'ai. No laila, pena maila 'o ia i ku'u maka 'ākau, 'o ka pau ihola nō ia a nānā pono akula au iā ia me nā mea a pau ā puni o'u me ka ha'oha'o nui pū, 'o kēia ko'u 'ike mua 'ana i ke ao ē?

"'He u'i nō kēnā maka,' pēlā kā ka Menekini e nānā mai ana i ka mahi 'ai. 'Kūpono loa ka pena uliuli no nā maka.'

"'Mana'o au e hana au ā 'oi iki aku ka nui o kekahi,' pēlā maila ka mahi 'ai. A i ka pau 'ana o ka hana 'ia o ka mea ʻelua, ua ʻoi aku ka pono o koʻu nānā ʻana ā ʻoi aʻe ma mua o ka wā ma mua. A laila, hana maila ʻo ia i kuʻu ihu me kuʻu waha. Akā, ʻaʻohe oʻu walaʻau, no ka mea, ma kēlā manawa, ʻaʻole au i ʻike i ka mea kūpono o ka waha. Ua nanea au i ka nānā iā lāua i ka hana mai i kuʻu kino a me kuʻu mau lima me kuʻu mau wāwae; a i ka paʻa pono ʻana o kuʻu poʻo, ʻakahi nō au a piha i ka haʻaheo, manaʻo ihola au ua like nō kuʻu pono e like me kānaka.

"'Na kēia kanaka e hōʻā koke aku i nā ʻalalā ē?' wahi a ka mahi ʻai. 'He kanaka kona kiʻi.'

"'He kanaka nō ʻo ia ē?' wahi a kekahi, a ua ʻaelike nō au me ia ala. Ua halihali mai ka mahi ʻai iaʻu ma lalo o kona lima ā ka mahi kūlina, a kūkulu maila ʻo ia iaʻu ma luna o kekahi lāʻau loloa, kahi i loʻa ai au iā ʻoe. ʻAʻole lōʻihi ma ia hope mai a hele akula ʻo ia a me kona hoa i kahi ʻē a waiho mehameha maila iaʻu.

"'Aʻole au i makemake i ka haʻalele ʻia me kēlā. No laila, ua hoʻāʻo nō au e uhai iā lāua. Akā, ʻaʻohe pā o kuʻu mau wāwae i ka honua, a ua hoʻokikina ʻia au e waiho wale ma luna o ka pou. Ua mehameha ke ola ʻana, ʻaʻohe nō aʻu mea e noʻonoʻo ai, ʻo koʻu hana ʻia maila nō ia ma mua aʻe nei. Ua nui nō nā ʻalalā a me nā ʻano manu like ʻole ʻē aʻe i hiki mai i ka mahi kūlina, akā, i ko lākou ʻike ʻana mai iaʻu, lele hou aku nō lākou i kahi ʻē me ka noʻonoʻo pū mai he Menekini nō au; a ua hauʻoli nō au i kēia a hoʻomaka maila au e noʻonoʻo he kanaka mea nui nō au. A hala kekahi wā, a lele maila kekahi ʻalalā kahiko ma kahi oʻu, a ma hope o kona nānā pono ʻana mai iaʻu, kau maila ʻo ia ma luna o kuʻu poʻohiwi, mea maila:

"'Haʻohaʻo au inā manaʻo maila kēlā mahi ʻai e hana ʻāpiki mai iaʻu me kēia ʻano hana kāpulu. ʻIke nō nā ʻalalā akamai iki ua hoʻopiha wale ʻia nō ʻoe me ka mauʻu maloʻo.'

A laila, lele aʻela ʻo ia i lalo ma kahi o kuʻu mau wāwae a ʻai i ke kūlina ā nui e like me kona makemake. ʻIke maila nā manu ʻē aʻe ʻaʻohe ona ʻeha iaʻu, a hiki pū mai nei lākou e ʻai kūlina pū, no laila, i loko o ka manawa pōkole, kau maila kekahi ʻāuna manu nunui ā puni oʻu.

"Ua piʻi koʻu kaumaha i kēia, no ka mea, ua ʻike ʻia koʻu waiwai ʻole i Kiʻi Hoʻoweliweli; akā, hoʻomāmā maila ka ʻalalā kahiko iaʻu ma ka ʻōlelo mai, ʻInā hoʻi i loʻa ai iā ʻoe ka lolo i loko o kēnā poʻo, a laila, like nō kou kūpono i kanaka e like me kekahi o lākou, a ʻoi aku paha kou kūpono ma mua o kekahi o lākou. ʻO ka lolo wale nō ka mea kūpono o ka loʻa i loko o kēia ao, ʻaʻole pilikia he ʻalalā kekahi a he kanaka kekahi.'

"A hala aʻela nā ʻalalā i ka hoʻi aku, nalu ihola au i kēia, a hoʻoholo ihola nō hoʻi au e hoʻoikaika nō au ā loʻa koʻu lolo. Ua laki nō au i kou hiki ʻana mai a wehe maila iaʻu mai luna aku o ka pou, a ma muli o kāu ʻōlelo, manaʻo nō au he hāʻawi mai ka ʻOza Nui iaʻu i ka lolo i ko kākou kū ʻana akula i ke Kaona Nui ʻEmelala."

"Pēlā koʻu manaʻolana," wahi a Dorotea ma ke ʻano ʻoiaʻiʻo, "me he mea lā ua nui nō kou ʻiʻini e loʻa ka lolo."

"Oia nō; nui koʻu ʻiʻini," pēlā i pane hou mai ai ke Kiʻi Hoʻoweliweli. "Nui loa nō kuʻu ʻano ʻē i ka hoʻomaopopo ʻia mai he lōlō au."

"Inā me kēlā nō," wahi a ke kaikamahine, "E ʻoni nō kāua." A hāʻawi akula ʻo ia i ka ʻie i ke Kiʻi Hoʻoweliweli.

ʻAʻohe pā kapa alanui i kēia manawa, he ulu nāhelehele wale nō ka ʻāina, ʻaʻole i palau ʻia. I ka pili ʻana mai o ke ahiahi, ua hiki aku lākou i kekahi ulu lāʻau nui, kahi i ulu ai nā kumulāʻau ā nunui loa a ua pili pū nō a hālāwai nā lālā ma luna nō o ke alanui uinihapa lenalena. Ua kokoke loa e pōuliuli loa ma lalo o nā kumulāʻau, ʻoiai he hoʻomalumalu nā lālā i ʻole e pā ka lā; akā, ʻaʻohe kū o nā hoa huakaʻi, a komo akula nō i loko o ka ulu lāʻau.

"Ke komo kēia alanui i loko, he puka hou nō e pono ai," wahi a ke Kiʻi Hoʻoweliweli, "a ai ke Kaona Nui ʻEmelala ma kēlā ʻaoʻao o ke alanui, a no laila, he pono nō e hahai i ke alanui."

"Ua ʻike nō nā poʻe a pau i kēlā," wahi a Dorotea.

"Pololei nō; ʻo ia koʻu mea i ʻike ai," pēlā i pane mai ai ke Kiʻi Hoʻoweliweli. "Inā i pono ai ka lolo e hoʻomaopopo ai, e aho nō e paʻa kuʻu waha."

A hala aʻela hoʻokahi a ʻoi paha hola, emi maila ka mālamalama a loaʻa ihola lākou iā lākou iho e hāpapa hele ana i loko o ka pōʻeleʻele. ʻAʻohe wahi ʻike o Dorotea, akā, ua ʻike nō ʻo Toto, he maikaʻi nō ka ʻike ʻana o kekahi mau ʻīlio i loko o ka pouli; a ʻōlelo maila ke Kiʻi Hoʻoweliweli ua like ka maikaʻi o kona ʻike ʻana e like nō me ia i ke ao. No laila, hopu akula ke kaikamahine i ka lima o ke Kiʻi Hoʻoweliweli a ua maikaʻi kūpono nō kona hele ʻana.

"Ke ʻike ʻoe i kekahi hale, a i ʻole kekahi wahi kahi e hoʻāumoe ai," wahi a ke kaikamahine, "e haʻi mai nō; ʻaʻohe oʻu ʻoluʻolu i ka hele wāwae i loko o ka pōʻeleʻele."

ʻAʻole i liʻuliʻu a kū ihola ke Kiʻi Hoʻoweliweli.

"'Ike au i kekahi papaʻi hale ma ka ʻākau o kākou," wahi āna, "kūkulu ʻia i nā paukū lāʻau me nā lālā. Hele paha kākou ma laila?"

Pane akula ke keiki, "'Ae, hele nō. Piula pū nō au."

No laila, alakaʻi akula ke Kiʻi Hoʻoweliweli iā ia ma waena o nā kumulāʻau ā hōʻea akula lākou i ka papaʻi hale, a komo akula ʻo Dorotea i loko a loaʻa akula kekahi moe, he puʻu lau maloʻo ma hoʻokahi kūʻono. Moe ihola nō ʻo ia ma ia manawa nō, me Toto nō ma kona ʻaoʻao, a pau pū ihola ʻo ia i ka hiamoe. ʻAʻohe maka hiamoe o ke Kiʻi Hoʻoweli-weli, no laila, kū wale ihola nō ʻo ia ma kekahi kūʻono a kali akula i ke ao hou ʻana mai.

Mokuna V.
Ka Hoʻopakele ʻana
i ke Kua Lāʻau Kini.

Wehe ʻIA KA WANAʻAO A ala aʻela ʻo Dorotea, e pā mai ana ka lā ma waena mai o nā kumulāʻau a ua lilo ʻē ʻo Toto i ke alualu manu ma kahi ona a me nā kiulela. Ua noho aʻela ʻo ia i luna a nānā akula ma ʻō a ʻō. E kū mau ana ke Kiʻi Hoʻoweliweli ma kona kūʻono me ka hoʻomanawanui pū nō i ke kali ʻana iā ia.

ʻĪ akula ke kaikamahine iā ia, "Pono kākou e hele e ʻimi i ka wai."

Nīnau maila kēlā, "No ke aha ʻoe e makemake ai i ka wai?"

"No ka holoi i kuʻu maka ā pau ke ehu lepo o ke alanui, a i mea inu hoʻi, i ʻole au e puʻua i ka palaoa maloʻo i loko o kuʻu puʻu."

"He hoʻoluhi nō paha ke kino ʻiʻo, ē?" wahi a ke Kiʻi Hoʻoweliweli ma ke ʻano noʻonoʻo nui, "no ka mea, he pono nō ʻoe e hiamoe, a ʻai, a inu hoʻi. Akā naʻe, he lolo nō kou, a he kūpono nō paha ka luhi ʻana e noʻonoʻo pono ai."

Haʻalele aʻela lākou i ka papaʻi hale a kaʻahele wāwae akula ma loko o ka ulu lāʻau ā loaʻa akula iā lākou kekahi pūnāwai maʻemaʻe, kahi i inu ai ʻo Dorotea a ʻauʻau maila ʻo ia a ʻai i kāna ʻaina kakahiaka. Ua ʻike aku ʻo ia ʻaʻole i nui ka palaoa i koe ma loko o ka ʻie, a ua nui kona mahalo ʻaʻole pono e ʻai ke Kiʻi Hoʻoweliweli, no ka mea, ua liʻiliʻi ka meaʻai nāna a me Toto no ia lā.

I ka pau ʻana o kāna pāʻina me ka mākaukau pū e hoʻi ma ke alanui uinihapa kīpapa, ua pūʻiwa ʻo ia i ka lohe ʻana i kekahi leo kaniʻuhū ma kahi kokoke.

Nīnau ʻo ia ma ke ʻano ʻāhē, "He aha kēlā?"

Pane maila ke Kiʻi Hoʻoweliweli, "ʻAʻohe oʻu ʻike, akā, hiki nō ke hele e nānā."

Ma ia manawa nō, paʻē hou maila ke kaniʻuhū a me he mea lā mai hope mai o lākou ka paʻē ʻana maila. Ua huli lākou a hele wāwae akula ma loko o ka ulu lāʻau ʻaʻole mamao loa, a loaʻa ihola iā Dorotea kekahi mea hinuhinu e pā ana i ke kukuna o ka lā ma waena o nā kumulāʻau. Ua holo aku ʻo ia i kahi o ia mea, a laila, kū ihola ʻo ia me ke kani pū o ka ʻuā iki i ka pūʻiwa.

Ua ʻoki hapa ʻia kekahi o nā kumulāʻau nui ma ke kua ʻana, a aia ma kona ʻaoʻao, e kū ana kekahi kanaka i hana ʻia ai i ke kini wale nō, e hāpai ana ʻo ia i kekahi koʻi lipi. He mau ʻami nō ko kona mau wāwae me nā lima, akā, ua kū mālie loa ʻo ia, me he mea lā ʻaʻohe wahi ʻoni iki.

Nānā akula ʻo Dorotea iā ia me ke kāhāhā nui, a pēia pū ke Kiʻi Hoʻoweliweli, a ʻaoa ikaika akula Toto a ʻaki akula i kahi o nā wāwae kini, a ʻeha aʻela kona niho.

Nīnau akula Dorotea, "Ua kaniʻuhū nō ʻoe?"

ʻAe maila ke kanaka kini, "'Ae, ua kaniʻuhū nō. I neʻi au kahi e kaniʻuhū ana ā hala hoʻokahi makahiki, a ʻaʻohe wahi poʻe i lohe mai a hiki mai paha e kōkua."

Nīnau akula kēia me ka leo liʻiliʻi, "He aha kaʻu e kōkua ai iā ʻoe?" ʻoiai ua pā kona naʻau i ka leo kaumaha o kēia kanaka.

Pane maila kēlā, "E hele e kiʻi i kekahi kini ʻaila a hoʻokulu i luna o kuʻu mau ʻami. Ua paʻa loa i ke kūkaehao, ʻaʻohe wahi ʻoni; ke hoʻokulu pono ʻia ka ʻaila, he pono nō. Ai kekahi kini ʻaila ma ka haka ma loko o koʻu papaʻi hale."

Ua holo aku ʻo Dorotea i ka papaʻi hale a loaʻa iā ia ke kini ʻaila, a laila, hoʻi hou maila ʻo ia a nīele akula me ka pīhoihoi pū, "Ai hea kou mau ʻami?"

"Hoʻokulu mai i kuʻu ʻāʻī ma mua," i pane maila ke Kua Lāʻau Kini. No laila, hoʻokulu aʻela kēia i ka ʻaila ma laila, a no ka ʻinoʻino loa i ka paʻa i ke kūkaehao, lālau akula ke Kiʻi Hoʻoweliweli i ke poʻo kini a hoʻoni mālie akula mai kekahi ʻaoʻao ā kekahi ʻaoʻao ā

ʻoni loa ihola ia nona iho nō, a laila i hiki ai i ke kanaka ke hōʻoniʻoni i kona poʻo nona iho nō.

"ʻOia, i kēia manawa, hoʻokulu ʻia nā ʻami o kuʻu mau lima," wahi āna. A hoʻokulu akula nō ʻo Dorotea i nā ʻami, a pelu mālie ihola ke Kiʻi Hoʻoweliweli i nā lima ā ʻoni pono akula i ka pau ʻana o ke kūkaehao a like nō me nā lima hou.

Kuʻu ka nae o ke Kua Lāʻau Kini i ka maha loa o ka naʻau a kau maila i kāna koʻi lipi i lalo, kūkulu ʻia ma ke kumu o ke kumulāʻau.

ʻĪ maila ʻo ia, "Hō, ʻoluʻolu maoli nō kēia. E paʻa ana au i kēlā koʻi lipi mai ka wā mai i paʻa ai au i ke kūkaehao, a nui koʻu hauʻoli i ke kuʻu ʻana i kaʻu koʻi lipi i lalo. ʻOia, inā hiki nō ke hoʻokulu i ka ʻaila ma nā ʻami o kuʻu mau wāwae, pono loa nō."

No laila, hoʻokulu akula lāua i kona mau wāwae ā ʻoni ihola nā wāwae no lāua iho nō; a mahalo hou maila ʻo ia iā lāua he mau manawa no kona ʻoni ʻana, he kanaka ʻoluʻolu maoli nō ʻo ia, a nui kona mahalo.

ʻĪ maila ʻo ia, "Malia paha he kū nō au i laila ā mau loa inā ʻaʻole ʻolua i hiki mai, no laila, ua hoʻopakele maoli mai nō ʻolua i koʻu ola. Pehea i loʻa ai ʻolua i neʻi?"

"Ei mākou ke hele akula i ke Kaona Nui ʻEmelala e ʻike ai i ka ʻOza Nui," wahi a ke kaikamahine i pane ai, "a kū maila mākou i kahi o kou papaʻi hale e hoʻāumoe ai."

Nīnau maila kēlā, "No ke aha ʻoukou e makemake ai e ʻike iā ʻOza?"

"Makemake au iā ia e hoʻihoʻi iaʻu i Kanesasa, a makemake ke Kiʻi Hoʻoweliweli nei iā ia e hāʻawi iā ia i ka lolo i loko o kona poʻo," wahi a ke kaikamahine.

Me he mea lā e nalu ana ke Kua Lāʻau Kini no ka manawa pōkole. A laila, hoʻopuka maila ʻo ia:

"Hō, ʻoluʻolu maoli nō kēia," wahi a ke Kua Lāʻau Kini.

“Mana‘o nō ‘oukou he hiki nō iā ‘Oza ke hā‘awi mai ia‘u i ka pu‘uwai?”

Pane akula Dorotea, “Pēlā paha. He ma‘alahi nō paha kēlā hana e like me ka hā‘awi ‘ana i ka lolo i ke Ki‘i Ho‘oweliweli nei.”

“‘Oia‘i‘o nō,” wahi a ke Kua Lā‘au Kini i pane ai. “No laila, inā e hui aku au me ‘oukou, e hele pū nō au i ke Kaona Nui ‘Emelala a noi iā ‘Oza e kōkua mai ia‘u.”

‘Ī maila ke Ki‘i Ho‘oweliweli me ka pīhoihoi nui, “Mai,” a ‘ōlelo pū maila ‘o Dorotea he ‘olu‘olu nō ‘o ia i ka hui ‘ana mai o ke Kua Lā‘au Kini. No laila, kau akula kēlā i kāna ko‘i lipi ma luna o kona po‘ohiwi a kaha akula lākou a pau ma loko o ka ulu lā‘au ā hiki akula i ke alanui i kīpapa ‘ia ai i ka uinihapa lenalena.

Ua noi ke Kua Lā‘au Kini iā Dorotea e mālama i ke kini ‘aila ma loko o kāna ‘ie. ‘Ōlelo maila ‘o ia, “Inā lo‘a au i ka ua, e pa‘a hou au i ke kūkaehao, a laila, pono loa ia‘u ke kini ‘aila.”

Ua laki nō lākou i ka hui mai o ko lākou hoa hou i ko lākou ka‘ahele ‘ana, a ma ia hope koke iho nō, ua ho‘omaka hou lākou i ke ka‘ahele ‘ana ā hiki akula lākou i kekahi wahi me nā kumulā‘au e ulu pū ana ā hihipe‘a maoli ma luna o ke alanui, a ua hiki ‘ole i nā ka‘ahele ke komo i loko. Akā, ua ‘oni ke Kua Lā‘au Kini i ka hana me kāna ko‘i lipi a no ka pono loa o kona ‘oki ‘ana, ua ho‘oma‘ema‘e pono ‘o ia i ke ala no nā ‘ōhua a pau e kaha ai ma loko.

No ka lilo loa o Dorotea i ka no‘ono‘o nui i ko lākou ka‘ahele ‘ana, ‘a‘ole ‘o ia i ‘ike i ka ‘ōkupe ‘ana o ke Ki‘i Ho‘oweliweli a palahuli i loko o kekahi mālua a ‘oloka‘a ma ka ‘ao‘ao o ke alanui. Ua pono ‘o ia e kāhea iā Dorotea e hele mai e kōkua hou iā ia.

Nīnau akula ke Kua Lāʻau Kini, "No ke aha ʻaʻole ʻoe i hele ma ka ʻaoʻao o ka mālua?"

Pane maila ke Kiʻi Hoʻoweliweli me ka hauʻoli, "ʻAʻole lawa koʻu akamai. Piha kēia poʻo i ka mauʻu maloʻo, ua ʻike nō ʻoe, a ʻo ia koʻu mea e hele nei iā ʻOza e noi ai iā ia i ka lolo."

"ʻĀ ʻoia," wahi a ke Kua Lāʻau Kini. "Akā, ʻaʻole nō ka lolo ka mea ʻoi loa o ke ao."

Nīnau maila ke Kiʻi Hoʻoweliweli, "He lolo nō kou?"

"ʻAʻole, ua hakahaka pū kēia poʻo," i pane ai ke Kua Lāʻau Kini. "Akā, he lolo nō koʻu ma mua, a me ka puʻuwai pū nō; a no koʻu kamaʻāina i nā mea ʻelua, e aho loa ka puʻuwai i koʻu manaʻo."

"A no ke aha mai?" i nīele ai ke Kiʻi Hoʻoweliweli.

"E hahaʻi aku au i kuʻu moʻolelo iā ʻolua, a laila ʻolua e ʻike ai."

No laila, iā lākou nō e kaʻahele ana ma loko o ka ulu lāʻau, hahaʻi maila ke Kua Lāʻau Kini i kēia moʻolelo nei:

"Ua hānau au he keiki na kekahi kua lāʻau nāna i kua i nā kumulāʻau o ka ulu lāʻau a kūʻai akula i ka lāʻau e ola ai. A ulu aʻela au ā nui, ʻo au kekahi i lilo ai he kua lāʻau, a ma hope o ka make ʻana o koʻu makua kāne, naʻu i mālama i koʻu makuahine ā pau kona ola ʻana. A laila, ua holo

kuʻu manaʻo ʻaʻole e noho hoʻokahi a e aho e male au i ʻole au e noho mehameha loa.

"Ua loʻa kekahi kaikamahine Menekini, ua nui nō kona uʻi, a ua ulu koke koʻu aloha iā ia me kuʻu puʻuwai a pau. ʻOi ala, ua hoʻohiki mai ʻo ia e male māua ai nō ā lawa kaʻu kālā e kūkulu ai i kekahi hale kūpono loa nona; no laila, ua hele aku au i ka hana me ka ikaika ā ʻoi aku ma mua o kekahi manawa ma mua. Akā, ua noho kēia kaikamahine me kekahi luahine, ʻaʻohe ona makemake iā ia e male i kekahi kanaka, no ka mea, ua nui nō kona moloā, a make-make ihola ʻo ia e noho mau kēia kaikamahine me ia e kuke ai nāna a mālama hoʻi i ka hale. No laila, ua hele aku ka luahine i ka Uiti ʻIno o ka Hikina, a hoʻohiki akula iā ia ʻelua mau hipa a me kekahi pipi inā nāna e hoʻopau i ka male ʻana. Ma ia hope mai, ua pule hoʻohei ka Uiti ʻIno i luna o kaʻu koʻi lipi, a i kekahi lā, i koʻu kua ikaika ʻana, no koʻu pupuāhulu i ke kūkulu i koʻu hale hou a me ka pīhoihoi no kaʻu wahine, ua paheʻe ʻemo ʻole kaʻu koʻi lipi a ʻoʻoki ʻia kuʻu wāwae hema ā hemo.

"ʻO koʻu manaʻo mua, he pōʻino maoli nō kēia, no ka mea, ua ʻike nō au ʻaʻole hana pono ke kanaka hoʻokahi wale nō ona wāwae i kua lāʻau. No laila, ua hele aku nei au i kekahi mea kuʻi hao a noi akula iā ia e hana i wāwae noʻu me ke kini. Ua pono ka hana a ka wāwae i koʻu maʻa ʻana. Akā, ua piʻi ka huhū o ka Uiti ʻIno o ka Hikina, no ka mea, ua hoʻohiki ʻo ia i ka luahine ʻaʻole au e male i ke kaika-mahine Menekini uʻi. I koʻu hoʻomaka hou ʻana e kua i ka lāʻau, paheʻe kaʻu koʻi lipi a ʻoʻoki ʻia kuʻu wāwae ʻākau ā hemo. Ua hele hou aku au i ke kuʻi hao, a hana maila ʻo ia i wāwae noʻu me ke kini. Ma hope o kēlā, ʻoʻoki maila ke koʻi lipi i pule ʻia ai i kuʻu mau lima ā hemo, kekahi, a laila kekahi; akā, ʻaʻohe oʻu hāʻawipio, pani ʻia ia mau mea me nā lālā kini. A laila, hana maila ka Uiti ʻIno e pakika kaʻu koʻi lipi a ʻoʻoki i kuʻu poʻo ā hemo, a ma ia hope koke iho nō, noʻonoʻo ihola au ʻo koʻu pau ihola nō ia. Akā, ma ka laki nō, ua hiki mai ke kuʻi hao a hana maila ʻo ia i poʻo noʻu me ke kini.

"Manaʻo ihola au ua eo ka Uiti ʻIno iaʻu ma ia manawa, a ua nokenoke nō au i ka hana ā ʻoi aku ka ikaika ma mua o ka wā ma mua; akā, ua naʻaupō nō au i ka ʻinoʻino maoli o koʻu hoa paio. Ua manaʻo maila ʻo ia i kekahi hana e pepehi pau loa ai i kuʻu aloha i kēia kaikamahine Menekini uʻi loa, a hana maila ʻo ia e paheʻe hou kaʻu koʻi lipi a ʻoʻoki maila i kuʻu paukū kino ā puka pū ma kēlā ʻaoʻao, mahae lua kēia kino ma ʻelua hapa. Hiki hou mai nei ke kuʻi hao e kōkua mai ai iaʻu a hana maila ʻo ia i kekahi kino kini, a hoʻokuʻi maila ʻo ia i kuʻu mau lima kini me nā wāwae a me

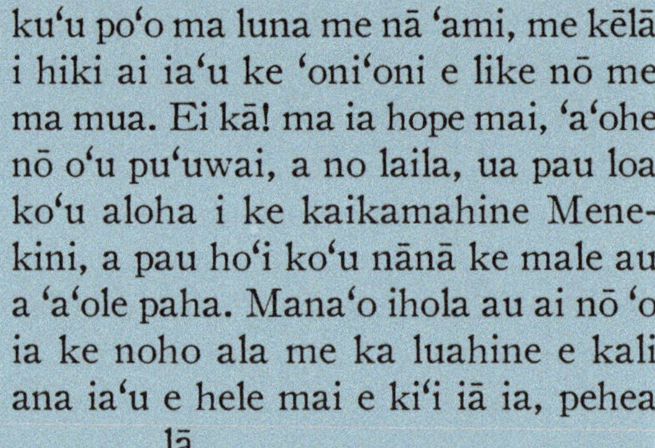

kuʻu poʻo ma luna me nā ʻami, me kēlā i hiki ai iaʻu ke ʻoniʻoni e like nō me ma mua. Ei kā! ma ia hope mai, ʻaʻohe nō oʻu puʻuwai, a no laila, ua pau loa koʻu aloha i ke kaikamahine Menekini, a pau hoʻi koʻu nānā ke male au a ʻaʻole paha. Manaʻo ihola au ai nō ʻo ia ke noho ala me ka luahine e kali ana iaʻu e hele mai e kiʻi iā ia, pehea lā.

"No ka hinuhinu loa o kuʻu kino i ka lā, ua piha au i ka haʻaheo a ʻaʻohe oʻu nānā ke paheʻe hou kaʻu koʻi lipi a ʻaʻole paha, no ka mea, ʻaʻohe oʻu moku. Hoʻokahi wale nō mea weliweli— ʻo ia ka paʻa o kuʻu mau ʻami i ke kūkaehao; akā, ua mālama au i kekahi kini ʻaila ma loko o koʻu papaʻi hale a naʻu i makaʻala i ka hoʻokulu i ka ʻaila ke pono. Akā naʻe, ua hiki mai kekahi lā i poina ai au i ka hoʻokulu i ka ʻaila, a loʻa ihola au i ka ua nui, ma mua o koʻu noʻonoʻo ʻana i kēia weliweli, ua paʻapū kuʻu mau ʻami i ke kūkaehao, a waiho wale nō au me kēlā e kū ana i loko o ka ulu lāʻau ā hiki maila ʻoukou e kōkua mai ai iaʻu. He pōʻino maoli nō, akā, i ke au ʻana o ka makahiki, kū nō au ma laila a noʻonoʻo ihola no kaʻu mea i minamina loa ai, a ʻo ia ka lilo ʻana o kuʻu puʻuwai. I koʻu wā i lilo ai au i ke aloha, ua piha loa koʻu hauʻoli; akā, ʻaʻole hiki ke aloha ke kanaka ʻaʻohe ona puʻuwai, a no laila, ʻo koʻu hopena nō kēia e noi ai iā ʻOza e hāʻawi i puʻuwai iaʻu. Inā hāʻawi mai nō ʻo ia, e hoʻi nō au i ke kaikamahine Menekini a male iā ia."

Ua lilo loa Dorotea lāua me ke Kiʻi Hoʻoweliweli i ka hoihoi i ka moʻo-lelo o ke Kua Lāʻau Kini, a i kēia manawa, ua ʻike nō lāua i ke kumu i hoihoi loa ai ʻo ia i puʻuwai hou.

"Like pū nō me aʻu, ʻeā," wahi a ke Kiʻi Hoʻoweliweli, "E noi au i lolo noʻu, ʻaʻole he puʻu-wai; no ka mea, ʻaʻohe maopopo o

ka mea naʻaupō i ka hana e hana ai me ka puʻuwai ke loʻa
kona puʻuwai."

"E lawe au i ka puʻuwai," i pane ai ke Kua Lāʻau Kini;
"no ka mea, ʻaʻohe hauʻoli i ka lolo, a ʻo ka hauʻoli ka mea
ʻoi loa o ke ao ʻokoʻa."

ʻAʻohe ʻekemu o Dorotea, no ka mea, ua huikau ʻo ia i
ka mea pololei ma waena o kona mau hoa ʻelua, a hoʻoholo
ihola ʻo ia inā hiki iā ia ke hoʻi i Kanesasa a me ʻAnakē
ʻEma, ʻaʻole pilikia inā ʻaʻohe lolo o ke Kua Lāʻau a ʻaʻohe
puʻuwai o ke Kiʻi Hoʻoweliweli, a inā paha ua loaʻa i kēlā
me kēia kāna mea i makemake ai.

ʻO kāna mea i hopohopo nui ai, ʻo ia ka pau koke ʻana
o ka palaoa, a pau pū ka meaʻai o ka ʻie ke ʻai hou ʻo ia lāua
ʻo Toto. ʻO ka ʻoiaʻiʻo, ʻaʻohe ʻai o ke Kua Lāʻau a i ʻole ke
Kiʻi Hoʻoweliweli, akā, ʻaʻole ke kaikamahine i hana ʻia me
ke kini a i ʻole ka mauʻu maloʻo, a ʻo ka make mai nō koe
inā ʻaʻole ʻo ia ʻai.

Mokuna VI.
Ka Liona Hōhē.

Aia I LOKO O KA ULU LĀʻAU hihipeʻa ʻo Dorotea me kona mau hoa kaʻahele e kaʻahele wāwae ana i kēia wā holoʻokoʻa. Kīpapa ʻia ke alanui me ka uinihapa lenalena, akā, ua uhi pau loa ʻia i nā lālā maloʻo a me nā lau mae loa o nā kumulāʻau, a hana nui nō hoʻi ka hele wāwae ʻana

Ua kakaʻikahi nā manu ma kēia wahi o ka ulu lāʻau, no ka mea, he puni nā manu i nā ʻāina kula pālahalaha, kahi i nui ai ka papā ʻana o ka lā. Akā, eia aku a eia mai, lohe ʻia kekahi leo nunulu o kekahi ʻano holoholona hihiu e peʻe ana ma waena o nā kumulāʻau. Panapana ikaika ihola ka puʻuwai o ke kaikamahine i kēia hana kuli, ʻoiai ʻaʻole ʻo ia i ʻike i ka mea i kani mai ai; akā, ua ʻike nō ʻo Toto, a pili kona hele wāwae ʻana ma ka ʻaoʻao o Dorotea, ʻaʻohe nō ona ʻaoa aku.

Nīnau akula ke kaikamahine i ke Kua Lāʻau Kini, "Pehea ka lōʻihi ā puka kākou i waho o kēia ulu lāʻau?"

ʻO ka pane, ʻo ia hoʻi, "ʻAʻohe oʻu maopopo. ʻAʻohe oʻu kamaʻāina i ke Kaona Nui ʻEmelala. Akā, ua hele nō koʻu makua kāne i laila hoʻokahi manawa, iā ia e ʻōpiopio ana, a mea maila ʻo ia ua lōʻihi ka hele ʻana ma kekahi ʻāina weliweli loa, akā naʻe, ma kahi kokoke i ke kaona nui kahi e noho ai ʻo ʻOza, he nani loa ka ʻāina. Akā, ʻaʻohe oʻu makaʻu ke loʻa kaʻu kini ʻaila, a ʻaʻohe mea nāna e hoʻomakaʻu i ke Kiʻi Hoʻoweliweli, a me ka meheu hoʻi o ka honi o ka Uiti Maikaʻi ma luna o kou lae, a nāna e pale iā ʻoe ke loʻa ka pilikia."

"Akā, ʻo Toto!" wahi ke kaikamahine me ke kuʻihē pū. "He aha ka mea nāna e pale iā ia?"

"Na kākou e pale iā ia no kākou iho nō ke pilikia ʻo ia," pēlā i pane ai ke Kua Lāʻau Kini.

Iā ia nō e ʻōlelo mai ana, ua paʻē maila kekahi leo uō ʻeʻehia nui mai loko mai o ka ulu lāʻau, a ʻānō iho nō a lele maila kekahi Liona nui ma luna o ke alanui. Hoʻokahi nō kā ʻana o kona māiʻuʻu a ʻo ka lele aʻela nō ia o ke Kiʻi Hoʻoweliweli e kūwalawala ala ā ke kaʻe o ke alanui, a laila, hili aʻela ʻo ia i ke Kua Lāʻau Kini me kona māiʻuʻu ʻoiʻoi loa. Akā, pūʻiwa aʻela ka Liona, ʻaʻohe wahi walu o ke kini, eia naʻe, ua palahuli ke Kua Lāʻau ma ke alanui a moe mālie ihola.

ʻO Toto hoʻi, me ka loaʻa o ka hoa paio i kēia manawa e ʻalo ai, holo kikī aʻela ʻo ia i kahi o ka Liona me ka ʻaoa

"He aha nō hoʻi kou ʻano?"

pū, a hāmama maila ka waha o ka holoholona nui e nahu i ka ʻīlio, a no kona makaʻu o pepehi ʻia ʻo Toto ā make, holo kikī akula ʻo Dorotea i mua a hili akula i ka ihu o ka Liona me ka ikaika i hiki, ʻaʻohe ona nānā i ka weliweli, a ʻuā aʻela ʻo ia:

"Mai nahu iā Toto! He aha nō hoʻi kou ʻano? He holoholona nunui nō ʻoe, a manaʻo nō ʻoe e nahu i kekahi ʻīlio liʻiliʻi me kēlā, ʻaʻole ʻoe hilahila?"

"ʻAʻole au i nahu iā ia," wahi a ka Liona, iā ia i ʻānaʻanai akula i kona ihu me kona maiʻao, ma kahi i hili ai ʻo Dorotea.

"ʻAʻole, akā, ua hoʻāʻo nō ʻoe," wahi āna i panepane hou ai. "He hōhē nui wale nō kou ʻano."

"Maopopo," wahi a ka Liona, kūlou ihola kona poʻo me ka hilahila pū. "Ua e kala nō hoʻi koʻu ʻike. Akā, he aha hou aʻe kaʻu e hana ai?"

"ʻAʻole nō maopopo iaʻu. Ke ʻoe noʻonoʻo i ka hili ʻana i kekahi kanaka hoʻopiha ʻia, e like me ke Kiʻi Hoʻoweliweli minamina wale!"

"Hoʻopiha ʻia nō ʻo ia?" wahi a ka Liona i nīele ai me ka pūʻiwa pū nō, iā ia i nānā akula iā ia ala e hāpai hou ana i ke Kiʻi Hoʻoweliweli a kūkulu hou iā ia ma kona mau wāwae, a paʻipaʻi akula ʻo ia iā ia ā kūpono hou kona kino.

"ʻOia hoʻi, hoʻopiha ʻia ʻo ia," i pane ai ʻo Dorotea, ua oia mau nō kona huhū.

"ʻO ia nō hoʻi kona mea i maʻalahi ai kona lele ʻana me kēlā," i pane hou ai ka Liona. "Ua nui nō koʻu pūʻiwa i ka ʻike aku iā ia e kūwalawala ala me kēlā. Ua hoʻopiha pū ʻia kekahi me kēlā nō kekahi?"

"ʻAʻole," wahi a Dorotea, "hana ʻia ʻoi ala i ke kini." A kōkua akula ʻo ia i ke Kua Lāʻau i ke kū hou ʻana i luna.

"'O ia kā ka mea he 'ane'ane nō a lāpu'u ku'u miki'ao," wahi a ka Liona. "I ko'u walu 'ana ma luna o ke kini, 'ōkalakala ihola ko'u kua. He aha kēlā holoholona li'ili'i āu e aloha nui nei?"

"'O ia ka'u 'īlio, 'o Toto," i pane ai 'o Dorotea.

Nīnau maila ka Liona, "Hana 'ia 'o ia i ke kini a i 'ole ho'opiha 'ia 'o ia?"

"'A'ole loa pēlā. He—he—he 'īlio 'i'o 'o ia," wahi a ke kaikamahine.

"'Ō! he hoihoi nō kona 'ano holoholona a he li'ili'i loa nō ho'i i ko'u nānā 'ana akula. 'A'ohe mea no'ono'o i ka nahu i kēia 'ano mea li'ili'i me kēlā, koe ka hōhē e like me a'u," wahi a ka Liona i ho'omau ai me ke kaumaha pū.

Nīnau akula 'o Dorotea, "He aha ka mea e hōhē ai 'oe?" a nānā akula 'o ia i ka holoholona nui me ka ha'oha'o pū, ua like kona nui me kekahi lio li'ili'i.

"He pāha'oha'o nō ho'i," wahi a ka Liona i pane ai. "Ua hānau 'ia nō paha au me kēlā. He 'upu nā holoholona 'ē a'e o ka ulu lā'au he koa nō au, no ka mea, mana'o 'ia ma nā wahi a pau 'o ka Liona ke Ali'i o nā Holoholona. Ua a'o au inā ikaika loa ko'u uō 'ana, he maka'u nā mea a pau a ne'e ma kahi 'ē i mua o'u. Ke hui au me kekahi kanaka, pi'i ko'u maka'u; akā, uō wale nō au iā ia, a holo mahuka wale nō kāna hana i kahi 'ē e like me ka mea hiki. Ke ho'ā'o nā 'elepani a me nā tika a me nā pea e hakakā mai ia'u, he holo mahuka nō au—he hōhē maoli nō ko'u 'ano; akā, i ko lākou lohe 'ana ia'u i ka uō, ho'ā'o nō lākou a pau e ne'e ma kahi 'ē i mua o'u, a ho'oku'u nō au iā lākou."

'Ī akula ke Ki'i Ho'oweliweli, "Akā, 'a'ole maika'i kēlā. 'A'ole pono ke hōhē ke Ali'i o nā Holoholona."

"Maopopo," i pane ai ka Liona me ka ho'omalo'o pū i kekahi waimaka ma kona maka me ke po'o o kona huelo. "'O ia ka'u mea nui e kaumaha ai, a nui nō ko'u lu'ulu'u. Akā, ke lo'a ka mea weliweli, ho'omaka ku'u pu'uwai e pana me ka māmā loa."

'Ī akula ke Kua Lā'au Kini, "Malia paha he ma'i pu'uwai nō kou."

Pane maila ka Liona, "Malia paha."

Ho'omau akula ke Kua Lā'au Kini, "Inā pēlā, e aho 'oe e hau'oli, no ka mea, he hō'oia'i'o 'ana kēlā he pu'uwai nō kou. No'u nei, 'a'ohe o'u pu'uwai; no laila, 'a'ole hiki ke ma'i ku'u pu'uwai."

"Malia paha," wahi a ka Liona i pane ai me ka no'ono'o nui, "inā 'a'ohe o'u pu'uwai, 'a'ohe o'u hōhē."

"He lolo nō kou?" i nīnau ai ke Ki'i Ho'oweliweli.

Pane maila ka Liona, "Pēlā ko'u kuhi. 'A'ole nō au i nānā ma mua e 'ike ai."

'Ī akula ke Ki'i Ho'oweliweli, "E hele ana au i ka 'Oza Nui e noi ai iā ia i lolo no'u, no ka mea, ua ho'opiha 'ia ku'u po'o i ka mau'u malo'o."

"A e noi ana au iā ia e hā'awi mai ia'u i pu'uwai," wahi a ke Kua Lā'au Kini.

"A e noi ana au iā ia e ho'iho'i ia'u me Toto i Kanesasa," wahi a Dorotea.

Nīnau maila ka Liona Hōhē, "Manaʻo ʻoukou he hiki nō iā ʻOza ke hāʻawi mai iaʻu i ke koa o ka naʻau?"

"He maʻalahi nō e like me kona hāʻawi ʻana mai iaʻu i ka lolo," wahi a ke Kiʻi Hoʻoweliweli.

ʻĪ akula ke Kua Lāʻau Kini, "A pēlā pū kona hāʻawi ʻana mai iaʻu he puʻuwai."

"Like pū nō kona hoʻihoʻi ʻana iaʻu i Kanesasa," wahi a Dorotea.

ʻĪ maila ka Liona, "Inā pēlā, e hele pū nō paha au me ʻoukou, pehea lā, no ka mea, he kohu ʻole nō hoʻi kēia ola ʻana ʻaʻohe koa."

"'Oluʻolu nō mākou e hoʻokipa iā ʻoe," wahi a Dorotea, "nāu e pale aku i nā holoholona hihiu ʻē aʻe. Me he mea lā iaʻu ua ʻoi aku nō ko lākou hōhē ma mua ou inā ʻae wale nō lākou iā ʻoe e hoʻomakaʻu iā lākou."

ʻĪ maila ka Liona, "Pēlā nō, akā, ʻaʻohe piʻi o koʻu koa me kēlā, a me koʻu hoʻomaopopo nō he hōhē au, he kaumaha mau nō au."

A no laila, ua hoʻomau akula nō hoʻi kēia pūʻulu hoa kaʻahele i ko lākou huakaʻi, me ka Liona nō e hele wāwae ana ma ke ʻano hoʻokahakaha ma ka ʻaoʻao o Dorotea. Ma ka hoʻomaka ʻana, ʻaʻole i ʻae ʻo Toto i kēia ʻōhua hou, no ka mea, ʻaʻohe ona poina i ka ʻaneʻane nō a ʻōpā ʻia ʻo ia ma waena o nā ā nui o ka Liona. Akā, a hala iki ka manawa, ua maha hou maila kona ʻano, a lilo ihola ʻo Toto me ka Liona Hōhē he mau hoaloha maikaʻi.

I ke koena o ia lā, ʻaʻohe wahi hana hoʻokāhāhā hou aku e hōʻano ʻē ai i ko lākou kaʻahele ʻana. Hoʻokahi manawa, ua hehi ke Kua Lāʻau Kini ma luna o kekahi ane e kolo ala ma ke alanui, a ua make ia mea iā ia. Ua kaumaha loa maila ke Kua Lāʻau Kini i kēia hana, no ka mea, he makaʻala mau ʻo ia i ka hōʻeha ʻole ʻana i kekahi mea ola; a iā ia e hele wāwae ai, ua nui ke kulukulu ʻana o kona mau waimaka i ke kaumaha me ka minamina. Ua kahe mālie kēia mau waimaka ma kona maka a ma luna o nā ʻami o kona ā, a i laila kahi i paʻa ai i ke kūkaehao. I ka nīele ʻana akula o Dorotea iā ia i kekahi nīnau, ʻaʻole i hiki i ke Kua Lāʻau Kini ke ʻoaka i kona waha, ʻoiai ua paʻa loa i ke kūkaehao. Ua piʻi kona makaʻu i kēia a kākā aʻela kona mau lima e hōʻike ai iā Dorotea e kōkua iā ia, akā, ʻaʻohe maopopo iā Dorotea kona manaʻo. Ua huikau nō hoʻi ka Liona i ka hoʻomaopopo i ka pilikia. Akā, lālau akula ke Kiʻi Hoʻoweliweli i ke kini ʻaila mai loko mai o ka ʻie a Dorotea a hoʻokulu akula i ka ʻaila ma luna o ke ā o ke Kua Lāʻau, a liʻuliʻu iki a ua hiki nō iā ia ke walaʻau e like me ma mua.

Mea maila ke Kua Lāʻau, "Nānā ʻoe, e aho nō au e mālama pono i koʻu hehi ʻana. Ke pepehi hou au i kekahi mū a ane paha, e uē hou nō au, a pēlā e paʻa ai kuʻu ā i ke kūkaehao, a ʻaʻole e hiki ana iaʻu ke walaʻau.”

Ma ia hope mai, ua mālama pono ʻo ia i kona hele wāwae ʻana, me ke kau pū o kona mau maka i ke alanui, a i kona ʻike ʻana i kekahi naonao liʻiliʻi e kolo ala ma kahi kokoke, ʻaʻe akula ʻo ia ma luna o ia mea i ʻole e ʻeha ia mea. Ma ia manawa i maopopo loa ai i ke Kua Lāʻau Kini ʻaʻohe ona puʻuwai, a no laila ʻo ia i mālama pono ai i ʻole ʻo ia e hana ʻino i kekahi mea.

Wahi āna, “‘Oukou, ka poʻe i loʻa ka puʻuwai, he mea nō ko ʻoukou e alakaʻi nei iā ʻoukou, ʻaʻole pono e hana hewa; akā, ʻaʻohe nō oʻu puʻuwai, a no laila, pono au e mālama pono. Ke hāʻawi mai ʻo ʻOza i puʻuwai noʻu, ʻaʻole nō pono loa e mālama pono me kēlā.”

Mokuna VII.
Ke Kaʻahele ʻana
i Kahi o ka ʻOza Nui.

I KĒLĀ PŌ, UA PONO LĀKOU E hoʻomoana ma lalo o kekahi kumulāʻau nunui ma ka ulu lāʻau, no ka mea, ʻaʻohe hale ma kahi kokoke. He pālulu maikaʻi ke kumulāʻau no kona mānoanoa i ʻole lākou e paʻu pū i ke kēhau, a ua ʻoki ke Kua Lāʻau Kini i kekahi paila wahie nui me kāna koʻi lipi a na Dorotea i kuni i ke ahi maikaʻi e pumehana ai ʻo ia a emi maila kona mehameha pēlā. Ua hoʻopau ʻo ia lāua ʻo Toto i ke koena o ka palaoa, a i kēia manawa, ʻaʻole i maopopo iā ia ka hana no ka pāʻina kakahiaka.

ʻĪ maila ka Liona, "Ke makemake ʻoe, e hele nō au i loko o ka ulu lāʻau a pepehi i kekahi kia nāu. Hiki nō iā ʻoe ke kōʻala ma luna o ke ahi, no ka mea, ʻano ʻē nō hoʻi kāu iʻa e ʻono ai, he pono e hoʻomoʻa ʻia, a me kēlā e lako ai kāu pāʻina kakahiaka."

"ʻAʻole e hana pēlā! E ʻoluʻolu," wahi a ke Kua Lāʻau Kini i nonoi ai. "E uē hou nō au ke pepehi ʻoe i ke kia aloha wale, a laila, paʻa hou nō hoʻi kuʻu ā i ke kūkaehao."

Akā, ua hele aku ka Liona i loko o ka ulu lāʻau a loaʻa akula iā ia kāna pāʻina ponoʻī nō, a ʻaʻole i ʻike nā mea ʻē aʻe i kāna pāʻina, no ka mea, ʻaʻole ʻo ia i ʻōlelo. Ua loaʻa i ke Kiʻi Hoʻoweliweli kekahi kumulāʻau piha i ka hua kukui ʻai a hoʻopiha akula i ka ʻie a Dorotea i nā hua i ʻole ʻo ia e noho pōloli ā lōʻihi loa. Ua manaʻo ke kaikamahine he ʻoluʻolu nō kēia hana a ke Kiʻi Hoʻoweliweli, akā, ua ʻakaʻaka nui ʻo ia i ke ʻano ʻē o ka hana a kēia mea minamina i ka ʻohi ʻana i ka hua kukui ʻai. Ua nui ka hemahema o kona mau lima hoʻopiha ʻia a he liʻiliʻi loa nā hua kukui ʻai a heleleʻi iā ia nā hua he nui e like nō me ka nui āna i ʻohi ai a hoʻokomo i loko o ka ʻie. Akā, ʻaʻole i pilikia i ke Kiʻi Hoʻoweliweli ka lōʻihi o ka hana e hoʻopiha ai i ka ʻie, no ka mea, pēlā i noho mamao ai ʻo ia mai ke ahi aku, ʻoiai he makaʻu ʻo ia o ʻā

ʻia kona mauʻu maloʻo a pau ʻo ia i ke ahi. No laila, ua noho nō ʻo ia ma kahi mamao mai ke ahi aku, a hoʻokokoke wale maila nō ʻo ia no ka uhi iā Dorotea me nā lau maloʻo i kona moe ʻana i lalo e hiamoe ai. Pēlā i pumehana ai ʻo ia, a ua ʻoluʻolu nō kona hiamoe ʻana ā hiki i ke kakahiaka.

I ke ao ʻana maila, ua holoi ke kaikamahine i kona maka ma kekahi kahawai liʻiliʻi a uʻi, a ma hope mai, ua hoʻomaka lākou i ka hele i ke Kaona Nui ʻEmelala.

He lā kēia i piha i ka hana hoihoi. ʻAʻole nō i piha hoʻokahi hola ma ke kaʻahele ʻana a ʻike aku nei lākou i kekahi ʻalu nui i mua o lākou e kaha ana i ke alanui a hoʻokaʻawale ʻia ka ulu lāʻau ā mamao loa e like me ka mea e hiki ai ke ʻike ma kēlā me kēia ʻaoʻao. Ua laulā loa ka ʻalu, a i ko lākou hiki ʻana aku i ke kaʻe a nānā i loko, ua ʻike lākou he hohonu maoli nō hoʻi, a ua nui nō nā pōhaku nunui a kukū ma lalo loa. No ke kūnihi loa o nā paia, ʻaʻole i hiki i kekahi o lākou ke iho i lalo, a no kahi manawa pōkole, ua manaʻo lākou ua pau ko lākou huakaʻi.

Nīnau akula ʻo Dorotea ma ke ʻano pilihua iki, "He aha kā kākou hana?"

ʻĪ maila ke Kua Lāʻau Kini, "ʻAʻohe oʻu wahi ʻike," a hoʻoluli ihola ka Liona i kona huluhulu ʻāʻī pūhuluhulu loa a he noʻonoʻo pono kona ʻano nānā ʻana. Akā, ʻōlelo maila ke Kiʻi Hoʻoweliweli:

"ʻAʻohe o kākou lele, he ʻoiaʻiʻo nō. ʻAʻole nō hoʻi hiki ke iho wāwae i lalo o kēia ʻalu nui. No laila, inā ʻaʻole hiki ke lele ma luna, pono nō kākou e kū ma neʻi nei."

"Manaʻo nō au he hiki nō iaʻu ke lele ma luna," wahi a ka Liona Hōhē, ma hope o ke ana ʻana i ke kōā i kona nānā pono ʻana.

"No laila, maikaʻi nō kākou ē?" i pane ai ke Kiʻi Hoʻoweliweli, "no ka mea, hiki nō iā ʻoe ke halihali iā mākou a pau ma luna o kou kua, hoʻokahi i ka manawa hoʻokahi.”

“E hoʻāʻo nō au,” wahi a ka Liona. “ʻO wai ke hele mua?”

ʻĪ maila ke Kiʻi Hoʻoweliweli, “ʻO au, no ka mea, inā ʻike ʻoe ʻaʻole e hiki aku ʻoe ma kēlā kapa o kēia ʻalu, he make nō hoʻi ʻo Dorotea, a i ʻole he pepeʻe ʻino ke Kua Lāʻau Kini ma luna o nā pōhaku ma lalo. Akā, inā ai au ma luna o kou kua, ʻaʻole pilikia, no ka mea, ʻaʻohe oʻu ʻeha i ka hāʻule ʻana i lalo.”

Mea maila ka Liona Hōhē, “ʻO au kekahi i makaʻu loa i ka hāʻule ʻana, akā, ʻaʻole hiki ke ʻalo aʻe, he pono ka hoʻāʻo. ʻOia, e kau mai ʻoe ma luna o koʻu kua a e hoʻāʻo nō kāua.”

Ua kau ke Kiʻi Hoʻoweliweli ma luna o ke kua o ka Liona, a ua hele ka holoholona nui i ka lihi o ka ʻalu a ʻōkuʻu ihola i lalo.

Nīnau akula ke Kiʻi Hoʻoweliweli, “No ke aha ʻaʻole ʻoe holo a lele?”

Pane maila ka Liona, “No ka mea, ʻaʻole pēlā ka hana a mākou, nā Liona.” A laila, lēhei nui aʻela ʻo ia, a lele aʻela i luna o ka lewa a kau pono akula nō ma kēlā kapa. Ua nui nō ko lākou hauʻoli i ka maʻalahi o ka hana, a ma hope o ka lele ʻana o ke Kiʻi Hoʻoweliweli i lalo o kona kua, ua lēhei hou ka Liona ma kekahi kapa.

Ua manaʻo ʻo Dorotea, ʻo ia ka mea mai e hele ai; no laila, ua lawe ʻo ia iā Toto ma kona mau lima a kau akula ma luna o ke kua o ka Liona me ka paʻa pono pū i kona

huluhulu ʻāʻī me hoʻo-
kahi lima. Ma ia kekona
aku, me he mea lā e lele
ana ʻo ia ma ka lewa; a
laila, ma mua o ka hiki
iā ia ke noʻonoʻo pono, e kau pono ana
ʻo ia ma kēlā kapa. Ua hoʻi ka Liona i
ke kolu o ka manawa a kiʻi aku nei i ke
Kua Lāʻau Kini, a laila, ua noho nō
lākou a pau i lalo no kekahi manawa e hoʻomaha iki ai i ka
holoholona nui, no ka mea, ua paupauaho nō ʻo ia i ka lele
nui ʻana, a haha aʻela ʻo ia e like me kekahi ʻīlio nunui i nui
loa ai kona holoholo ʻana.

 Ua ʻike nō lākou he mānoanoa ka ulu lāʻau ma kēia
ʻaoʻao mai, a he pōuliuli a kūnāhihi kona nānā ʻana. A
maha pono nō ka Liona, ua hoʻomaka lākou i ka hele ma
ke alanui uinihapa lenalena, e haʻohaʻo ana me ka hāmau
pū, kēlā me kēia o nā ʻōhua, inā e hōʻea aku nō lākou i ka
palena o ka ulu lāʻau a ʻike hou i ka māʻamaʻama o ka lā.
ʻO kekahi mea hou aku, ʻaʻole liʻuliʻu a lohe maila lākou i

nā hana kuli ʻano ʻē i loko o ka pouli o ka ulu lāʻau, a hāwanawana akula ka Liona iā lākou aia ma kēia wahi o ka ʻāina kahi i noho ai nā Kalida.

Nīnau akula ke kaikamahine, "He aha nā Kalida?"

"He tutua lākou me nā kino i like me ka pea a me ke poʻo e like me ka tika," i pane ai ka Liona, "a he māiʻuʻu ko lākou he loloa a ʻoiʻoi a hiki nō ke hoʻohaehae mai iaʻu ā mahae lua me ka maʻalahi loa e like me koʻu pepehi ʻana iā Toto. Nui loa nō koʻu makaʻu i nā Kalida."

Pane hou maila ʻo Dorotea, "'Aʻole au pūʻiwa i kou makaʻu. He weliweli maoli kēia ʻano holoholona."

Ua kokoke loa nō e pane mai ka Liona a kū akula nō lākou i kekahi ʻalu hou aku e kaha ana i ke alanui. Akā, no ke ākea a me ka hohonu loa o kēia, ua ʻike koke ka Liona ʻaʻole i hiki iā ia ke lele ā kekahi kapa.

No laila, noho ihola lākou i lalo e noʻonoʻo ai i ka mea e hana ai, a ma hope o ka noʻonoʻo pono ʻana, 'ī maila ke Kiʻi Hoʻoweliweli:

"Eia kekahi kumulāʻau nui, e kū ana ma kahi kokoke i ka ʻalu. Inā hiki nō i ke Kua Lāʻau Kini ke ʻoki i kēia lāʻau i lalo, e hina ia a kau ma kēlā ʻaoʻao, a hiki nō iā kākou ke hele wāwae ā kēlā ʻaoʻao me ka maʻalahi."

"Helu ʻekahi kēlā manaʻo," wahi a ka Liona. "He hoʻohuoi kekahi he lolo nō kou i loko o kou poʻo, 'aʻole he mauʻu maloʻo."

Hoʻomaka akula ke Kua Lāʻau Kini i ka hana ma ia manawa nō, a no ka ʻoi o kāna koʻi lipi, ua ʻeleu nō a ʻaneʻane pau pū ka lāʻau i ke kua ʻia. A laila, ua kau ka Liona i kona mau wāwae o mua ma ka ʻaoʻao o ke kumu a pahu ikaika akula e like me ka mea i hiki, a hina mālie akula ke kumulāʻau nui a kau akula me ke kohā nui ma kēlā ʻaoʻao o ka ʻalu, me kona mau lālā o luna loa ma kēlā ʻaoʻao.

Hāʻule akula ke kumulāʻau me ke kohā nui loa i loko o ka ʻalu.

ʻO ko lākou hoʻomaka akula nō ia i ke kaha aku i kēia uapo ʻano ʻē a ʻo ke kani maila nō ia o kekahi leo nunulu winiwini, a nānā akula lākou a pau i luna, a loʻohia ihola lākou i ka ʻeʻehia pū i ka ʻike aku i ʻelua mau holoholona nunui me ke kino kohu pea a me ke poʻo kohu tika.

"ʻO ia ke Kalida!" wahi a ka Liona Hōhē, e hoʻomaka ana ʻo ia e nāueue.

"ʻEleu!" wahi a ke Kiʻi Hoʻoweliweli. "E kaha nō kākou ā kēlā ʻaoʻao."

No laila, ua hele mua ʻo Dorotea me ka paʻa pū iā Toto ma kona mau lima, a laila, hahai akula ke Kua Lāʻau Kini ma hope, a laila ke Kiʻi Hoʻoweliweli. ʻO ka Liona hoʻi, me kona makaʻu loa pū nō, ua huli ʻo ia e ʻalo i nā Kalida, a laila, uō aʻela ʻo ia ā nui loa, a no ka ʻeʻehia loa, ua ʻuā ʻo Dorotea a palahuli aʻela ke Kiʻi Hoʻoweliweli ā pālaha, a ʻo ke kū koke ihola nō ia o nā holoholona nunui a nānā iā ia me ka pūʻiwaʻiwa pū.

Akā, i ko lākou ʻike ʻana ua ʻoi aku ko lākou nunui i ka Liona, a me ka hoʻomaopopo pū he ʻelua lāua a hoʻokahi wale nō ʻo ia, hoʻomaka hou maila nā Kalida i ke kiʻi kikī mai i mua, a kaha akula ka Liona ma luna o ke kumulāʻau a huli hou maila e ʻike i kā lāua ala hana aʻe. Me ke kū ʻole iho nō a ʻo ke kaha pū maila nō ia o nā holoholona hae ma luna o ke kumulāʻau. A ʻī akula ka Liona iā Dorotea:

"Ua pau ʻiʻo nō kākou, no ka mea, e hoʻohaehae mai nō lāua iā kākou ā haehae loa me ko lāua mau māiʻuʻu ʻoi loa. Akā, e kū nō ma hope koke oʻu nei, a e hakakā aku nō au iā lāua, iaʻu e ola nei."

Kāhea maila ke Kiʻi Hoʻoweliweli, "Kali!" E noʻonoʻo ana ʻo ia i ka hana ʻoi loa e hana ai, a ma ia hope mai, noi akula ʻo ia i ke Kua Lāʻau e ʻoki i ke poʻo o ke kumulāʻau e kau ana ma luna o ko lākou kapa o ka ʻalu. Hoʻomaka ihola

ke Kua Lāʻau Kini e hoʻohana i kāna koʻi lipi ma ia manawa nō, a i ke kokoke loa ʻana mai o nā Kalida ʻelua e kaha mai ā kēia kapa, hāʻule akula ke kumulāʻau me ke kohā nui loa i loko o ka ʻalu, e halihali pū ana i nā holoholona pupuka e hae pū ana, a ua ʻōpā loa ʻia lāua ā weluwelu loa ma luna o nā pōhaku ʻoiʻoi ma lalo loa.

"Oia," wahi a ka Liona Hōhē, iā ia e hanu lōʻihi ana, "ke ʻike nei nō au e ola hou nō kākou ā lōʻihi iki hou aʻe, a nui nō koʻu hauʻoli, no ka mea, ʻaʻole nō paha ʻoluʻolu loa inā ʻaʻole kākou ola. Ua nui loa nō koʻu makaʻu i kēlā mau holoholona, ai nō ke panapana ala kuʻu puʻuwai."

"Ā," wahi a ke Kua Lāʻau Kini me ke kaumaha pū, "Inā hoʻi he puʻuwai nō koʻu e pana ai."

Ua piʻi hou aʻe nō hoʻi ka pīhoihoi o nā ʻōhua kaʻahele e puka i waho o ka ulu lāʻau, a hele wāwae akula lākou me ka māmā loa ā piula ihola ʻo Dorotea, a ua pono ʻo ia e kau ma luna o ke kua o ka Liona. Ua nui loa ko lākou ʻoliʻoli i ka ʻike aku ua hele ā wīwī hou mai a kau liʻiliʻi nā kumulāʻau i ko lākou neʻe ʻana i mua, a i ka ʻauinalā, ua hōʻea aku nei lākou i kekahi kahawai nui ākea e kahe ikaika ana ma mua o lākou. Ma kekahi kapa o ke kahawai, ua ʻike aku nō lākou i ke alanui uinihapa lenalena e hoʻomau ana ma kekahi ʻāina nani, me nā pā mauʻu uliuli a me nā ʻōpū pua ʻālohilohi e kau liʻiliʻi ana ma kauwahi, a he mau kumulāʻau nō ma nā kapa ʻelua o ke alanui e luheluhe ana nā hua ʻai ʻono. Ua nui ko lākou hauʻoli e ʻike ai i kēia ʻāina i mua o lākou.

Nīnau akula ʻo Dorotea, "Pehea kākou e ʻaʻe ai i ke kahawai?"

Pane maila ke Kiʻi Hoʻoweliweli, "Maʻalahi ka hana. Na ke Kua Lāʻau Kini e kūkulu i kekahi moku hoʻolana no kākou, a pēlā kākou e lana hele ai ā kēlā kapa."

No laila, ua lawe ke Kua Lāʻau Kini i kāna koʻi lipi a hoʻomaka akula e kua i nā kumulāʻau liʻiliʻi e hana ai i moku hoʻolana, a iā ia i lilo ai i kēia hana, ua loaʻa i ke Kiʻi Hoʻoweliweli kekahi kumulāʻau piha i nā hua ʻai ʻono. Ua hauʻoli ʻo Dorotea i kēia, no ka mea, he hua kukui ʻai wale nō kāna ʻai mai kēlā kakahiaka mai nō, a nanea ihola ʻo ia i ka ʻai i ka hua ʻai.

Akā, he lōʻihi nō ka manawa e kāpili ai i moku hoʻolana, oia mau nō me ka ikaika a me nokenoke pū nō o ke Kua Lāʻau Kini, a i ka pō ʻana iho, ʻaʻole nō i pau pono ka hana. No laila, ua huli ā loaʻa iā lākou kekahi wahi ʻoluʻolu nō ma lalo o nā kumulāʻau, kahi a lākou i moemoe ai ā ke kakahiaka; a moeʻuhane ihola ʻo Dorotea no ke Kaona Nui ʻEmelala, a me ke Kāula maikaʻi, ʻo ʻOza, nāna hoʻi e hoʻihoʻi auaneʻi iā ia i kona home.

Mokuna VIII.
Ka Pā Pua
Kala Make.

ʻO ke ala

MAILA NŌ IA O NĀ HOA KAʻAHELE i kakahiaka mai, ua ola a lana ka manaʻo, a pāʻina ʻo Dorotea e like me kekahi kaikamahine aliʻi, he hua piki a me ka palama ka ʻai no nā kumulāʻau o kapa kahawai. Aia ma hope o lākou ka ulu lāʻau pouli a lākou i kaha ai me ka maluhia, me ko lākou pōpilikia nui nō naʻe; akā, ma mua o lākou kekahi ʻāina nani a māʻamaʻama i ka lā, me he mea lā na ka ʻāina i hoʻolalelale iā lākou i ke Kaona Nui ʻEmelala.

Aia hoʻi, na kēia kahawai ākea i hoʻokaʻawale iā lākou mai kēia ʻāina nani. Akā, ua ʻaneʻane loa nō a paʻa pono ka moku hoʻolana, a ma hope o ka ʻoki ʻana o ke Kua Lāʻau Kini i kekahi mau paukū lāʻau hou aku a hoʻopaʻa pū i ua mau mea lā me nā pine lāʻau, ua mākaukau nō lākou e holo. Ua noho ʻo Dorotea ma waenakonu o ka moku a paʻa pono ihola ʻo ia iā Toto ma kona mau lima. I ka hehi ʻana o ka Liona Hōhē ma luna o ka moku, ua hiō ʻino nō ia, no ka mea, ua nui a kaumaha nō ʻo ia; akā, ua kū ke Kiʻi Hoʻoweliweli a me ke Kua Lāʻau Kini ma kekahi poʻo e hoʻokaulike ai i ka moku, a he mau lāʻau loloa nō kā lākou ma ko lākou mau lima e pahu ai i ka moku hoʻolana ma luna o ka wai.

Ua maikaʻi nō ko lākou holo ʻana ma ka hoʻomaka ʻana, akā, i ko lākou kū ʻana akula ma waenakonu o ke kahawai, na ke au ikaika i huki iā lākou i lalo o ke kahawai, ua hele ā mamao hou aku nō lākou mai ke alanui uinihapa lenalena aku. A ua hele ā hohonu loa ka wai, ʻaʻohe pā hou o nā lāʻau i ka papakū o lalo.

ʻĪ maila ke Kua Lāʻau Kini, "ʻAʻole maikaʻi kēia, no ka mea, ʻaʻole hiki ke kū aku i ka ʻāina, e halihali ʻia kākou i ka ʻāina o ka Uiti ʻIno o ke Komohana, a e hoʻohei ʻo ia iā kākou e hoʻolilo ai iā kākou i kauā kuapaʻa ma lalo ona."

"A laila, ʻaʻole e loʻa koʻu lolo," wahi a ke Kiʻi Hoʻoweliweli.

"A ʻaʻole e loʻa koʻu koa," wahi a ka Liona Hōhē.

"A ʻaʻole e loʻa koʻu puʻuwai," wahi a ke Kua Lāʻau Kini.

"A 'a'ole au e ho'i hou i Kanesasa," wahi a Dorotea.

Ho'omau maila ke Ki'i Ho'oweliweli, "Pono nō kākou e hō'ea aku i ke Kaona Nui 'Emelala inā hiki," a no ka ikaika loa o kona pahu 'ana ma luna o kāna lā'au loloa, ua pa'a ia mea i loko o ka lepo ma ka papakū o ke kahawai. A laila, ma mua o kona huki hou 'ana ā hemo—a ho'oku'u paha—'o ka huki 'ia ihola nō ia o ka moku ho'olana, a waiho 'ia ke Ki'i Ho'oweliweli minamina wale e pa'a ikaika ana i ka lā'au ma waenakonu o ke kahawai.

"Aloha 'oukou!" Pēlā 'o ia i kāhea ai iā lākou, a ua nui nō ko lākou minamina i ka waiho 'ana iā ia i hope. He 'oia'i'o nō, ua ho'omaka ke Kua Lā'au Kini e uē, akā, laki nō, ua ho'omaopopo nō 'o ia he pa'a mai koe 'o ia i ke kūkaehao, a no laila, ho'omalo'o ihola 'o ia i kona waimaka ma luna o ka pāpalu o Dorotea.

He pilikia maoli nō kēia no ke Ki'i Ho'oweliweli.

Mana'o ihola 'o ia i loko ona, "'Oi aku nō ko'u pilikia i kēia manawa ma mua o ko'u hui mua 'ana me Dorotea. I kēlā manawa, ua pa'a nō au ma luna o kekahi pou ma kekahi pā mahi kūlina, a ho'omeamea au he hō'ā au i nā 'alalā. Akā, 'a'ohe nō waiwai o ke Ki'i Ho'oweliweli i pa'a ai ma luna o ka pou ma waenakonu o ke kahawai. Hopohopo nō au 'a'ole loa e lo'a ko'u lolo!"

I lalo o ke kahawai, ua lana hele akula ka moku hoʻolana, a ua waiho loa ʻia ke Kiʻi Hoʻoweliweli ma hope loa. A laila, ʻī maila ka Liona:

"Pono nō kākou e hoʻopakele iā kākou iho. Manaʻo au he hiki iaʻu ke ʻau ā ke kapa a huki i ka moku ma hope oʻu, inā hopu ʻoe i ke poʻo o kuʻu huelo."

No laila, lele akula ʻo ia i loko o ka wai, a hopu akula ke Kua Lāʻau Kini i kona huelo. A laila, hoʻomaka akula ka Liona e ʻau me kona ikaika a pau ā ke kapa. Ua nui nō ka hana, me ka nui nō o kona kino; akā, ua hele nō ā kū aku nō i kaʻe i waho o ka huki ʻana o ke au, a laila, kiʻi akula ʻo Dorotea i ka lāʻau loloa a ke Kua Lāʻau Kini a kōkua akula i ka pahu ʻana i ka moku hoʻolana ā kū i ka ʻāina.

Ua nui nō ko lākou piula i ko lākou kū ʻana i ke kapa a kau akula ma luna o ka mauʻu uliuli a nani, a ua ʻike nō lākou ua halihali ke kahawai iā lākou ā kahi mamao loa ā hala loa ke alanui uinihapa lenalena e hele ala i ke Kaona Nui ʻEmelala.

"He aha kā kākou hana i kēia manawa?" wahi a ke Kua Lāʻau Kini i nīnau ai, ʻoiai ka Liona e ʻōlala ana i kona kino i ka lā ma ka mauʻu e maloʻo ai.

ʻĪ akula ʻo Dorotea, "Pono kākou e hoʻi i ke alanui, pehea lā e hana ai?"

Mea maila ka Liona, "ʻO ka hana ʻoi loa, ʻo ia ka hele wāwae ma kapa o ke kahawai ā hoʻi nō i ke alanui."

No laila, a maha aʻela lākou, kiʻi hou aku nei ʻo Dorotea i kāna ʻie a hoʻomaka aʻela lākou e hele ma ke kapa mauʻu ā hiki i ke alanui mai laila mai kahi i halihali ai ke kahawai iā lākou. He ʻāina nani nō ia me nā pua he nui a me nā kumu hua ʻai nō a me ka pā ʻana mai o ka lā, a ua hauʻoli nō lākou, a inā ʻaʻole lākou i minamina i ke Kiʻi Hoʻoweliweli, malia paha piʻi hou aʻe nō ko lākou hauʻoli.

Ua hele wāwae nō lākou me ka māmā e like me ka mea i hiki, a hoʻokahi wale nō manawa i kū ai ʻo Dorotea e ʻako ai i kekahi pua nani; a hala iki kekahi manawa, ʻuā maila ke Kua Lāʻau Kini:

"Nānā!"

Nānā akula lākou i ke kahawai a ʻike akula i ke Kiʻi Hoʻoweliweli e kau ana ma luna o kona lāʻau ma waenakonu o ke kahawai, he mehameha a kaumaha kona nānā ʻana.

Nīnau akula ʻo Dorotea, "Pehea kākou e hoʻopakele ai iā ia?"

Ua luli pū ke poʻo o ka Liona a me ke Kua Lāʻau, no ka mea, ʻaʻole lāua i ʻike i ka hana. No laila, ua noho nō lākou i lalo ma ke kapa a nānā akula i ke Kiʻi Hoʻoweliweli ma ke ʻano minamina wale ā lele maila kekahi manu Kikonia, a i kona ʻike ʻana mai iā lākou, kau maila ʻo ia ma ke kapa e hoʻomaha ai.

Nīnau maila ka manu, "ʻO wai ʻoukou a i hea ʻoukou e hele nei?"

"ʻO au ʻo Dorotea," i pane ai ke kaikamahine, "a ʻo lāua nei koʻu mau hoaloha, ʻo ke Kua Lāʻau Kini a me ka Liona Hōhē; a ke hele aku nei mākou i ke Kaona Nui ʻEmelala."

Iā ia i hoʻomālō ai i kona ʻāʻī loloa, ʻī maila ka manu Kikonia, "ʻAʻole kēia ke alanui," ʻano liolio nō hoʻi kona maka i kona nānā ʻana i kēia pūʻulu ʻano ʻē.

Pane akula ʻo Dorotea, "Maopopo nō, akā, ua lilo ke Kiʻi Hoʻoweliweli, a ke haʻohaʻo maila mākou i ka hana e kiʻi hou ai iā ia."

"Ai hea ʻo ia?" wahi a ke Kikonia i nīnau ai.

"Ai ma laila i loko o ke kahawai," i pane ai ke kaika-mahine.

ʻĪ maila ke Kikonia, "Inā ʻaʻole ʻo ia i nui loa a kaumaha, naʻu nō hele kiʻi iā ia na ʻoukou."

ʻŌlelo akula ʻo Dorotea ma ke ʻano lana o ka manaʻo, "ʻAʻole nō ʻo ia kaumaha iki, no ka mea, ua hoʻopiha ʻia ʻo ia me ka mauʻu maloʻo; a inā nāu e hoʻihoʻi mai iā ia iā mākou, he mahalo nō mākou iā ʻoe ā nui loa."

"ʻOia, e hoʻāʻo nō au," wahi a ke Kikonia, "akā, inā ʻike au he nui loa kona kaumaha e halihali ai, he pono nō au e hoʻokuʻu iā ia i loko o ke kahawai."

No laila, lele aʻela ka manu nui ma ka lewa ā ma luna aʻe o ka wai ā hiki i kahi o ke Kiʻi Hoʻoweliweli e kau ana ma kona lāʻau. A laila, hopu akula ke Kikonia i ke Kiʻi Hoʻo-weliweli ma kona lima me kona mau māiʻuʻu nunui a hali-hali akula iā ia ma ka lewa ā hiki i kapa, kahi e noho ana ʻo Dorotea a me ka Liona a me ke Kua Lāʻau Kini a me Toto.

I ka ʻike ʻana o ke Kiʻi Hoʻoweliweli iā ia iho ma kahi o kona mau hoaloha, ua piha loa kona hauʻoli a pūliki ʻo ia iā lākou a pau, ʻo ka Liona me Toto pū nō hoʻi; a iā lākou i hele wāwae ai ma ke kapa, hīmeni akula ʻo ia iā "ʻŪlala-e-hō!" ma kēlā me kēia hehi ʻana, no ka nui loa o kona ʻoliʻoli.

"Ua nui nō koʻu makaʻu he pono au e waiho mau loa ma ke kahawai," wahi āna, "akā, na ke Kikonia ʻoluʻolu i hoʻopakele mai iaʻu, a ke loʻa koʻu lolo, e loʻa hou ke Kikonia iaʻu a hana au i kekahi hana lokomaikaʻi nāna e pānaʻi ai i ka lokomaikaʻi."

ʻĪ maila ke Kikonia, "ʻAʻole pilikia." E lele ana ʻo ia ma ko lākou ʻaoʻao. "Makemake mau nō au i ke kōkua i ka poʻe pilikia. Akā, pono nō au e hele i kahi ʻē i kēia manawa, ai ke kali maila kaʻu poʻe pūnua ma ka pūnana. Manaʻolana

*Hopu akula ke Kikonia i ke Kiʻi Hoʻoweliweli ma kona lima me kona
mau māiʻuʻu nunui a halihali akula iā ia ma ka lewa.*

nō au e loʻa ke Kaona Nui ʻEmelala iā ʻoukou a he kōkua mai hoʻi kēlā ʻOza iā ʻoukou.”

“Mahalo nō,” wahi a Dorotea i pane ai, a laila, ua lele ke Kikonia ma ka lewa a ʻaʻole liʻuliʻu a pau loa kona ʻike ʻia aku.

Ua kaʻahele akula lākou me ka hoʻolohe a me ka hīmeni pū no nā manu o nā waihoʻoluʻu ʻālohilohi a me ka nānā pū i nā pua nani i hele ai ā lehulehu ʻino ā paʻapū ka honua. Ua loaʻa nā pua lenalena a keʻokeʻo a uliuli a poni a ua nunui nō hoʻi, a he mau ōpū pua kala ʻulaʻula nō kekahi, a no ka ʻālohilohi loa, ua ʻaneʻane loa nō a ʻehaʻeha nā maka o Dorotea.

ʻĪ akula ke kaikamahine, “He nani loa nō ē?” a honi ihola nō hoʻi ʻo ia i ke ʻala ikaika o nā pua ʻālohilohi.

Pane maila ke Kiʻi Hoʻoweliweli, “Pēlā paha. Ke loʻa koʻu lolo, he ʻoi aku nō paha koʻu mahalo.”

Hoʻopuka maila ke Kua Lāʻau Kini i kona manaʻo, “Inā hoʻi i loʻa ai koʻu puʻuwai, he aloha nō au i nā pua.”

ʻĪ maila ka Liona, “He makemake mau nō au i nā pua. He lahilahi loa nō hoʻi lākou ke ʻoe nānā. Akā, ʻaʻohe pua ʻālohilohi i loko o ka ulu lāʻau e like me kēia.”

Ua hiki aku nō lākou i kahi o nā pua kala ʻulaʻula nunui he lehulehu hou aʻe, a emi maila ka nui o nā ʻano pua ʻē aʻe; a kokoke nō a loaʻa ihola lākou iā lākou iho ma waena o kekahi pā pua kala ākea a laulā loa. Ua ʻike ʻia nō inā nui loa kēia ʻano pua ma kekahi wahi, he ikaika loa ke ʻala, a ʻo ka mea honi i ke ʻala, he maka hiamoe mai nō koe, a inā ʻaʻole pau pū ka mea hiamoe i kona hiʻolani nani loa, inā hoʻomau kona hiamoe ā mau loa. Akā, ʻaʻole i ʻike ʻo Dorotea i kēia, a ʻaʻole i hiki iā ia ke pakele aku mai nā pua ʻulaʻula ʻālohilohi ma ʻō ma ʻaneʻi; a no laila, ua māniania

pū maila kona mau maka, a manaʻo ihola ʻo ia he pono ʻo ia
e noho i lalo e hoʻomaha ai a hiamoe.

Akā, ʻaʻole i ʻae ke Kua Lāʻau Kini iā ia e hana pēlā.

Mea maila ʻo ia, "Pono kākou e ʻeleu a hoʻi i ke alanui
uinihapa lenalena ma mua o ka pō ʻana maila," a ʻaelike
maila ke Kiʻi Hoʻoweliweli me ia. No laila, ua hoʻomau nō
lākou i ka hele wāwae ʻana ā pau loa ka hiki iā Dorotea ke
hoʻomau. Ua paʻa kona mau maka, me kona piula ʻino pū
nō a poina ihola nō ʻo ia i kahi ona i kēlā manawa a hiolo
ihola ʻo ia ma waena o nā pua kala, pau i ka
hiamoe.

Nīele maila ke Kua Lāʻau Kini, "He aha kā
kākou hana?"

ʻĪ maila ka Liona, "Ke waiho kākou iā ia ma
neʻi nei, ʻo ka make mai nō koe. Ke make maila
nō kākou a pau i ke ʻala o nā pua. ʻO au nei,
kaʻakaʻa mau nō kuʻu maka, a ua pau ʻē ihola ka
ʻīlio i ka hiamoe."

He pololei nō; ua hiolo pū nō ho‘i ‘o Toto ma ka ‘ao‘ao o kona haku wahine. Akā, ‘a‘ole i pilikia ke Ki‘i Ho‘oweliweli a me ke Kua Lā‘au Kini i ke ‘ala o nā pua, ‘oiai ‘a‘ole nō lāua i hana ‘ia i ka ‘i‘o.

“Holo māmā,” wahi a ke Ki‘i Ho‘oweliweli i ka Liona, “e puka nō ‘oe i waho o kēia pā pua make e like me ka mea hiki. Na māua e halihali i ke kaikamahine me māua, akā, inā pau ‘oe i ka hiamoe, ua nui loa nō kou nunui e halihali ai māua.”

No laila, ho‘oikaika hou a‘ela ka Liona a holo kikī akula i mua me ka māmā i hiki. ‘A‘ole nō i li‘uli‘u a ua pau kona ‘ike ‘ia.

Mea maila ke Ki‘i Ho‘oweliweli, “E hana kāua i noho me ko kāua mau lima a halihali iā ia.” No laila, hāpai akula lāua iā Toto a kau akula i ka ‘īlio ma luna o ka ‘ūhā o Dorotea, a laila, hana ihola lāua i noho me ko lāua mau lima i noho a halihali akula lāua i ke kaikamahine hiamoe ma waena o lāua ma waena o nā pua.

Ho‘omau akula nō lāua, a me he mea lā ‘a‘ohe pau ‘ana o ka pā pua make e ho‘opuni mai ana iā lākou. Ua hahai lāua i ka huli o ke kahawai, a ‘akahi nō lāua a kū aku i kahi o ko lākou hoaloha, ka Liona, e moe ana ‘o ia i lalo, ua pau loa i ka hiamoe ma waena o nā pua kala. Ua nui loa ka ikaika o nā pua no kēia holoholona nunui a ‘akahi nō a hā‘awipio ihola ‘o ia, a ua pōkole wale nō ka lō‘ihi i koe mai ka palena aku o ka pā pua kala, aia i laila kahi i waiho kāhela ai ka pā mau‘u uliuli ma mua o lākou.

“‘A‘ohe a kākou mea e hana ai e kōkua ai iā ia,” wahi a ke Kua Lā‘au Kini me ke kaumaha pū; “no ka mea, ua

nui loa nō kona kaumaha e hāpai ai. Pono kākou e waiho iā
ia ma neʻi e hiamoe ai ā mau loa, a malia paha e moeʻuhane
ʻo ia i ka loʻa pono iā ia ke koa.”

ʻĪ maila ke Kiʻi Hoʻoweliweli, “E kala mai nō. He hoa
maikaʻi nō ka Liona me kona ʻano nō he hōhē. Akā, e
hoʻomau nō kākou i ka holomua.”

Ua halihali lāua i ke kaikamahine hiamoe ā kekahi
wahi nani ma kapa o ke kahawai, ua lawa kona mamao mai
ka pā pua kala aku i ʻole ai ʻo ia e hanu i ke ʻala make o nā
pua, a i laila lāua i waiho ai iā ia me ka mālie ma luna o ka
mauʻu palupalu a kali akula i ka pā mai o ka makani ʻoluʻolu
nāna e hoʻāla iā ia.

Mokuna IX.
Ke Ali'i Wahine o nā 'Iole Pā Mau'u.

"Wahi A KE KIʻI HOʻO-weliweli, "'Aʻole nō paha kākou mamao mai ke alanui uinihapa lenalena," e kū ana ʻo ia ma ka ʻaoʻao o ke kaikamahine, "ua kokoke loa e like kēia mamao me ka lōʻihi o ka lalau ʻana ma ke kahawai."

Ua manaʻo ke Kua Lāʻau Kini e pane aku a lohe aʻela ʻo ia i kekahi leo i ka nunulu ʻana, a huli aʻela kona poʻo (ua maikaʻi loa ka huli ʻana me nā ʻami), a ʻike aʻela ʻo ia i kekahi holoholona ʻano ʻē e holo mai ana ma luna o ka mauʻu i kahi o lākou. He Pōpoki Hihiu lenalena a nunui nō, a manaʻo iholā ke Kua Lāʻau Kini e alualu ana ia mea i kekahi mea, no ka mea, e moe pālaha ana kona mau pepeiao ā pili ma luna o kona poʻo, a ua hāmama pū kona waha, e hōʻikeʻike ana ʻelua lālani niho pupuka, a he hāweoweo kona mau maka ʻulaʻula e like me ka pōpō ahi. I kona kokoke ʻana mai, ua ʻike aku ke Kua Lāʻau Kini he mea nō ke holo ala i mua o ua holoholona ala, aia kekahi ʻiole pā mauʻu liʻiliʻi, a me ka nele nō hoʻi o kona puʻuwai, ua ʻike nō ʻo ia he hewa ka hoʻāʻo ʻana o ka Pōpoki Hihiu e pepehi i kēia wahi holoholona liʻiliʻi aloha a hewa ʻole.

No laila, hāpai akula ke Kua Lāʻau Kini i kāna koʻi lipi, a i ka māʻalo ʻana mai o ka Pōpoki Hihiu, ua kā ikaika akula ʻo ia hoʻokahi manawa, a ʻoki ʻia ke poʻo o ka holoholona ā hemo mai kona kino aku, a ʻolokaʻa akula ia mea ma kona mau wāwae ma ʻelua ʻāpana.

Kū koke ihola ka ʻiole pā mauʻu, no kona hoʻopakele ʻia akula mai kona ʻenemi aku; a i kona neʻe mālie ʻana mai i kahi o ke Kua Lāʻau Kini, ʻī maila ʻo ia ma ka leo ʻuīʻuī a liʻiliʻi:

"'Ō, mahalo! Mahalo nui iā ʻoe no ka hoʻopakele i koʻu ola."

Pane akula ke Kua Lāʻau Kini, "Mai hopohopo, ʻaʻole pilikia. ʻAʻohe nō oʻu puʻuwai, no laila, he nui loa nō koʻu mālama pono e kōkua aku i nā poʻe a pau loa i pono ai iā lākou ke kōkua, oia mau nō inā he ʻiole wale nō."

"He ʻiole wale nō!" i ʻuā ai ka holoholona liʻiliʻi me ke kūʻaki pū nō. "He Aliʻi Wahine nō kā au—ʻo au ke Aliʻi Wahine o nā ʻIole Pā Mauʻu a pau!"

"'Ō, ʻoia nō?" wahi a ke Kua Lāʻau, iā ia e kūlou ana.

Hoʻomau maila ke Aliʻi Wahine, "No laila, he mea nui nō kāu hana, a he hana koa nō hoʻi, ma ka hoʻopakele ʻana i koʻu ola."

Ma ia manawa, ʻo ka hōʻea maila nō ia o nā ʻiole he lehulehu loa me ka māmā loa i hiki, a i ko lākou ʻike ʻana i ko lākou Aliʻi Wahine, hoʻōho maila lākou:

"Auē, e ke Ali‘i Wahine, mana‘o ihola mākou ua pau loa ‘oe i ka make! Pehea ‘oe i pakele ai i ka Pōpoki Hihiu?" Kūlou ha‘aha‘a loa maila lākou a pau, ‘ane‘ane nō a huli loa lākou ma luna o ko lākou mau po‘o.

Pane akula ‘o ia, "Na kēia kanaka ‘ano ‘ē nō, nāna i pepehi i ka Pōpoki Hihiu a ho‘opakele maila i ko‘u ola. No laila, ma kēia hope aku, e lawelawe ‘oukou iā ia, a e mālama ‘oukou i kāna mau mea a pau e makemake ai."

"Pēlā nō!" wahi a nā ‘iole a pau i ho‘ōho ai, a he leo ‘uī pūwalu nō ho‘i. A laila, holokē akula nō ho‘i lākou ma nā ‘ao‘ao like ‘ole a pau, no ka mea, ua ala maila ka hiamoe o Toto, a i kona ‘ike ‘ana i kēia mau ‘iole ā puni ona, ‘aoa a‘ela ‘o ia ho‘okahi manawa i ka hau‘oli a lele a‘ela ‘o ia ma waenakonu o ke anaina. He le‘ale‘a mau ‘o Toto i ke alualu ‘iole i kona noho ‘ana ma Kanesasa, a ‘a‘ole ‘o ia i mana‘o he pilikia kēia hana.

Akā, ua hopu ke Kua Lā‘au Kini i ka ‘īlio ma kona mau lima a pa‘a pono akula iā ia, iā ia e kāhea ana i nā ‘iole, "E ho‘i mai! E ho‘i mai! ‘A‘ole e hō‘eha ‘o Toto iā ‘oukou."

Ma kēia lohe ‘ana, hō‘ō maila ke Ali‘i Wahine i kona po‘o mai lalo mai o kekahi ōpū mau‘u a nīnau maila me ka leo waipahē:

"Pololei loa nō, ‘a‘ole ‘o ia e nahu mai iā mākou?"

"‘A‘ole au e ‘ae aku iā ia," wahi a ke Kua Lā‘au, "no laila, mai maka‘u."

‘Ō‘ili mālie hou maila kekahi, a laila kekahi, a ‘a‘ole i ‘aoa hou ‘o Toto,

akā, ua hoʻāʻo nō ʻo ia e pakele mai nā lima aku o ke Kua Lāʻau, a he nahu nō ʻo ia iā ia inā ʻaʻole ʻo ia i ʻike ua hana ʻia ʻo ia me ke kini. ʻAkahi nō a ʻōlelo maila kekahi o nā ʻiole nui loa.

"He mea nō kā mākou e kōkua ai," wahi a kēia ʻiole, "e pānaʻi hou ai iā ʻoe no ka hoʻopakele ʻana i ke ola o ko mākou Aliʻi Wahine?"

Pane akula ke Kua Lāʻau, "ʻAʻohe nō oʻu manaʻo," akā, ʻo ke Kiʻi Hoʻoweliweli, iā ia e hoʻāʻo ana e noʻonoʻo me ka hiki ʻole nō naʻe no ka hakahaka o kona poʻo i ka nele i ka lolo, ʻī koke maila ʻo ia:

"ʻŌ, ʻae; hiki nō iā ʻoukou ke hoʻopakele i ko mākou hoaloha, ʻo ka Liona Hōhē, ua pau i ka hiamoe ma ka pā pua kala."

"He Liona kā!" i ʻuā mai ai ke Aliʻi Wahine. "E ʻai mai nō ʻo ia iā mākou a pau."

"ʻŌ, ʻaʻole," wahi a ke Kiʻi Hoʻoweliweli; "he hōhē kēia Liona."

"ʻOiaʻiʻo nō?" wahi a ka ʻIole i nīnau ai.

"Pēlā nō kāna ʻōlelo iho nō," i pane ai ke Kiʻi Hoʻoweliweli, "a ʻaʻohe nō ona hōʻeha i kekahi hoaloha o mākou. Inā e kōkua mai ʻoukou iā mākou i ka hoʻopakele iā ia, ke hoʻohiki aku nei au e ʻoluʻolu mai nō ʻo ia iā ʻoukou."

"ʻOia, maikaʻi nō," wahi a ke Aliʻi Wahine, "hilinaʻi nō mākou iā ʻoe. Akā, he aha kā mākou hana?"

"He nui nō nā ʻiole e kāhea nei iā ʻoe ʻo ʻoe ko lākou Aliʻi Wahine me ka makemake nō e hoʻolohe i kāu ʻōlelo?"

Pane maila ʻo ia, "ʻOia; ua lehulehu a manomano nō."

"No laila, e kauoha paha ʻoe iā lākou a pau e hiki mai me ka ʻāwīwī i hiki a e lawe pū mai kēlā me kēia i kekahi ʻāpana kaula lōʻihi".

“E ʻae mai iaʻu e hoʻolauna iā ʻoe i ka Mea Kiʻekiʻe,
ke Aliʻi Wahine.”

Ua huli ke Ali‘i Wahine i nā ‘iole e ho‘opuni ana iā ia a ha‘i aku nei ‘o ia iā lākou e hele koke a hō‘ākoakoa pū i kona po‘e a pau. I ko lākou lohe ‘ana i kāna kauoha, holo akula lākou ma nā ‘ao‘ao like ‘ole me ka māmā loa i hiki.

"‘Oia," wahi a ke Ki‘i Ho‘oweliweli i ke Kua Lā‘au Kini, "pono ‘oe e hele i kēlā mau kumulā‘au ma kapa kahawai a kāpili i ka‘a halihali e halihali ai i ka Liona."

No laila, ua hele koke ke Kua Lā‘au i nā kumulā‘au a ho‘omaka akula i ka hana; a hana koke ihola ‘o ia me nā lālā o nā kumulā‘au, a pa‘i ihola ‘o ia i nā lau me nā lālā ā hemo. Ho‘opa‘a pū ihola ‘o ia i nā ‘āpana me nā pine a hana ihola ‘ehā huila me nā ‘āpana pōkole o kekahi kumu o kekahi kumulā‘au nui. No ka ‘āwīwī a me ka pono o kāna hana, i ka ho‘omaka ‘ana o nā ‘iole e hiki mai, ua mākaukau ‘ē ke ka‘a halihali no lākou.

Ua hiki mai lākou mai nā ‘ao‘ao like ‘ole mai, a ua lehulehu loa ko lākou nui ma nā kaukani: nā ‘iole nui, nā ‘iole li‘ili‘i, a me nā ‘iole o waena ko lākou nui; a lawe pū maila kēlā me kēia i kekahi ‘āpana kaula ma kona waha. Ma kahi o ia manawa i ala ai ka hiamoe lō‘ihi o Dorotea a ka‘aka‘a a‘ela kona mau maka. Ua nui nō kona pū‘iwa‘iwa i kona ‘ike ‘ana iā ia iho e moe ana ma luna o ka mau‘u, me nā ‘iole he mau kaukani nō e kukū ana ā puni ona me ka nānā pū iā ia ma ke ‘ano ‘āhē. Akā, ua ha‘i aku ke Ki‘i Ho‘oweliweli iā ia i nā mea a pau, a me kona huli ‘ana nō i ka ‘Iole li‘ili‘i a hiehie ke kūlana, ‘ōlelo akula ‘o ia:

"E ‘ae mai ia‘u e ho‘olauna iā ‘oe i ka Mea Ki‘eki‘e, ke Ali‘i Wahine."

Ua kūnou ke po‘o o Dorotea ma ke ‘ano kūo‘o a kūlou iki maila ke Ali‘i Wahine, a ma ia hope aku, ua ‘olu‘olu nui maila kona ‘ano me ke kaikamahine li‘ili‘i.

I kēia manawa, ua hoʻomaka ke Kiʻi Hoʻoweliweli a me ke Kua Lāʻau Kini e nākiʻikiʻi i nā ʻiole i ke kaʻa halihali me nā kaula a lākou i halihali mai ai. Ua nākiʻi ʻia kekahi poʻo o ke kaula ma ka ʻāʻī o kēlā me kēia ʻiole a nākiʻi ʻia kekahi poʻo ma luna o ke kaʻa halihali. He ʻoiaʻiʻo nō, he pākaukani aku ka nui o ke kaʻa i nā ʻiole na lākou e alakō aku; akā, i ka paʻa pono ʻana o nā kaula alakō o nā ʻiole, ua maʻalahi maila ko lākou alakō ʻana. ʻO ke Kiʻi Hoʻoweliweli a me ke Kua Lāʻau Kini kekahi i hiki ke noho ma luna o ke kaʻa, a

ua māmā ke alakō 'ana o ko lākou mau lio 'ano 'ē i kahi e
moe 'oko'a ana ka Liona.

Ma hope o ka hana nui loa, no ke kaumaha ho'i o ka
Liona, ua pono kā lākou hana e kau ai iā ia ma luna o ke
ka'a halihali. A laila, kauoha koke akula ke Ali'i Wahine i
kona po'e 'iole e ho'omaka, 'oiai ua hopohopo 'o ia o noho
nā 'iole ma waena o nā pua kala ā lō'ihi, a laila, e pau pū
lākou i ka hiamoe.

Ma ka ho'omaka 'ana, me ko lākou lehulehu loa nō
na'e, he hana nui nō iā lākou ka hō'oni 'ana i ke ka'a kau-
maha loa; akā, ua pahu ke Kua Lā'au a me ke Ki'i Ho'oweli-
weli mai hope mai, a ua pi'i ka maika'i o kā lākou hana.
'A'ole li'uli'u a halihali 'ia ka Liona ā puka i waho o ka pā

pua kala ā hiki i ka pā uliuli, kahi i hiki ai iā ia ke hanu i ke ea hou a ʻaʻala, ʻaʻole hoʻi ke ea make o nā pua.

Hiki maila ʻo Dorotea e hui ai me lākou a mahalo akula ʻo ia i nā ʻiole liʻiliʻi me ka ʻoluʻolu nō no ka hoʻopakele ʻana i kona hoa i ʻole ʻo ia e make. Ua ulu kona aloha i ka Liona nui, no laila, ua nui nō kona hauʻoli i kona pakele ʻana.

A laila, ua hoʻokala ʻia nā kaula alakō o nā ʻiole mai luna aku o ke kaʻa halihali a holokē akula lākou i kahi ʻē ma waena o ka mauʻu ā hiki i ko lākou mau home. ʻO ke Aliʻi Wahine o nā ʻIole ka mea hope i haʻalele.

ʻĪ maila ʻo ia, “Ke pono hou iā ʻoukou, e hele mai i ka pā mauʻu a kāhea mai, a e hoʻolohe mākou iā ʻoukou a hele e kōkua iā ʻoukou. Aloha ʻoukou!”

“Aloha nō kākou!” wahi a lākou a pau, a holo akula ke Aliʻi Wahine i kahi ʻē, iā Dorotea i paʻa pono ai iā Toto o alualu ʻo ia a hoʻomakaʻu iā ia ala.

Ma hope o kēia, ua noho nō lākou i lalo ma ka ʻaoʻao o ka Liona ā hiki i kona ala hou ʻana mai; a lawe maila ke Kiʻi Hoʻoweliweli i kekahi hua ʻai na Dorotea mai kekahi kumulāʻau mai i kokoke mai, a ua ʻai nō ʻo ia i pāʻina ahiahi.

Mokuna X.
Ke Kia'i
o ka 'Īrika Pā.

KE ALA ʻANA O KA LIONA HŌHĒ MA HOPE
loa, ʻoiai ua lōʻihi kona moe ʻana ma waena
o nā pua kala e hanu ana i ko lākou ea make,
kaʻakaʻa aʻela kona mau maka a ʻolokaʻa
akula ʻo ia i ka lele i lalo o ke kaʻa halihali a
hauʻoli maila ʻo ia i kona ʻike iā ia iho e ola
ana.

ʻĪ maila ʻo ia, "Ua holo nō au me ka māmā nui i hiki,"
e noho ana ʻo ia i lalo me ka pūhā pū, "akā, ua nui loa nō ka
ikaika o nā pua noʻu. Pehea ʻoukou i hoʻopakele maila iaʻu?"

A laila, hahaʻi aku nei lākou iā ia no nā ʻiole pā mauʻu,
a no ko lākou hoʻopakele ʻoluʻolu ʻana iā ia i ʻole ʻo ia e make;
a ʻakaʻaka maila ka Liona, a ʻī maila:

"Noʻonoʻo mau nō au he mea nui a hae nō au; akā, ua
ʻaneʻane nō a pepehi mai kēia mea liʻiliʻi nei he pua iaʻu ā
make, a na kēia poʻe holoholona liʻiliʻi, he ʻiole, i hoʻopakele
i koʻu ola. Kupaianaha nō kā hoʻi! Akā, e nā hoa, he aha kā
kākou hana i kēia manawa?"

ʻĪ akula ʻo Dorotea, "Pono kākou e kaʻahele ā loʻa hou ke alanui uinihapa lenalena, a laila, hiki nō ke hoʻomau aku ā hiki i ke Kaona Nui ʻEmelala."

No laila, me ka maha pono hou nō o ka Liona, a me ka hoʻi mai nō o kona ʻano maʻamau, hoʻomaka akula lākou a pau i ke kaʻahele ʻana me ka nanea pū i ka hele wāwae ʻana ma waena o ka mauʻu hou a palupalu; a ʻaʻole nō i liʻuliʻu a kū akula nō lākou i ke alanui uinihapa lenalena a huli hou akula i kahi o ke Kaona Nui ʻEmelala, kahi e noho ai ka ʻOza Nui.

Ua pālahalaha ke alanui a kīpapa pono ʻia i kēia manawa, a he nani nō hoʻi ka ʻāina ā puni, no laila, ua ʻoliʻoli nā ʻōhua i ka haʻalele i ka ulu lāʻau ma hope loa, a me nā mea weliweli pū nō hoʻi a lākou i ʻike ai i loko o ka pouli ʻeʻehia o laila. Ua ʻike hou lākou i nā pā kapa alanui i kāpili ʻia ai; akā, ua

pena ʻia kēia he ʻōmaʻomaʻo, a i ko lākou hōʻea ʻana akula i kekahi hale liʻiliʻi, ua akāka hoʻi he mahi ʻai ke noho lā i laila, a ua pena pū ʻia ia hale he ʻōmaʻomaʻo. Ua māʻalo lākou i nā hale he nui o kēia ʻano i ka ʻauinalā, a i kekahi manawa, puka maila nā kānaka i nā ʻīpuka a nānā maila iā lākou me he mea lā he hoihoi lākou e nīele mai i ka manaʻo; akā, ʻaʻohe wahi poʻe i hoʻokokoke mai iā lākou a ʻōlelo mai paha ma muli o ka Liona nui, a ua nui nō ko lākou makaʻu. Ua ʻaʻahu ʻia kēia poʻe kānaka i ka lole he ʻōmaʻomaʻo e like me ka ʻemelala a pāpale lākou i nā pāpale ʻōpuʻu e like me nā Menekini.

"ʻO kēia nō paha ka ʻĀina o ʻOza," wahi a Dorotea i hoʻopuka ai, "a ke kokoke aku nei nō paha kākou i ke Kaona Nui ʻEmelala."

Pane maila ke Kiʻi Hoʻoweliweli, "ʻAe. He ʻōmaʻomaʻo nā mea a pau i neʻi, akā, ma ka ʻāina o nā Menekini, ʻo ka uliuli ka waihoʻoluʻu punahele. Akā naʻe, ʻaʻole like ka ʻoluʻolu o nā kānaka o kēia wahi e like me nā Menekini, a manaʻo au ʻaʻole e loaʻa iā kākou kekahi wahi e hoʻāumoe ai."

ʻĪ maila ke kaikamahine, "He ʻono nō au i kekahi mea ʻokoʻa e ʻai ai, ʻaʻole he hua ʻai, a manaʻo au ua nui loa ka pōloli o Toto. E kū nō paha kākou ma kēia hale aʻe a walaʻau me nā kānaka."

No laila, i ko lākou hiki ʻana akula i kekahi hale mahi ʻai ʻano nui kūpono nō, ua hele wāwae aku ʻo Dorotea me ke koa pū nō ā hiki i ka ʻīpuka a kīkēkē akula.

Ua wehe mai kekahi wahine i ka puka ā liʻiliʻi kūpono e nānā ai i waho, a ʻōlelo maila:

"He aha kou makemake, e ke keiki, a no ke aha kēlā Liona nui me ʻoe?"

"Makemake mākou e hoʻāumoe me ʻoukou, ke ʻoluʻolu mai ʻoukou," wahi a Dorotea i pane ai; "a ʻo ka Liona koʻu hoaloha a hoa hele, a ʻaʻohe loa ona manaʻo e hōʻeha iā ʻoe."

"Ua laka nō ʻo ia?" i nīnau mai ai ka wahine, me ka wehe pū nō i ka puka ā nui iki aʻe.

"ʻŌ, ʻae," wahi a ke kaikamahine, "a he hōhē nō hoʻi kona ʻano. ʻOi aku kona makaʻu iā ʻoe ma mua o kou makaʻu iā ia."

"ʻĀ," wahi a ka wahine, ma hope o ka noʻonoʻo ʻana a me ke kiʻei hou aku i ka Liona, "inā pēlā nō, e komo mai nō i loko, e hele mai e ʻai a he wahi nō, kahi e hiamoe ai."

No laila, ua komo nō lākou a pau, a ma waho aʻe o ka wahine, ua loaʻa ʻelua mau keiki a me kekahi kanaka. Ua ʻeha ka wāwae o ke kanaka, a e moe ana ʻo ia ma luna o ke kokī ma kekahi kūʻono. Me he mea lā ua nui ko lākou pūʻiwa i kēia pūʻulu ʻano ʻē loa me kēia, a i ka lilo ʻana o ka wahine i ka hoʻomākaukau i ka papa ʻaina, nīnau maila ke kāne:

"E hele ana ʻoukou a pau i hea?"

"Hele ana i ke Kaona Nui ʻEmelala," wahi a Dorotea, "no ka ʻike aku i ka ʻOza Nui."

"ʻŌ, ʻoia nō kā!" wahi a ke kanaka. "Ua ʻike nō ʻoukou inā e ʻike mai ʻo ʻOza iā ʻoukou?"

Pane akula ʻo ia, "He aha kāna mea e hōʻole ai?"

"No ka mea hoʻi, ʻōlelo ʻia ʻaʻohe ona ʻae i ka hoʻokipa i kekahi poʻe i mua ona. Ua nui nō koʻu hele ʻana i ke Kaona Nui ʻEmelala, a he nani a kamahaʻo nō hoʻi kēlā wahi; akā,

ʻaʻole nō au i ʻae ʻia e ʻike i ka ʻOza Nui, a ʻaʻohe oʻu kamaʻāina i kekahi mea e ola nei i ʻike iā ia.”

Nīnau akula ke Kiʻi Hoʻoweliweli, “ʻAʻole ʻo ia puka i waho?”

“ʻAʻole loa. Noho wale nō ʻo ia i kēlā lā kēia lā ma ke Keʻena Noho Aliʻi nui o kona Hale Aliʻi, a ʻo kona poʻe lawelawe hoʻi, ʻaʻohe o lākou ʻike iā ia he alo a he alo.”

Nīnau akula ke kaikamahine, “He aha kona ʻano?”

“Hana nui ka hoʻomaopopo,” wahi a ke kanaka me ka noʻonoʻo nui. “no ka mea hoʻi, he Kāula Nui ʻo ʻOza, a hiki nō iā ia ke kūākino ma nā ʻano like ʻole e like me kona makemake. No laila, mea mai kekahi he manu kona nānā ʻana; a mea mai kekahi he ʻelepani kona nānā ʻana; a mea mai kekahi he pōpoki kona nānā ʻana. No kekahi poʻe, he kupua ʻēheu nani kona nānā ʻana, a i ʻole he kupua haʻa paha, a i ʻole o nā ʻano kino like ʻole āna e leʻaleʻa ai. Akā, ʻo wai lā ka ʻOza maoli, ke kū ʻo ia ma kona ʻano ponoʻī nō, ʻaʻohe wahi poʻe ʻike.”

ʻĪ akula ʻo Dorotea, “ʻAno ʻē nō, akā, pono nō mākou e hoʻāʻo, e ʻike iā ia ma kekahi ʻano, inā ʻaʻole, ua makehewa ko mākou kaʻahele ʻana mai.”

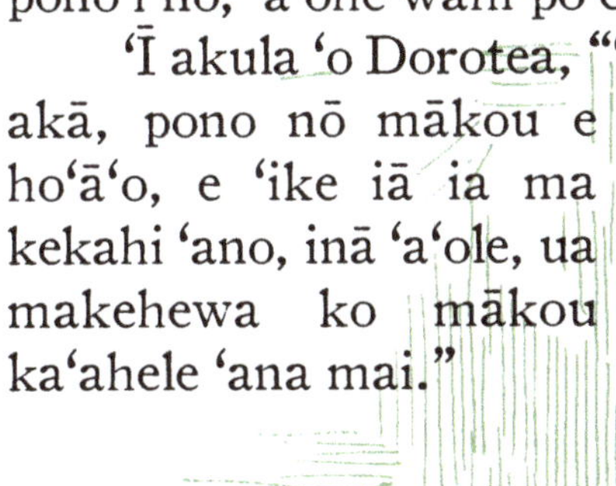

"No ke aha ʻoukou e ʻiʻini ai e ʻike i ka ʻOza weliweli?" i nīele ai ke kanaka.

"Makemake au iā ia e hāʻawi mai iaʻu i ka lolo," wahi a ke Kiʻi Hoʻoweliweli me ka pīhoihoi.

Pane maila ke kanaka, "ʻŌ, maʻalahi kēlā iā ʻOza. ʻOi aku ka nui o kona lolo ma mua o ka mea kūpono iā ia."

"A makemake au iā ia e hāʻawi mai iaʻu i puʻuwai," wahi a ke Kua Lāʻau Kini.

"ʻAʻole kēlā he pilikia iā ia," i hoʻomau ai ke kanaka, "no ka mea, he nui nō nā puʻuwai āna i hoʻāhu ai, nui nā ana like ʻole me nā kiʻi like ʻole."

"A makemake au iā ia e hāʻawi mai iaʻu i ke koa o ka naʻau," wahi a ka Liona Hōhē.

"Mālama ʻo ʻOza i kekahi ipu hao koa nunui ma loko o kona Keʻena Noho Aliʻi," wahi a ke kanaka, "a pani ʻo ia i kāna ipu hao me kekahi pā kula, i ʻole e hū. Hauʻoli nō ʻo ia i ka hāʻawi aku i ke koa iā ʻoe."

"A makemake au iā ia e hoʻihoʻi iaʻu i Kanesasa," wahi a Dorotea.

"Ai hea ʻo Kanesasa?" i nīnau ai ke kanaka me ka pūʻiwa pū.

"ʻAʻole maopopo iaʻu," i pane ai ʻo Dorotea me ke kaumaha pū, "akā, ʻo ia koʻu home, a ua ʻike nō au ai ʻo Kanesasa ma kekahi wahi."

"Pololei nō paha. ʻOia, hiki nō iā ʻOza ke hana i nā ʻano mea like ʻole; no laila, manaʻo au e loʻa ʻo Kanesasa iā ia nou. Akā, ʻo ka mea mua, he pono nō ʻoe e ʻike iā ia, a he paʻakikī nō kēlā; no ka mea, ʻaʻole makemake ke Kāula Nui e ʻike i kekahi poʻe, a ʻo ka mea maʻamau, hoʻolohe ʻia nō ʻo ia. Akā naʻe, he aha KOU makemake?" wahi āna i hoʻomau ai, me ka ʻōlelo pū aku iā Toto. ʻO ke konini wale nō o ka huelo ka

Ua ʻai nō ka Liona i wahi ʻokamila.

pane i loa'a; no ka mea, he 'ano 'ē nō, akā, 'a'ohe ona wala'au.

Kāhea maila ka wahine iā lākou ua mākaukau ka mea'ai, no laila, hui maila lākou ma ka pākaukau a ua 'ai 'o Dorotea i ka 'okamila 'ono loa a me kekahi pā hua moa pākā, a me kekahi pā palaoa ke'oke'o, a ua nanea nō 'o ia i ka pā'ina ahiahi. Ua 'ai nō ka Liona i wahi 'okamila, akā, 'a'ohe nō ona 'ono, 'ōlelo 'o ia ua hana 'ia i ka 'oka a he 'ai ka 'oka na ka lio, 'a'ole na ka liona. 'A'ohe wahi 'ai o ke Ki'i Ho'oweliweli lāua me ke Kua Lā'au Kini. Ua 'ai 'o Toto i kekahi o nā mea a pau, a ua hau'oli 'o ia i ka 'ai hou i ka pā'ina maika'i.

Ua hā'awi ka wahine iā Dorotea i kekahi moe e hiamoe ai, a moe a'ela 'o Toto ma kona 'ao'ao, a na ka Liona i kū kia'i i ka puka o kona lumi i 'ole 'o ia e ho'oluhi 'ia. Ua kū mālie wale nō ke Ki'i Ho'oweliweli a me ke Kua Lā'au Kini ma kekahi kū'ono ā ao a'e, 'a'ohe loa ho'i o lāua hiamoe.

I kekahi kakahiaka mai, i ke kau 'ana o ka lā i luna, ho'omaka hou akula lākou i ko lākou ka'ahele 'ana, a 'a'ole li'uli'u a 'ike akula lākou i ka mā'ama'ama 'ōma'oma'o i mua o lākou.

'Ī akula 'o Dorotea, "'O ia nō paha ke Kaona Nui 'Emelala."

I ko lākou ka'ahele wāwae 'ana, ua pi'i ka mā'ama'ama o ka mālamalama 'ōma'oma'o, a me he mea lā e kokoke aku ana lākou i ka pau 'ana o ko lākou huaka'i. Ua 'auinalā nō ia i ko lākou hiki 'ana akula i ka pā nui e ho'opuni ana i ke Kaona Nui. Ua ki'eki'e a mānoanoa a he 'ōma'oma'o a'ia'i ka waiho'olu'u.

I mua o lākou, a ma ke po'o o ke alanui uinihapa lenalena, ua loa'a kekahi 'īpuka pā nui, ua pa'apū i ka 'emelala e hūlalilali ana i ka pā 'ana mai o ka lā, a 'o nā maka pū nō

kekahi o ke Kiʻi Hoʻoweliweli i pena wale ʻia akula, ua ʻaʻā
loa i ke kāhāhā.

Ua loaʻa kekahi pele ma ka ʻaoʻao o ka ʻīpuka pā, a ua
kaomi ʻo Dorotea i ke pihi a lohea ʻia kekahi kanikē liʻiliʻi
ma loko. A laila, ʻōlewa mālie akula ka ʻīpuka pā nui ā hā-
mama, a kaha akula nō lākou ma loko a loaʻa ihola lākou iā
lākou iho ma kekahi keʻena me ke kaupaku kiʻekiʻe loa, ua
hulali loa nā paia i nā ʻemelala he lehulehu loa.

I mua o lākou, e kū ana kekahi kanaka, ua ʻano like
nō kona lōʻihi me nā Menekini. He ʻōmaʻomaʻo pū kona lole
mai ke poʻo ā hiki i kona mau wāwae, a he ʻano ʻōmaʻomaʻo
ʻāhiehie pū nō hoʻi kona ʻili. Aia ma kona ʻaoʻao kekahi pahu
ʻōmaʻomaʻo nui.

I kona ʻike ʻana maila iā Dorotea a me kona mau hoa,
nīnau maila ʻo ia:

"He aha ko ʻoukou makemake ma ke Kaona Nui
ʻEmelala nei?"

"Hiki mai nei mākou e ʻike i ka ʻOza Nui," wahi a
Dorotea.

No ka pūʻiwaʻiwa palena ʻole o ke kanaka i kēia pane, ua noho nō ʻo ia i lalo e noʻonoʻo ai.

ʻĪ maila ʻo ia, "He nui nō nā mau makahiki e kala i noi mai ai kekahi poʻe iaʻu e ʻike iā ʻOza," e luliluli ana kona poʻo no ka hōʻāʻā. "He nui kona mana a weliweli nō hoʻi, a inā he lōlō a naʻaupō nō paha kāu hana hoʻoluhi i ka nalu hohonu ʻana o ke Kāula Nui, he piʻi mai nō paha kona huhū a luku pau loa iā ʻoukou a pau me ka ʻemo ʻole."

"Akā, ʻaʻole nō naʻaupō ka hana, ʻaʻole nō hoʻi lōlō," wahi a ke Kiʻi Hoʻoweliweli i pane ai; "he mea nui nō. A ua haʻi ʻia mai mākou he Kāula maikaʻi ʻo ʻOza."

"A pēlā ʻiʻo nō," wahi a ke kanaka ʻōmaʻomaʻo, "a he naʻauao a he pono nō hoʻi kona noho aliʻi ʻana ma luna o ke Kaona Nui ʻEmelala. Akā, no ka poʻe ʻaʻohe o lākou oiaʻiʻo i loko o lākou, a i ʻole no ka poʻe hiki mai no ka mahaʻoi wale nō, he weliweli nō kona ʻano, a he kakaʻikahi loa ka poʻe noi mai e ʻike i kona maka. ʻO au nei ke Kiʻi o nā ʻĪpuka Pā, a ma muli o ko ʻoukou noi ʻana mai e ʻike i ka ʻOza Nui, he pono au e lawe iā ʻoukou i kona Hale Aliʻi. Akā, he pono nō ʻoukou e kau mua i ka makaaniani."

"No ke aha mai?" wahi a Dorotea i nīnau ai.

"No ka mea, inā ʻaʻole ʻoukou kau i ka makaaniani, he makapō

mai nō koe ʻoukou i ka māʻamaʻama a me ka nani o ke Kaona Nui ʻEmelala. ʻO ka poʻe kānaka nō kekahi e noho nei ma ke Kaona Nui, he pono nō lākou e kau i ka makaaniani i ka pō a me ke ao. Ua laka ʻia nō lākou ma loko ā paʻa, pēlā i kauoha mai ai ʻo ʻOza i ka wā i kūkulu ʻia ai ke Kaona Nui, a iaʻu ke kī hoʻokahi wale nō nāna e hoʻokala iā lākou."

Ua wehe ʻo ia i ka pahu nui, a ua ʻike ʻo Dorotea ua piha ia mea i nā makaaniani o nā ʻano ana a me nā kiʻi like ʻole. He ʻōmaʻomaʻo pū nā aniani o ia mau mea a pau. Ua loaʻa i ke Kiaʻi o nā ʻĪpuka Pā kekahi paʻa makaaniani i kūpono loa iā Dorotea, a kau maila ʻo ia ala i ka makaaniani ma luna o ko ia nei mau maka. He ʻelua nō līpine i hoʻopaʻa ʻia ai ma ka makaaniani e huki ai ma hope o kona poʻo, ma laila i laka ʻia ai ā paʻa e kekahi kī liʻiliʻi ma ka wēlau o ke kaula hao a ke Kiaʻi ʻĪpuka Pā i lei ai ma kona ʻāʻī. I ke kau pono ʻana nō o ka makaaniani, ʻaʻole i hiki iā Dorotea ke wehe hou, me kona makemake nō a ʻaʻole paha, akā, ʻaʻole loa nō ʻo ia i makemake e makapō i ka māʻamaʻama o ke Kaona Nui ʻEmelala, no laila, ʻaʻole ʻo ia i ʻekemu hou aku.

A laila, ua kau ke kanaka ʻōmaʻomaʻo i ka makaaniani ma luna o ke Kiʻi Hoʻoweliweli, a me ke Kua Lāʻau Kini, a me ka Liona, a pēia pū no Toto kekahi; a ua kī ʻia nō ia mau mea a pau me ke kī.

A laila, ua kau ke Kiaʻi o nā ʻĪpuka Pā i kona makaaniani ponoʻī nō a haʻi mai nei iā lākou ua mākaukau nō ʻo ia e alakaʻi iā lākou i ka Hale Aliʻi. A lawe akula ʻo ia i kekahi kī kula nui mai luna mai o kekahi pine ma ka paia, a wehe aʻela ʻo ia i kekahi ʻīpuka pā, a hahai akula nō lākou iā ia ma loko o ka ʻīpuka a komo i loko o nā alanui o ke Kaona Nui ʻEmelala.

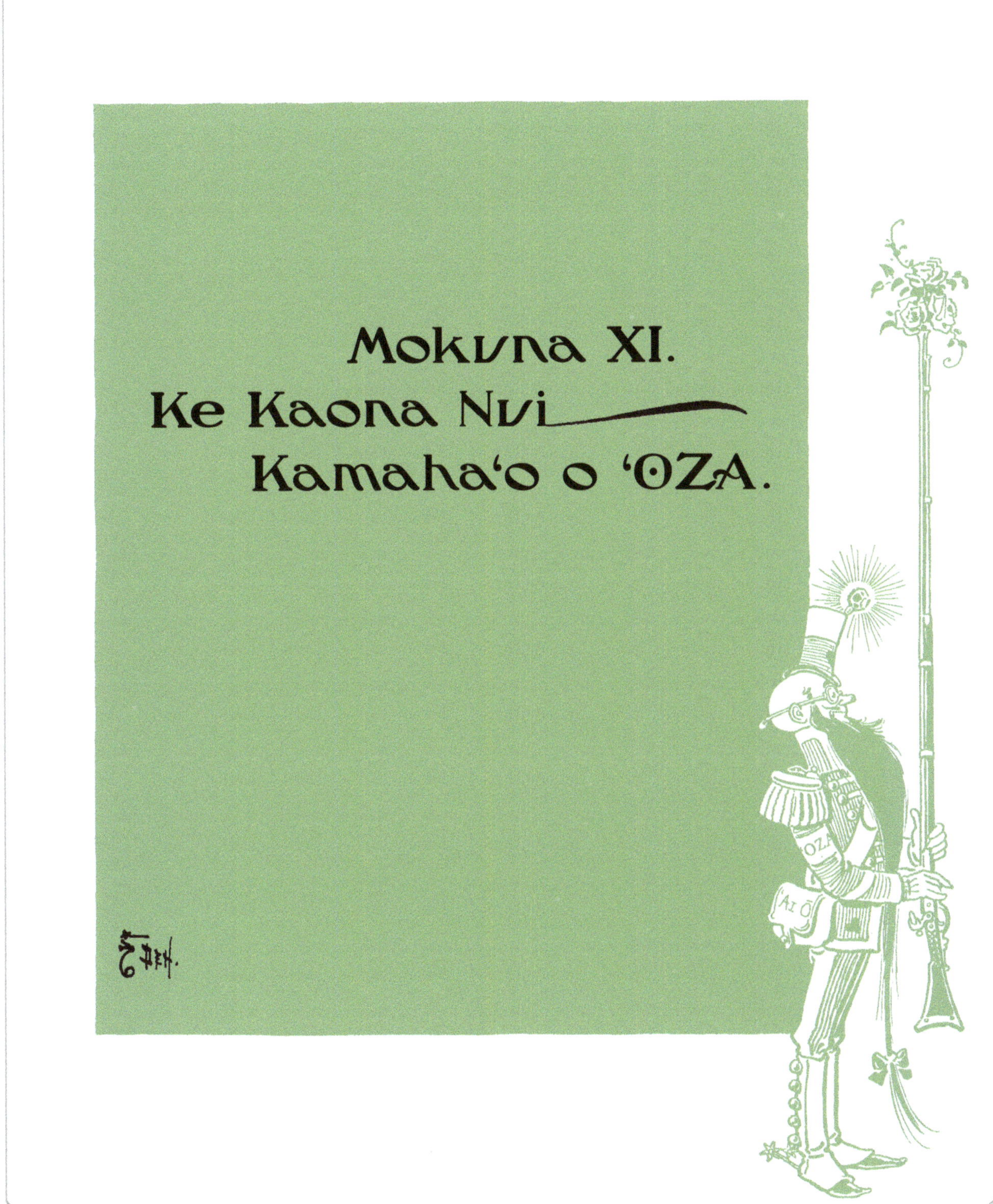

Mokuna XI.
Ke Kaona Nui Kamahaʻo o ʻOZA.

PALE ANA KA MAKAANIANI ʻŌMAʻO-
maʻo i nā maka, akā, hoʻopūʻiwa ʻia
ʻo Dorotea me kona mau hoa i ko
lākou ʻike mua ʻana i ka māʻama-
ʻama o ke Kaona Nui kamahaʻo loa.
Ke kū maila nā hale ma kaʻe o nā
alanui, ua kūkulu ʻia i ka māpala
ʻōmaʻomaʻo a paʻapū me nā ʻemelala
hūlalilali. Ua hele wāwae aku lākou
ma luna o ke kīpapa, ʻo ia māpala ʻōmaʻomaʻo like nō, a ma
kahi i hoʻopili pū ʻia ai nā uinihapa, he mau lālani ʻemelala
nō, ua pili pū, a ua māʻamaʻama i ka papā ʻana mai o ka
lā. He ʻōmaʻomaʻo ke aniani o nā pukaaniani; a he
ʻōmaʻomaʻo ʻāhiehie nō hoʻi ka lani ma luna o ke Kaona
Nui, a he ʻōmaʻomaʻo pū ke kukuna o ka lā.

Ua nui ʻino nō nā kānaka—he poʻe kāne me nā
wāhine, me nā keiki pū nō—e holoholo ana lākou ma ʻō ma

ʻaneʻi, a ua ʻaʻahu ʻia lākou i ka lole ʻōmaʻomaʻo a he ʻano ʻōmaʻomaʻo ʻāhiehie pū nō ko lākou ʻili. Nānā maila lākou iā Dorotea a me kona mau ʻōhua ʻano ʻē me nā maka pūʻiwa loa, a holo mahuka akula kamaliʻi i kahi ʻē a peʻe ma hope o ko lākou mau mākuahine i ko lākou ʻike ʻana i ka Liona; akā, ʻaʻohe poʻe i walaʻau me lākou. Ua nui nō nā hale kūʻai e kū ana ma ke alanui, a ua ʻike ʻo Dorotea he ʻōmaʻomaʻo nā mea a pau o loko. Kūʻai ʻia ke kanakē a me ke kūlina pohāpohā ʻōmaʻomaʻo, a pēia pū nā kāmaʻa, nā pāpale, a me nā lole o nā ʻano like ʻole. Ma hoʻokahi wahi, e kūʻai ana kekahi kanaka i ka wai lemi ʻōmaʻomaʻo, a i ke kūʻai ʻana o nā keiki i kēia wai lemi, uku nō lākou me ke keneka ʻōmaʻomaʻo.

Me he mea lā ʻaʻohe wahi lio a holoholona o kekahi ʻano; na kānaka nō i halihali i kā lākou mau ukana ma luna o nā kaʻa halihali ʻōmaʻomaʻo liʻiliʻi a pahu akula i mua o lākou. Me he mea lā nō ua hauʻoli nō nā poʻe a pau me ke kūʻonoʻono nō.

Ua alakaʻi ke Kiaʻi o nā ʻĪpuka Pā iā lākou ma nā alanui ā hiki akula lākou i kekahi hale nunui, aia ma waenakonu o ke Kaona Nui, ʻo ia ka Hale Aliʻi o ʻOza, ke Kāula Nui. E kū ana kekahi koa ma mua o ka ʻīpuka, ua ʻaʻahu ʻia ʻo ia i ka paʻa lole ʻōmaʻomaʻo a he ʻumiʻumi loloa a ʻōmaʻomaʻo nō kona.

ʻĪ akula ke Kiaʻi o nā ʻĪpuka Pā iā ia, "He poʻe malihini kēia, a ke noi nei lākou e ʻike i ka ʻOza Nui."

Pane maila ke koa, "E komo nō i loko, a naʻu e hali i kā ʻoukou noi iā ia."

No laila, ua kaha nō lākou ma loko o nā ʻĪpuka Pā o ka Hale Aliʻi a ua alakaʻi ʻia lākou ā i loko o ke keʻena nui me ka moena weleweka ʻōmaʻomaʻo a me nā pono ʻōmaʻomaʻo nani i paʻapū ai nā ʻemelala. Noi maila ke koa iā lākou e ʻanaʻanai i ko lākou mau wāwae ma luna o ka moena

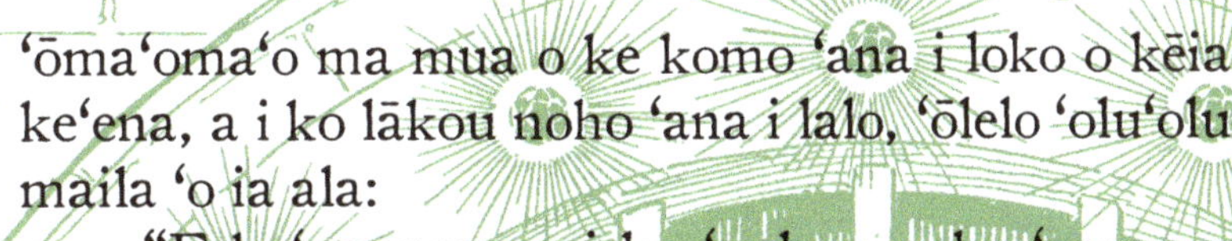

ʻōmaʻomaʻo ma mua o ke komo ʻana i loko o kēia
keʻena, a i ko lākou noho ʻana i lalo, ʻōlelo ʻoluʻolu
maila ʻo ia ala:

"E hoʻonanea mai ko ʻoukou noho ʻana a e
hele au i ka ʻīpuka o ke Keʻena Noho Aliʻi a haʻi
aku iā ʻOza aia ʻoukou ma loko nei."

Ua pono lākou e kali lōʻihi ma mua o ka hoʻi
ʻana mai o ke koa. A hoʻi maila nō kēlā, a nīnau
akula ʻo Dorotea:

"Ua ʻike nō ʻoe iā ʻOza?"

"ʻAʻole loa," wahi a ke koa i pane ai;
"ʻAʻohe oʻu ʻike iā ia. Akā, ua kamaʻilio nō
au me ia, iā ia i noho ai ma hope o kona
pākū ʻōmaʻomaʻo a hāʻawi aku nei au iā ia
i kā ʻoukou noi. Mea maila ʻo ia e ʻike nō
ʻo ia iā ʻoukou, inā makemake ʻoukou;
akā, he pono nō ʻoukou e komo pākahi-
kahi aku i mua ona, a e ʻae ʻo ia hoʻokahi
wale nō kanaka o ka lā. No laila, ʻoiai he
pono ʻoukou e noho ma ka Hale Aliʻi nei
no nā lā he nui, na kekahi nō e hele mai e
alakaʻi iā ʻoukou i ko ʻoukou mau lumi,
kahi a ʻoukou e hoʻomaha ai me ka ʻoluʻolu
ma hope o kēia kaʻahele nui ʻana o
ʻoukou."

"Mahalo," wahi a ke kaikamahine;
"nui nō ka ʻoluʻolu o ʻOza."

Ma ia hope mai, puhi akula ke koa i
kekahi ʻūlili ʻōmaʻomaʻo, a ʻānō iho nō a
komo maila kekahi kaikamahine e komo
ana i ka lole wahine kilika ʻōmaʻomaʻo a
uʻi. He nani kona lauoho ʻōmaʻomaʻo me

nā maka ʻōmaʻomaʻo, a kūlou haʻahaʻa ihola ʻo ia i mua o Dorotea me ka ʻōlelo pū mai:

"E hahai mai iaʻu a e hōʻike au iā ʻoe i kou lumi."

No laila, ua aloha akula ʻo Dorotea i kona mau hoaloha a pau, koe ʻo Toto, a lawe akula ʻo ia i ka ʻīlio ma kona mau lima a hahai akula ʻo ia i ke kaikamahine ʻōmaʻomaʻo ma loko o ʻehiku mau holo a piʻi akula i luna o ʻekolu mau pae ʻanuʻu ā hiki akula lākou i kekahi lumi i mua o ka Hale Aliʻi. ʻO ia ka lumi uʻi loa o ka honua holoʻokoʻa me kekahi moe palupalu a ʻoluʻolu me nā uhi pela moe he kilika ʻōmaʻomaʻo a me kekahi kīhei weleweka ʻōmaʻomaʻo. Ua loaʻa kekahi puaʻi wai liʻiliʻi ma waenakonu o ka lumi e kīkī ana i kekahi wai ʻala ma ke ea, a heleleʻi liʻiliʻi ihola i loko o kekahi kapu māpala ʻōmaʻomaʻo. He mau pua ʻōmaʻomaʻo nani nō ma nā pukaaniani, a ua loaʻa kekahi haka kau me kekahi lālani puke ʻōmaʻomaʻo liʻiliʻi ma luna. I ka wehe ʻana o Dorotea i kēia mau puke, ua ʻike ʻo ia ua piha ia mau mea i nā kiʻi ʻōmaʻomaʻo ʻano ʻē, a ʻakaʻaka akula ʻo ia i nā kiʻi no ka hoʻomākeʻaka.

Aia ma loko o ka waihona lole he mau lole wāhine he nui nō, ua hana ʻia i ke kilika a me ka lole pāhoehoe a me ka weleweka; a ua kūpono nō ia mau mea a pau iā Dorotea.

"E hōʻoluʻolu mai nō ʻoe," wahi a ke kaikamahine ʻōmaʻomaʻo, "a ke makemake ʻoe i kekahi mea, e hoʻokani mai i ka pele. E kāhea ʻo ʻOza iā ʻoe i kēlā ʻapōpō."

Ua waiho mehameha ʻo ia iā Dorotea a hoʻi aku nei i nā hoa i koe. Ua alakaʻi akula nō hoʻi ʻo ia iā lākou i ko lākou mau lumi, a he wahi ʻoluʻolu nō hoʻi ko lākou pākahi ma ka Hale Aliʻi. He ʻuhaʻuha nō hoʻi kēia ʻoluʻolu ʻana no ke Kiʻi

Hoʻoweliweli; no ka mea, i kona waiho mehameha ʻia ʻana, ua kū wale nō ʻo ia e like me kahi lōlō ma kahi hoʻokahi i loko o kona lumi, aia ma loko iki ma kahi o ka ʻīpuka, a kali ihola ʻo ia ā ke kakahiaka. ʻAʻohe nō ona maha i ka moe ʻana i lalo, a ʻaʻohe nō ona pani i kona mau maka; no laila, ua waiho wale nō ʻo ia ā ao aʻela ka pō me ka nānā pū i kekahi nananana liʻiliʻi e hilo ana i kona maʻawe pūnāwelewele ma kekahi kūʻono o ka lumi, me he mea lā ʻaʻole kēia kekahi o nā lumi nani loa o ka honua holoʻokoʻa. Ua moe ke Kua Lāʻau Kini ma luna o kona pela moe no kona maʻa i kēia hana, no ka mea, ua hoʻomaopopo ʻo ia i kona wā i hana ʻia ai ʻo ia i ka ʻiʻo; akā, no ka hiki ʻole iā ia ke hiamoe, ua hoʻohala ʻo ia i ka pō ma ka hōʻoniʻoni ʻana i kona mau ʻami i luna a i lalo e hōʻoiaʻiʻo ai he hana pono nō. ʻOi aku ka hoihoi o ka Liona i ka moena lau maloʻo ma loko o ka ulu lāʻau, ʻaʻole ʻo ia i makemake i ka hoʻopaʻa ʻia ma loko o kekahi lumi; akā, akamai nō ʻo ia i ka hoʻomaopopo e aho ʻaʻole e hopohopo no kēia, no laila, ua lele ʻo ia ma luna o ka moena a moe pupuʻu ihola ʻo ia e like me kekahi pōpoki a nonolo ihola i ka lilo loa koke i ka hiamoe.

I kekahi kakahiaka mai, ma hope o ka pāʻina kakahiaka, ua hiki mai ke kaikamahine ʻōma-ʻomaʻo e kiʻi iā Dorotea, a hoʻokomo akula ʻo ia i kekahi o nā lole uʻi loa ma luna ona, ua hana ʻia i ka pāhoehoe lau. Ua komo ʻo Dorotea i

kekahi pāpalu kilika ʻōmaʻomaʻo a nākiʻi akula i kekahi
līpine ʻōmaʻomaʻo ma ka ʻāʻī o Toto, a hoʻomaka akula lāua
i ka hele i ke Keʻena Noho Aliʻi o ka ʻOza Nui.

Hiki mua akula lāua i kekahi keʻena nui, kahi i nui ʻino
ai nā wāhine a me nā kāne o ke aloaliʻi, ua ʻaʻahu ʻia lākou
a pau i nā lole nani loa. ʻAʻohe hana a kēia poʻe koe ka
walaʻau kūkā pū kekahi me kekahi, akā, hiki maila lākou i
kēlā lā kēia lā e kali ai ma waho o ke Keʻena Noho Aliʻi, koe
ʻaʻole lākou i ʻae ʻia e ʻike iā ʻOza. Iā Dorotea i komo ai i
loko, ua nānā lākou iā ia ma ke ʻano haʻohaʻo loa, a hāwana-
wana maila kekahi o lākou:

"E nānā maoli ana ʻoe i ka maka o ʻOza ka Weliweli?"

"ʻOia nō," wahi a ke kaikamahine, "inā e ʻae mai ʻo ia
e ʻike mai iaʻu."

"ʻOia nō, e ʻike nō ʻo ia iā ʻoe," wahi a ke koa, ua pau
kona hali ʻana i ka lono i ke Kāula, "ʻo ka mea maʻamau,
ʻaʻole ʻo ia makemake e noi kānaka e ʻike iā ia. ʻO ka ʻoiaʻiʻo,
ʻo kāna ʻōlelo mua, mea maila ʻo ia e haʻi iā ʻoukou e hoʻi i
ko ʻoukou wahi i hele mai ai. A laila, nīele maila ʻo ia i ko
ʻoukou nānā ʻana, a i koʻu haʻi ʻana iā ia no kou kāmaʻa kālā,
ua piʻi kona hoihoi. Ma ia hope mai, ua haʻi aku au iā ia no
ka māka i luna o kou lae, a hoʻoholo ihola ʻo ia e ʻae iā ʻoe e
komo i mua o kona alo."

Ma ia manawa nō, ua kani ka pele, a ʻī maila ke
kaikamahine ʻōmaʻomaʻo iā Dorotea:

"ʻO ia ka hōʻailona. Pono ʻoe e komo hoʻokahi i loko o
ke Keʻena Noho Aliʻi."

Ua wehe ʻo ia i kekahi puka liʻiliʻi a komo akula ma ke
ʻano koa ma loko a loaʻa ihola ʻo ia iā ia iho ma kekahi wahi
kupaianaha loa. He keʻena nui a poepoe ia me ke kaupaku
piʻo, a ua paʻapū nā paia, a me ke kaupaku, a me ka
papahele i nā ʻemelala nui i paʻapū ma luna. Aia ma waena-

Ua nānā nā maka iā ia ma ke ʻano haʻohaʻo.

konu o ke kaupaku kekahi kukui ʻōmaʻomaʻo, a ua nui nō kona māʻamaʻama e like me ka lā, a pēlā i hulali nui ai nā ʻemelala ma ke ʻano kamahaʻo loa.

Akā, ʻo ka mea hoihoi loa iā Dorotea, ʻo ia ka noho aliʻi nui i hana ʻia me ka māpala ʻōmaʻomaʻo e kū ana ma waenakonu o ke keʻena. Ua like kona kiʻi me kekahi noho a ua hūlalilali nō hoʻi i nā pōhaku makamae, e like nō me nā mea ʻē aʻe a pau. Aia ma waenakonu o ka noho kekahi Poʻo nui, ʻaʻohe kino e koʻo ai i kēia poʻo, a ʻaʻohe lima a wāwae paha. ʻAʻohe lauoho ma luna o kona poʻo, akā, he mau maka nō, a he ihu a he waha nō, a ua ʻoi nui aku kona nui i ke poʻo o ka pilikua nui loa.

Iā Dorotea e nānā ana i kēia mea me ka haʻohaʻo a me ka makaʻu pū, ua huli mālie nā maka a nānā pono maila iā ia ā liolio. A laila, ua ʻoaka ka waha, a lohe aʻela ʻo Dorotea i ka ʻōlelo mai o kekahi leo, ʻī maila:

"ʻO au nei ʻo ʻOza, ka mea Nui a Weliweli. ʻO wai ʻoe a no ke aha ʻoe e ʻimi mai nei iaʻu?"

ʻAʻole nō ia he leo weliweli loa e like me kāna i ʻupu ai i kēia Poʻo nui; no laila, ua koa maila ʻo ia a pane akula:

"ʻO au ʻo Dorotea, ka mea Liʻiliʻi a Akahai. I hele mai nei au iā ʻoe e ʻimi i ke kōkua."

Ua nānā pono maila nā maka iā ia me ka nalu pū ā piha hoʻokahi minuke. A laila, ʻī maila ka leo:

"Ma hea i loʻa ai iā ʻoe nā kāmaʻa kālā?"

"Ua loʻa iaʻu mai ka Uiti ʻIno o ka Hikina, i ka hāʻule ʻana o koʻu hale ma luna ona ā make ʻo ia," wahi āna i pane ai.

"Pehea i loʻa ai ka māka ma luna o kou lae?" i hoʻomau ai ka leo.

"Aia ma laila kahi i honi mai ai ka Uiti Maikaʻi o ka ʻĀkau iaʻu i kona aloha ʻana mai iaʻu a haʻalele me ka hoʻouna pū mai iaʻu iā ʻoe," wahi a ke kaikamahine.

Nānā pono hou maila nā maka iā ia, a ua ʻike nō he ʻoiaʻiʻo kāna mea i haʻi mai ai. A laila, nīnau maila ʻo ʻOza:

"He aha kou makemake iaʻu e hana?"

Pane akula ʻo ia, "E hoʻihoʻi hou iaʻu i Kanesasa, kahi o koʻu ʻAnakē ʻEma me ʻAnakala Heneri. ʻAʻole au makemake i kou ʻāina, me kona nani nō naʻe. Manaʻo au he nui loa nō ka hopohopo o ʻAnakē ʻEma no koʻu nalo ʻana ā lōʻihi loa."

Ua ʻimo nā maka ʻekolu manawa, a laila, ua leha i luna i ke kaupaku a i lalo i ka papahele a ʻolokaʻa ihola ma ke ʻano huikau, me he mea lā ua ʻike nō i nā wahi a pau loa o ke keʻena. A laila, ʻakahi nō a nānā pono hou maila iā Dorotea.

"No ke aha au e hana ai i kēia nāu?" i nīnau mai ai ʻo ʻOza.

"No ka mea, ua ikaika nō ʻoe a nāwaliwali nō au; no ka mea, he Kāula Nui nō ʻoe a he kaikamahine liʻiliʻi wale nō au."

"Akā, ua lawa kou ikaika e pepehi ai i ka Uiti ʻIno o ka Hikina," wahi a ʻOza.

"He ulia wale nō kēlā," i pane aku ai ʻo Dorotea; "ʻaʻole i hiki ke ʻalo aʻe."

"ʻOia," wahi a ke Poʻo, "E pane nō au iā ʻoe. ʻAʻohe ou kuleana e manaʻo e hoʻihoʻi aku au iā ʻoe i Kanesasa koe ke hana ʻoe i kekahi mea naʻu ma ka pānaʻi like. Ma kēia ʻāina, pono nā kānaka a pau e uku no ka mea i loaʻa iā ia. Inā makemake ʻoe iaʻu e hoʻohana i koʻu mana hoʻokalakupua e hoʻihoʻi ai iā ʻoe i kou home, pono ʻoe e hana i kekahi mea naʻu ma mua. Kōkua ʻoe iaʻu a e kōkua au iā ʻoe."

"He aha kaʻu hana?" wahi a ke kaikamahine i nīnau ai.

"E pepehi ʻoe i ka Uiti ʻIno o ke Komohana," i pane mai ai ʻo ʻOza.

"Akā, ʻaʻole hiki iaʻu ke hana pēlā!" i hoʻopuka ai ʻo Dorotea me ka pūʻiwa pū.

"Ua pepehi nō ʻoe i ka Uiti o ka Hikina a ke komo nei ʻoe i nā kāmaʻa kālā, a nui ka mana kalakupua o kēnā kāmaʻa. Hoʻokahi wale nō Uiti ʻIno i koe ma kēia ʻāina holoʻokoʻa, a ke hiki iā ʻoe ke haʻi mai ua make ʻo ia, naʻu e hoʻihoʻi iā ʻoe i Kanesasa—akā, ʻaʻole ma mua."

Ua hoʻomaka ke kaikamahine e uē, ua nui nō kona hoka; a ua ʻimo hou nā maka a nānā maila iā ia ma ke ʻano minamina, me he mea lā ua manaʻo ka ʻOza Nui he hiki nō iā Dorotea ke kōkua iā ia inā makemake ʻo ia.

"ʻAʻohe oʻu pepehi i kekahi mea ma mua me ka makemake nō," wahi āna me ka haʻu pū. "Oia mau nō inā makemake paha a ʻaʻole paha, pehea au e pepehi ai i ka Uiti ʻIno? Inā ʻo ʻoe ka mea Nui a Weliweli, a ʻaʻole hiki iā ʻoe ke pepehi iā ia nou iho, pehea e hiki ai iaʻu ke hana pēlā?"

"ʻAʻole au ʻike," wahi a ke Poʻo; "akā, ʻo ia ihola nō kaʻu haʻina, a inā ʻaʻole make ka Uiti ʻIno, ʻaʻole ʻoe e ʻike hou i kou ʻanakala a me kou ʻanakē. E hoʻomaopopo nō ʻoe he ʻIno loa ka Uiti—

ʻInoʻino loa—a pono ʻo ia e pepehi ʻia. ʻOia, hele ʻoe, a mai noi hou mai e ʻike iaʻu aia nō ā pau kāu hana.”

Ua haʻalele ʻo Dorotea i ke Keʻena Noho Aliʻi me ke kaumaha pū a hoʻi akula i kahi o ka Liona, a me ke Kiʻi Hoʻoweliweli, a me ke Kua Lāʻau Kini e kali ana e lohe ai i ka ʻōlelo a ʻOza iā ia. “He pohō wale nō,” wahi āna me ke kaumaha pū, “ʻaʻole ʻo ʻOza e hoʻihoʻi iaʻu ai nō ā pau ka Uiti ʻIno o ke Komohana i ka pepehi ʻia e aʻu; a ʻaʻole loa hiki iaʻu ke hana pēlā.”

Ua nui nō ka minamina o kona mau hoaloha, akā, ʻaʻole mea i hiki iā lākou ke hana nāna; no laila, ua hele aku ʻo Dorotea i kona lumi ponoʻī a moe ihola ma luna o kona pela moe a uē ihola ā pau loa ʻo ia i ka hiamoe.

I kekahi kakahiaka mai, ua hiki mai ke koa me ka ʻumiʻumi ʻōmaʻomaʻo i ke Kiʻi Hoʻoweliweli a ʻī maila:

“E hele mai me aʻu, no ka mea, ua noi mai ʻo ʻOza e ʻike iā ʻoe.”

No laila, ua hahai ke Kiʻi Hoʻoweliweli iā ia a ua ʻae ʻia ʻo ia i loko o ke Keʻena Noho Aliʻi nui, kahi āna i ʻike ai i kekahi wahine uʻi loa e noho ana ma luna o ka noho aliʻi ʻemelala. Ua ʻaʻahu ʻia ʻo ia i kekahi lole kilika ʻaeʻae loa, a ma luna o kona lauoho loloa ʻōmaʻomaʻo, e kau ana kekahi kalaunu paʻapū i nā pōhaku makamae. E ulu ana nā ʻēheu mai kona mau poʻohiwi aku, he nani loa ka waihoʻoluʻu a lahilahi loa, he kapalili iki nō hoʻi i ka pā lihi loa ʻana mai o ke aho.

I ke kūlou ʻana o ke Kiʻi Hoʻoweliweli i mua o kēia mea nani, me ka hana kūpono e like me ka mea e hiki ai i kona mauʻu maloʻo i hoʻopiha ʻia ai i loko ona, nānā maila ʻo ia ala iā ia ma ke ʻano ʻoluʻolu loa, a ʻī maila:

“ʻO au ʻo ʻOza, ka mea Nui a Weliweli. ʻO wai ʻoe a no ke aha ʻoe e ʻimi mai nei iaʻu?”

I kēia manawa, me kona ‘upu nō i ke Po‘o nui a Dorotea i haha‘i ai iā ia, ua nui kona pū‘iwa; akā, ua pane aku nō ‘o ia ma ke ‘ano koa nō.

“He Ki‘i Ho‘oweliweli wale nō au, ua ho‘opiha ‘ia i ka mau‘u malo‘o. No laila, ‘a‘ohe nō o‘u lolo, a i hele mai nei au iā ‘oe me ka noi pū e ho‘okomo mai ‘oe i ka lolo i loko o ku‘u po‘o ma kahi o ka mau‘u malo‘o, pēlā e lilo ai au he kanaka e like nō me nā kānaka ‘ē a‘e o kou aupuni.”

“No ke aha au e hana ai i kēia nāu?” wahi a ka Wahine i nīnau ai.

“No ka mea, he na‘auao ‘oe me ka mana nui, a ‘a‘ohe wahi po‘e i koe i hiki ke kōkua mai ia‘u,” i pane ai ke Ki‘i Ho‘oweliweli.

“‘A‘ole au e ho‘okō i ka noi me ka ‘ole o ka pāna‘i like mai,” wahi a ‘Oza; “akā, e ho‘ohiki nō au i kēia ho‘ohiki. Inā e pepehi ‘oe i ka Uiti ‘Ino o ke Komohana na‘u, e hā‘awi nō au i nā lolo he nui nō iā ‘oe, a he maika‘i loa nā lolo e lilo ai ‘oe ‘o ‘oe ke kanaka na‘auao loa o ka ‘āina holo‘oko‘a ‘o ‘Oza.”

“Mana‘o au ua noi ‘oe iā Dorotea nāna e pepehi i ka Uiti,” wahi a ke Ki‘i Ho‘oweliweli me ka pū‘iwa pū.

“A pēlā ‘i‘o nō. ‘A‘ole au nānā na wai e pepehi iā ia. Akā, inā ‘a‘ole ‘o ia make, ‘a‘ole au e hā‘awi e like me kāu noi. ‘Oia, hele ‘oe, a mai ‘imi hou mai ia‘u aia nō ā ho‘okō ‘oe i kāu hana e kūpono ai iā ‘oe kāu lolo i noi mai ai āu e ‘i‘ini nui nei.”

Ua hoʻi ke Kiʻi Hoʻoweliweli me ke kaumaha pū i kona mau hoa a hahaʻi aku nei iā lākou i ka mea a ʻOza i ʻōlelo mai ai; a ua nui ka pūʻiwa o Dorotea i ka lohe ʻana ʻaʻole ke Kāula he Poʻo, e like nō me kāna i ʻike ai iā ia, akā, he Wahine uʻi.

"Oia mau nō," wahi a ke Kiʻi Hoʻoweliweli, "ua nele ʻo ia i ka puʻuwai kekahi e like me ke Kua Lāʻau Kini nei."

Ma kekahi kakahiaka mai, hiki maila ke koa me ka ʻumiʻumi ʻōmaʻomaʻo i ke Kua Lāʻau Kini a ʻī maila:

"Noi maila ʻo ʻOza iā ʻoe. E hahai mai iaʻu."

No laila, ua hahai aku nei ke Kua Lāʻau Kini iā ia a hiki akula i ke Keʻena Noho Aliʻi nui. ʻAʻole ʻo ia i ʻike inā he loaʻa ʻo ʻOza iā ia he Wahine uʻi a i ʻole he Poʻo, akā, ua lana kona manaʻo he Wahine uʻi nō. "No ka mea," wahi āna iā ia iho, "inā ʻo ke poʻo ia, manaʻo nō au ʻaʻole au e hāʻawi ʻia he puʻuwai, no ka mea, ʻaʻohe puʻuwai o ke poʻo, a no laila, ʻaʻohe ona minamina mai iaʻu. Akā, inā ʻo ia ka Wahine uʻi, e nonoi nō au i puʻuwai me ka ikaika, no ka mea, ʻōlelo ʻia he lokomaikaʻi nā wāhine a pau."

Akā, i ke komo ʻana aku o ke Kua Lāʻau i loko o ke Keʻena Noho Aliʻi nui, ua ʻike aku ʻo ia ʻaʻole ia he Poʻo, ʻaʻole hoʻi he Wahine, no ka mea, ua kūākino ihola ʻo ʻOza he Holoholona weliweli nui. Ua kokoke nō a like kona nui me kekahi ʻelepani, a me he mea lā ʻaʻole i lawa ka ikaika o ka noho aliʻi ʻōmaʻomaʻo e koʻo ai i kona kaumaha. He poʻo ko ka Holoholona e like me ka laehaokela, koe he ʻelima nō ona mau lima loloa e ulu ana mai kona kino aku, a ʻelima nō ona mau wāwae loloa a wīwī. Ua paʻapū kēia holoholona i ka huluhulu piʻipiʻi a mānoanoa, a ʻaʻole i hiki ke noʻonoʻo ʻia kekahi ʻano holoholona i ʻoi aku kona pupuka ma mua o kēia. Ua laki nō ʻaʻohe puʻuwai o ke Kua Lāʻau Kini ma ia manawa, no ka mea, inā i loaʻa, he panapana ikaika a māmā loa no ke kau o ka weli. Akā, no kona hana ʻia ʻana i ke kini, ʻaʻohe wahi makaʻu o ke Kua Lāʻau, koe ua nui nō kona minamina.

"ʻO au nei ʻo ʻOza, ka mea Nui a Weliweli," wahi a ka Holoholona me ka leo he uō nui launa ʻole ke ʻano. "ʻO wai ʻoe a no ke aha ʻoe i ʻimi mai ai iaʻu?"

"He Kua Lāʻau nō au, a ua hana ʻia au me ke kini. No laila, ʻaʻohe oʻu puʻuwai, a ʻaʻole hiki iaʻu ke aloha. Ke nonoi aku nei au e hāʻawi mai ʻoe i puʻuwai noʻu i hiki iaʻu ke like me nā kānaka ʻē aʻe."

"No ke aha au e hana ai me kēlā?" wahi a ka Holoholona i kauoha ai.

"No ka mea, ua noi nō au, a ʻo ʻoe wale nō ka mea i hiki ke hāʻawi e like me kaʻu noi," wahi a ke Kua Lāʻau.

Ua nunulu haʻahaʻa ihola ʻo ʻOza i kēia pane ʻana, akā, ʻōlelo maila ma ke ʻano kalakala:

"Inā ʻiʻini ʻiʻo nō ʻoe i puʻuwai nou, pono e kūpono ia mea iā ʻoe."

"Pehea?" wahi a ke Kua Lāʻau i nīele ai.

"E kōkua ʻoe iā Dorotea i ka pepehi ʻana i ka Uiti ʻIno o ke Komohana ā make," i pane mai ai ka Holoholona. "Aia ā make ka Uiti, e hoʻi mai iaʻu, a laila au e hāʻawi ai i ka puʻuwai nui loa a ʻoluʻolu loa i piha ai me ke aloha nui loa i ʻike ʻia ai ma ka ʻāina holoʻokoʻa o ʻOza."

No laila, ua pono ke Kua Lāʻau Kini e hoʻi i kona mau hoa me ke kaumaha pū a hahaʻi iā lākou no ka Holoholona weliweli loa āna i ʻike ai. Ua haʻohaʻo loa lākou i nā ʻano like ʻole o ke Kāula Nui, a ʻī maila ka Liona:

"Inā he Holoholona ʻo ia i koʻu ʻike ʻana aku iā ia, e uō
nō au ā nui loa e like me ka mea hiki iaʻu, a e kau loa kona
weli, a hāʻawi mai nō ʻo ia i kaʻu mau mea a pau e noi ai. A
inā ʻike au iā ia ma kona ʻano ʻo ia ka Wahine uʻi, e hana au
ma ke ʻano e lēhei au ma luna ona, a pēlā ʻo ia e hoʻokikina
ʻia ai e hana e like me kaʻu noi. A inā ʻo ia ke Poʻo nui, e
kaʻa ʻo ia ma lalo oʻu; no ka mea, naʻu e hōʻolokaʻa i kēia
poʻo ma ʻō ma neʻi o ka lumi ā hoʻohiki mai ʻo ia e hāʻawi
mai e like me ko kākou makemake. No laila, e hauʻoli nō
ʻoukou, e nā hoa, he maikaʻi nō ka hopena o kēia."

I kekahi kakahiaka mai, ua alakaʻi aku ke koa me ka
ʻumiʻumi ʻōmaʻomaʻo i ka Liona i ke Keʻena Noho Aliʻi a noi
akula iā ia e komo i ke alo o ʻOza.

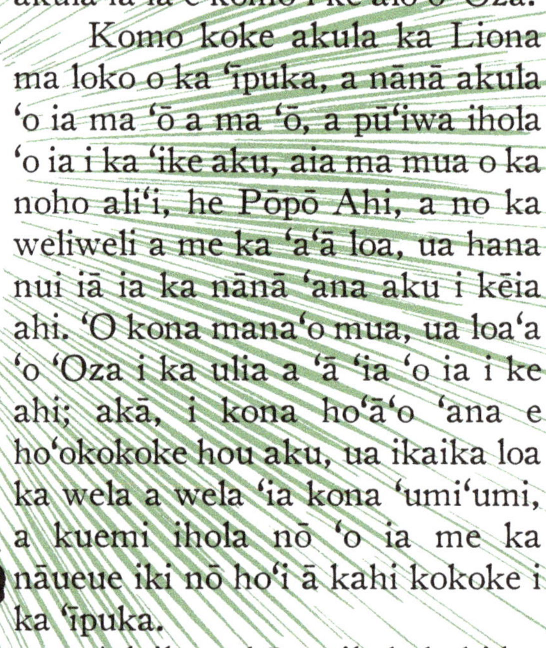

Komo koke akula ka Liona
ma loko o ka ʻīpuka, a nānā akula
ʻo ia ma ʻō a ma ʻō, a pūʻiwa ihola
ʻo ia i ka ʻike aku, aia ma mua o ka
noho aliʻi, he Pōpō Ahi, a no ka
weliweli a me ka ʻaʻā loa, ua hana
nui iā ia ka nānā ʻana aku i kēia
ahi. ʻO kona manaʻo mua, ua loaʻa
ʻo ʻOza i ka ulia a ʻā ʻia ʻo ia i ke
ahi; akā, i kona hoʻāʻo ʻana e
hoʻokokoke hou aku, ua ikaika loa
ka wela a wela ʻia kona ʻumiʻumi,
a kuemi ihola nō ʻo ia me ka
nāueue iki nō hoʻi ā kahi kokoke i
ka ʻīpuka.

A laila, pohā maila kekahi leo
liʻiliʻi mai loko mai o ka Pōpō Ahi,
a penei kāna ʻōlelo:

"ʻO au nei ʻo ʻOza, ka mea Nui a Weliweli. ʻO wai ʻoe a no ke aha ʻoe i ʻimi mai ai iaʻu?"

Pane akula ka Liona, "He Liona Hōhē nō au, makaʻu i nā mea a pau. I hele mai nei au iā ʻoe e nonoi ai i ke koa, a pēlā e lilo ai au ʻo au ke Aliʻi o nā Holoholona ma ke ʻano ʻoiaʻiʻo, e like nō me ke kāhea ʻana mai o kānaka iaʻu."

"No ke aha au e hāʻawi ai i ke koa iā ʻoe?" wahi a ʻOza i kauoha mai ai.

"No ka mea, ma waena o nā Kāhuna Hoʻokalakupua a pau, ʻo ʻoe ka mea nui loa, a ʻo ʻoe wale nō ka mea me ka mana e hāʻawi mai ai e like me kaʻu noi," pēlā i pane ai ka Liona.

Ua ʻaʻā ka Pōpō Ahi no kahi manawa liʻiliʻi, a laila, ʻī maila ka leo:

"E hoʻihoʻi mai i hōʻike no ka pau loa o ka Uiti ʻIno i ka make, a ma ia manawa, e hāʻawi au i ke koa iā ʻoe. Akā, me ke ola mau nō o ka Uiti, e mau nō kou hōhē."

Ua huhū ka Liona i kēia ʻōlelo ʻana, akā, ʻaʻohe nō mea e hiki ai ke pane hou aku, a iā ia e kū mālie ana me ka nānā pū i ka Pōpō Ahi, ua piʻi kona wela ā ua pono ʻo ia e huli a haʻalele hikiwawe i ka lumi. Ua nui nō kona hauʻoli i ka loaʻa o kona mau hoa e kali mai ana iā ia, a hahaʻi aku nei ʻo ia iā lākou no kēia hālāwai ʻeʻehia loa me ke Kāula.

"He aha kā kākou hana i kēia manawa?" i nīnau ai ʻo Dorotea me ke kaumaha pū.

"Hoʻokahi wale nō mea e hana ai," i pane mai ai ka Liona, "e hele kākou i ka ʻāina o nā Winiki a ʻimi i ka Uiti ʻIno a pepehi iā ia."

"Akā, pehea inā ʻaʻole hiki ke hana?" wahi a ke kaikamahine.

"Inā pēlā, ʻaʻole e loʻa koʻu koa," wahi a ka Liona.

"A ʻaʻole e loʻa koʻu lolo," wahi a ke Kiʻi Hoʻoweliweli.

"A ʻaʻole e loʻa koʻu puʻuwai," wahi a ke Kua Lāʻau Kini.

"A ʻaʻole au e ʻike hou iā ʻAnakē ʻEma me ʻAnakala Heneri," wahi a Dorotea me ka hoʻomaka pū e uē.

"E mālama pono!" wahi a ke kaikamahine ʻōmaʻomaʻo me ke kuʻihē pū. "E heleleʻi nā waimaka ma luna o kou kilika ʻōmaʻomaʻo a ʻo ke kohu mai nō koe."

No laila, ua hoʻomaloʻo ʻo Dorotea i kona mau maka a ʻī akula:

"Malia paha he pono nō e hoʻāʻo; akā, manaʻo nō au ʻaʻole au makemake e pepehi i kekahi poʻe, oia mau nō inā no ka ʻike hou aku iā ʻAnakē ʻEma."

"E hele nō au me ʻoe; akā, ua nui loa nō koʻu hōhē no ka pepehi ʻana i ka Uiti," wahi a ka Liona.

"E hele pū nō au," wahi a ke Kiʻi Hoʻoweliweli; "akā, ʻaʻole au he kōkua nui iā ʻoe, he nui nō koʻu hūpō."

"ʻAʻohe oʻu puʻuwai e hōʻeha ai i kekahi mea e like me ka Uiti," i pane ai ke Kua Lāʻau Kini; "akā, inā hele ʻoe, e hele pū nō au me ʻoe."

No laila, ua hoʻoholo ʻia e hoʻomaka i ko lākou huakaʻi i kekahi kakahiaka aʻe, a ua hoʻokala ke Kua Lāʻau i kāna koʻi lipi ma luna o kekahi pōhaku hoʻokala a hoʻokulu pono ʻia ka ʻaila ma luna o kona mau ʻami a pau. Ua hoʻopiha ke Kiʻi Hoʻoweliweli iā ia iho me ka mauʻu maloʻo hou a pena hou akula ʻo Dorotea i kona mau maka i hiki iā ia ke ʻike pono. Ua hoʻopiha ke kaikamahine ʻōmaʻomaʻo i ka ʻie a Dorotea me nā meaʻai ʻono e ʻai ai a hoʻopaʻa akula i kekahi pele ma ka ʻāʻī o Toto me kekahi līpine ʻōmaʻomaʻo.

Ua ʻeleu lākou i ka hoʻi hiamoe a ua maikaʻi loa ko lākou hiamoe ʻana ā ao hou aʻela nō, a ala hou maila lākou i ka ʻōʻō ʻana o ka moa ʻōmaʻomaʻo e noho ana ma ka pā ma hope o ka Hale Aliʻi, a me ke kōkō ʻana o kekahi moa wahine i hāʻule ai i kekahi hua ʻōmaʻomaʻo.

Mokuna XII.
Ka ʻImi ʻana i ka Uiti ʻIno

Na ke Koa me ka ʻumiʻumi ʻōmaʻomaʻo i alakaʻi iā lākou ma nā alanui.

ʻalakaʻi

ANA KE KOA ME KA ʻUMIʻUMI ʻŌMAʻO-
maʻo iā lākou ma nā alanui o ke Kaona
Nui ʻEmelala ā hōʻea akula
lākou i ka lumi, kahi i noho
ai ke Kiaʻi o nā ʻĪpuka Pā. Na kēia
luna i hoʻokala i ko lākou mau makaaniani a hoʻihoʻi
akula i loko o ka pahu nui, a laila, ua wehe ʻoluʻolu nō ʻo
ia i ka ʻīpuka pā no ko kākou mau hoa.

Nīnau akula ʻo Dorotea, "ʻO ke alanui
hea ka mea e hele ai i ka Uiti ʻIno o ke
Komohana?"

"ʻAʻohe alanui," i pane ai ke Kiaʻi o nā
ʻĪpuka Pā. "ʻAʻohe poʻe e ʻiʻini ana e hele ma
kēlā ʻaoʻao."

"No laila, pehea ʻo ia e loʻa ai iā
mākou?" wahi a ke kaikamahine i nīnau ai.

"Maʻalahi nō kēlā," i pane ai ke kanaka, "no ka mea, ke ʻike ʻo ia ai ʻoukou ma ka ʻāina o nā Winiki, e loʻa nō ʻoukou iā ia, a e hoʻolilo mai ʻo ia iā ʻoukou a pau i kauā kuapaʻa ma lalo ona."

ʻĪ akula ke Kiʻi Hoʻoweliweli, "ʻAʻole paha, no ka mea, manaʻo mākou e pepehi iā ia."

"ʻŌ, ʻokoʻa kēlā," wahi a ke Kiaʻi o nā ʻĪpuka Pā. "ʻAʻohe wahi poʻe i pepehi iā ia ma mua, no laila, manaʻo au nāna e hoʻokuapaʻa mai iā ʻoukou ma lalo ona, e like me kāna i hana ai i nā poʻe ʻē aʻe. Akā, e mālama pono; no ka mea, he ʻino nō ʻo ia a hae loa, a malia paha ʻaʻole ʻo ia e ʻae iā ʻoukou e pepehi iā ia. E hele i ke Komohana, kahi e napoʻo ai ka lā, a ʻaʻole hiki ke ʻalo aʻe kona loʻa iā ʻoukou."

Ua mahalo nō lākou iā ia a aloha akula iā ia, a huli aʻela lākou i ke Komohana, a kaʻahele wāwae akula ma nā pā mauʻu palupalu me nā ōpū pua nehe a me nā pua makou e kau liʻiliʻi ana ma ʻō ma ʻaneʻi. Oia mau nō ka lole kilika uʻi a Dorotea i komo ai ma loko o ka hale aliʻi, akā, i kēia manawa, ua pūʻiwa ʻo ia i ka ʻike ua pau kona ʻōmaʻomaʻo, he keʻokeʻo pū i kēia manawa. Ua pau pū hoʻi ka ʻōmaʻomaʻo o ka līpine ma ka ʻāʻī o Toto a ua keʻokeʻo pū e like me kona lole.

ʻAʻole liʻuliʻu a waiho ʻia ke Kaona Nui ʻEmelala ma hope loa. Iā lākou i neʻe ai i mua, ua piʻi ke ʻano ʻāpuʻupuʻu a mālualua o ka ʻāina, no ka mea, ʻaʻohe mahina ʻai a hale noho paha ma kēia ʻāina ma ke Komohana, a ʻaʻole i kipi ʻia ka ʻāina.

I ka ʻauinalā, ua pā maila ka lā me kona wela ma ko lākou mau maka, no ka mea, ʻaʻohe kumulāʻau e hoʻomalumalu ai iā lākou; no laila, ma mua o ka pō ʻana maila, ua māluhiluhi pū ʻo Dorotea, Toto, a me ka Liona, a moe ihola lākou ma ka mauʻu a pau ihola i ka hiamoe, me ke Kua Lāʻau a me ke Kiʻi Hoʻoweliweli nō e kū kiaʻi ana.

Hoʻokahi wale nō maka o ka Uiti ʻIno o ke Komohana, eia naʻe, ua like kona maikaʻi me ka mana me ka ʻohe nānā, a he ʻike i nā wahi a pau. No laila, iā ia i noho ai ma ka ʻīpuka o kona kākela, nānā aʻela ʻo ia ma ʻō a ma ʻō a ʻike akula iā Dorotea e hiamoe ana me kona mau hoa ā puni ona. Ua mamao nō lākou, akā, ua huhū ka Uiti ʻIno i ko lākou loaʻa ma kona ʻāina; no laila, ua puhi ʻo ia i kekahi ʻūlili kālā e lewalewa ana ma kona ʻāʻī.

Ma ia manawa koke iho nō, holo nui maila kekahi ʻohana ʻīlio hae mai nā wahi like ʻole a pau mai. Ua loloa ko lākou mau wāwae a weliweli loa ko lākou mau maka ke nānā a ʻoiʻoi nā niho.

"E hele ʻoukou i kēlā poʻe," wahi a ka Uiti, "a hoʻohaehae pau loa iā lākou."

"ʻAʻole ʻoe e hoʻokuapaʻa iā lākou i kauā nou?" i nīnau ai ka luna o nā ʻīlio hae.

"ʻAʻole," wahi āna i pane ai, "he kini hoʻokahi, a he mauʻu maloʻo kekahi; he kaikamahine kekahi a he Liona kekahi. ʻAʻohe wahi mea o lākou i kūpono no ka hana, no laila, e hoʻohaehae nō ʻoukou iā lākou ā weluwelu loa."

"ʻOia, maikaʻi nō," wahi a ka ʻīlio hae, a holo kikī akula ʻo ia i kahi ʻē, hahai akula nā mea ʻē aʻe.

Ua laki nō ke ala ʻana o ke Kiʻi Hoʻoweliweli a me ke Kua Lāʻau e lohe ai i ka hiki ʻana mai o nā ʻīlio hae.

"Naʻu nō hakakā," wahi a ke Kua Lāʻau, "e neʻe ma hope oʻu nei a naʻu e ʻalo iā lākou i ko lākou hiki ʻana mai."

Lālau akula ʻo ia i kāna koʻi lipi āna i hoʻokala ai ā ʻoi loa, a i ka hiki ʻana mai o ka luna o nā ʻīlio hae, ua kā ka lima o ke Kua Lāʻau Kini a ʻoʻoki ihola i ko ia ala poʻo ā hemo mai kona kino aku, a ʻo kona make ihola nō ia me ka ʻemo ʻole. A hāpai hou aʻela ʻo ia i kāna koʻi lipi, hiki maila kekahi ʻīlio hae, a hāʻule ihola nō kēlā ma lalo o ka lapa ʻoi o ka mea kaua a ke Kua Lāʻau Kini. He kanahā mau ʻīlio hae, a make ihola nō hoʻi kanahā mau ʻīlio hae, a moe mamake aʻela lākou a pau ma hoʻokahi puʻu i mua o ke Kua Lāʻau.

A laila, kau akula ʻo ia i kāna koʻi lipi i lalo a noho ihola ma ka ʻaoʻao o ke Kiʻi Hoʻoweliweli, a ʻī maila kēlā, "Maikaʻi nō kēlā hakakā, e ke hoa."

Ua kali lāua i ke ala hou ʻana o Dorotea i kekahi kakahiaka mai. Ua nui nō ka makaʻu o ke kaikamahine i kona ʻike ʻana i kekahi puʻu ʻīlio hae pūhuluhulu, akā, ua hahaʻi aku nei ke Kua Lāʻau Kini iā ia i ka moʻolelo holoʻokoʻa. Ua mahalo ʻo Dorotea

iā ia no ka hoʻopakele ʻana iā lākou a noho aʻela ʻo ia i lalo e pāʻina kakahiaka ai, a ma hope iho, hoʻomaka hou aʻela lākou i ko lākou kaʻahele ʻana.

I kēia kakahiaka hoʻokahi nō, hiki maila ka Uiti ʻIno i ka ʻīpuka o kona kākela a nānā akula i waho me kona maka hoʻokahi wale nō i ʻike ai ā mamao. Ua ʻike aku ʻo ia i kāna mau ʻīlio hae a pau e moe mamake ana, a me nā malihini e hoʻomau ana i ke kaʻahele ma kona ʻāina. Ua piʻi kona huhū i kēia, a puhi akula ʻo ia kāna ʻūlili kālā ʻelua manawa.

ʻĀnō iho nō a hiki maila kekahi ʻauna manu ʻalalā i kahi ona, ua lawa ko lākou heluna e pouli pū ai ka lani. A ʻī akula ka Uiti ʻIno i ke Aliʻi ʻAlalā:

"E lele ʻoukou ʻānō i kahi o nā malihini; e kiko i ko lākou mau maka ā hemo a hoʻohaehae iā lākou ā weluwelu loa."

Ua lele aʻela nā ʻalalā ma hoʻokahi nō ʻauna nui launa ʻole i kahi o Dorotea a me kona mau hoa. I ka ʻike ʻana o ke kaikamahine iā lākou i ka hiki ʻana mai, ua piʻi kona makaʻu. Akā, ʻī maila ke Kiʻi Hoʻoweliweli:

"Naʻu kēia kaua e hakakā, e moe i lalo ma koʻu ʻaoʻao nei a ʻaʻole ʻoe e hōʻeha ʻia."

No laila, ua moe nō lākou a pau ma ka honua koe ke Kiʻi Hoʻoweliweli, a kū aʻela ʻo ia i luna a hoʻomālō i kona mau lima. A i ka ʻike ʻana mai o nā ʻalalā iā ia, ua nui ko lākou makaʻu, no ka mea, ʻo ia ka mea maʻamau o kēia ʻano manu, a ʻaʻohe o lākou ʻaʻa e kokoke hou mai. Akā, ʻī maila ke Aliʻi ʻAlalā:

"He kanaka hoʻopiha ʻia wale nō. E kiko nō au i kona maka."

Lele maila ke Aliʻi ʻAlalā i kahi o ke Kiʻi Hoʻoweliweli, a hopu akula nō ʻo ia i ke poʻo o ka manu a ʻōwili akula i ko ia ala ʻāʻī ā make ihola nō. Ma hope mai, lele maila kekahi

ʻalalā hou aʻe, a ʻōwili pū aʻela ke Kiʻi Hoʻoweliweli i ko ia ala ʻāʻī. He kanahā nō ʻalalā, a he kanahā nō manawa i ʻōwili ai ke Kiʻi Hoʻoweliweli i ka ʻāʻī ā ʻo ka moe mamake ihola nō ia o nā manu a pau ma kona ʻaoʻao. A laila, kāhea akula ʻo ia i kona mau hoa e ea i luna, a hoʻomau hou akula lākou i ko lākou kaʻahele ʻana.

I ka nānā hou ʻana o ka Uiti ʻIno i waho a ʻike i kāna mau ʻalalā e moe mamake ana ma kahi puʻu, ua piʻi loa kona huhū ʻino, a puhi akula i kāna ʻūlili kālā ʻekolu manawa.

Ma ia manawa nō, ua lohe ʻia ka hū ʻana ma ka lewa, a hiki maila kekahi huhui nalo meli ʻeleʻele i kahi ona.

"E hele i nā malihini a kiki iā lākou ā make loa!" pēlā i kauoha ai ka Uiti, a huli akula nā nalo meli a lele māmā ā hiki akula i kahi a Dorotea a me kona mau hoaloha e kaʻahele wāwae ana. Akā, ua ʻike aku ke Kua Lāʻau i ko lākou hiki ʻana mai, a hoʻoholo ihola ke Kiʻi Hoʻoweliweli i ka hana e hana ai.

"E wehe i koʻu mauʻu maloʻo a lū aku ma luna o ke kaikamahine a me ka ʻīlio a me ka Liona," wahi āna i ke Kua Lāʻau, "me kēlā ʻaʻole e kiki nā nalo meli iā lākou." Ua hana ke Kua Lāʻau pēlā, a no ke kokoke loa o ka moe ʻana o Dorotea ma ka ʻaoʻao o ka Liona me ka paʻa pū iā Toto ma kona mau lima, ua uhi pau loa ʻia lākou.

Ua hiki mai nā nalo meli a ʻaʻohe wahi poʻe i loaʻa e kiki ai, koe ke Kua Lāʻau, no laila, ua lele akula lākou iā ia a haki pū ko lākou mau kukū kiki ma luna o kona ʻili kini, ʻaʻohe wahi ʻeha o ke Kua Lāʻau. A ʻaʻohe ola o nā nalo meli ke haki pū ko lākou mau kukū kiki, a pēlā ihola nō i pau ai nā nalo meli ʻeleʻele, a waiho kau liʻiliʻi aʻela nō lākou he puʻu mānoanoa ā puni ke Kua Lāʻau, ua like me kekahi puʻu nānahu ʻaeʻae loa.

A laila, ua ea aʻela ʻo Dorotea a me ka Liona i luna, a kōkua akula ke kaikamahine i ke Kua Lāʻau Kini i ka hoʻopiha hou ʻana i ke Kiʻi Hoʻoweliweli ā kūpono nō kona kino e like me ma mua. No laila, ua hoʻomaka hou nō lākou i ko lākou kaʻahele ʻana.

No ka piʻi loa o ka huhū o ka Uiti ʻIno i kona ʻike ʻana i nā nalo meli ʻeleʻele ma nā puʻu liʻiliʻi e like me ka nānahu ʻaeʻae, ua hehi ʻino kona wāwae a huhuki i kona lauoho a ʻuī ihola i kona niho. A laila, kāhea akula ʻo ia i kekahi pūʻulu o kona mau kauā kuapaʻa, ʻo ia ka poʻe Wīniki, a hāʻawi akula ʻo ia iā lākou i nā ihe ʻoi loa me ke kauoha pū aku iā lākou e hele i nā malihini a pepehi iā lākou.

ʻAʻole nā Wīniki he poʻe koa, akā, ua pono lākou e hana e like me ke kauoha ʻana. No laila, ua kaʻi aku nei lākou i kahi ʻē ā kokoke akula i kahi o Dorotea. A laila, ua uō akula ka Liona me ka ikaika loa a lēhei akula i kahi o

lākou, a no ke kau pū o ka weli o nā Wīniki, ua holo ʻino nō lākou me ka māmā i hiki i kahi ʻē.

I ko lākou hoʻi ʻana akula i ke kākela, ua hilihili ʻino ka Uiti ʻIno iā lākou me kekahi ʻili kuapo, a hoʻouna hou akula iā lākou i kā lākou mau hana, a ma hope mai, noho ihola ʻo ia i lalo a noʻonoʻo ihola i kāna hana hou aʻe e hana ai. ʻAʻole i maopopo iā ia ka mea i hāʻule pahū ai kona mau manaʻo e luku ai i kēia poʻe malihini; akā, he Uiti mana nui nō ʻo ia, a he ʻino nō hoʻi, a ʻaʻole liʻuliʻu a hoʻoholo ihola ʻo ia i kona manaʻo no kāna hana.

Ua loaʻa ma kona waihona pā kekahi Pāpale Kapu Kula Aʻiaʻi i paʻapū i nā kaimana a me nā rupi ā puni. Ua kau ka mana pule kalokalo ma luna o kēia Pāpale Kapu Kula. ʻO ka mea iā ia kēia mea, he hiki nō iā ia ke kāhea i nā Keko ʻĒheu ʻekolu manawa, a e hoʻolohe lākou i ke kauoha i hāʻawi ʻia. Akā, ʻaʻohe mea i hiki ke kauoha i ua ʻano holoholona ʻano ʻē lā ā ʻoi aʻe i ʻekolu manawa. ʻElua nō manawa, ua hoʻohana ka Uiti ʻIno i ka mana kau o ka Pāpale Kapu. Hoʻokahi manawa i kona hoʻokuapaʻa ʻana i nā Wīniki me ka hoʻokau pū iā ia iho ma luna o ko lākou ʻāina. Na nā Keko ʻĒheu i kōkua iā ia ma kēia hana. ʻO ka ʻelua o ka manawa, ʻo ia kona haka-kā ʻana i ka ʻOza Nui nō, a hoʻokuke akula iā ia i waho o ka ʻāina Komohana. Ua kōkua pū nō nā Keko ʻĒheu ma kēia hana. Hoʻokahi wale nō manawa i koe iā ia ma ka hoʻohana ʻana i kēia Pāpale Kapu Kula, a ʻaʻole ʻo ia i makemake e hoʻohana hou aia nō ā pau loa nā mea e hiki ai iā ia ke hana me kona mana ponoʻī iho nō. Akā, no ka pau loa o kona mau ʻīlio hae hae, a me kona mau ʻalalā hihiu, a me kona mau nalo meli kiki, a no ka hoʻomakaʻu ʻia o kona poʻe kauā kuapaʻa e ka Liona Hōhē, ua ʻike aku nei ʻo ia hoʻokahi wale nō hana e luku ai iā Dorotea a me kona mau hoa.

No laila, ua lawe ka Uiti ʻIno i ka Pāpale Kapu Kula mai kona waihona pā mai a kau akula ma luna o kona poʻo. A laila, ua kū nō ʻo ia ma luna o kona wāwae hema a ʻī akula me ka mālie:

"ʻEp-pa, pap-pa, kek-ko!"

Ma ia hope mai, ua kū ʻo ia ma kona wāwae ʻākau a ʻī akula:

"Hil-lo, hol-lo, hel-le!"

Ma hope o kēia, ua kū ʻo ia ma luna o kona mau wāwae ʻelua a ʻuā akula me ka leo nui:

"Hin-na, hen-na, hī!"

Ua hoʻomaka e kō ka mana o ka pule kalokalo. Pouli pū maila ka lani, a lohe ʻia ka nakulu haʻahaʻa ma ka lewa. He halulu ʻana nō o nā ʻēheu he lehulehu loa nō, a he leo hamumumu nō me ka ʻakaʻaka pū, a ʻōʻili maila ka lā no loko mai o ka lani pōuliuli e hōʻikeʻike ai i ka Uiti ʻIno i hoʻopuni ʻia ai e kekahi ʻāuna keko, he paʻa ʻēheu nunui nō ko kēlā me kēia ma luna o ko lākou mau poʻohiwi.

Ua loaʻa hoʻokahi i ʻoi aku kona nui i nā mea ʻē aʻe, a me he mea lā ʻo ia ko lākou luna. Ua lele ʻo ia ā kokoke i ka Uiti a ʻī akula:

"Ua kāhea maila ʻoe iā mākou no ke kolu a me ka hope o ka manawa. He aha kāu kauoha?"

"E hele i nā malihini ma koʻu ʻāina nei a luku pau loa iā lākou a pau, koe ka Liona," wahi a ka Uiti ʻIno. "E lawe mai i kēlā holoholona iaʻu nei, no ka mea, he manaʻo koʻu e hoʻopaʻa iā ia me ke kaula waha e like me ka lio, a hoʻohana iā ia no ka hana."

"E maliu ʻia kāu mau kauoha," wahi a ka luna. A laila, me ke kanikani pū o nā leo walawalaʻau a me ka hana kuli nui, ua lele aku nā Keko ʻĒheu i kahi ʻē i kahi a Dorotea a me kona mau hoa e kaʻahele wāwae ana.

Ua hopu kekahi o nā Keko i ke Kua Lāʻau Kini a halihali akula iā ia ma ka lewa ā kau lākou ma luna o kekahi ʻāina i paʻapū i nā pōhaku ʻoiʻoi. Ma laila lākou i hoʻokuʻu ai i ke Kua Lāʻau aloha wale, a hāʻule ihola ʻo ia mai kahi kiʻekiʻe loa mai i kahi o nā pōhaku, a moe ihola nō ʻo ia i laila me ka lāpuʻu pū a me ka pepeʻe ʻinoʻino loa, ʻaʻohe nō ona wahi ʻoni a kaniʻuhū iki no ka ʻino loa.

Ua nāki‘iki‘i nā Keko i nā pōka‘a kaula he nui ma luna o kona kino ā pa‘a.

Ua hopu kekahi o nā Keko i ke Kiʻi Hoʻoweliweli, a me ko lākou mau manamana lima loloa, huhuki akula lākou i ka mauʻu maloʻo mai loko mai o kona lole a me ke poʻo. Ua hoʻopaila lākou i kona pāpale, a me kona mau kāmaʻa puki, a me kona lole ma kekahi puʻu liʻiliʻi, a kiola akula i kēia puʻu ma luna o nā lālā o kekahi kumulāʻau lōʻihi loa.

ʻO nā Keko i koe, ua kiola lākou i nā ʻāpana kaula mānoanoa ma luna o ka Liona a hōʻōwiliwili akula i nā pōkaʻa kaula ma luna o kona kino, a me ke poʻo, a me nā wāwae ā pau loa ka hiki iā ia ke nahu a walu a ʻāʻumeʻume paha. A laila, hāpai akula lākou iā ia a lele akula i kahi ʻē me ia ā kahi o ke kākela o ka Uiti, a kau ʻia ihola ʻo ia ma kekahi pā mauʻu liʻiliʻi me kekahi pā hao kiʻekiʻe ā puni, ʻaʻohe ona wahi pakele.

Akā, ʻaʻole nō lākou i hōʻeha iā Dorotea. Ua kū nō ʻo ia, me Toto nō ma kona mau lima, me ka nānā pū i ka hopena minamina wale o kona mau hoa a me ka noʻonoʻo

pū nō ho'i 'o kona manawa mai nō ia. Ua lele maila ka luna o nā Keko 'Ēheu, a kīko'o maila kona mau lima loloa a pūhuluhulu a ua pupuka 'ino kona mino'aka; akā, ua 'ike nō 'o ia i ka māka o ka honi o ka Uiti Maika'i ma luna o kona lae a kū koke ihola nō 'o ia me ka ho'āni i kona mau lima i nā mea 'ē a'e 'a'ole e ho'opā iā ia.

"'A'ole kākou e 'a'a e hō'eha i kēia kaikamahine li'ili'i," wahi āna iā lākou, "no ka mea, ua ho'omalu 'ia 'o ia e ka Mana o ka Po'e Maika'i, a 'oi aku kēlā ma mua o ka Mana o ka Po'e 'Ino. 'O kā kākou hana wale nō i hiki ai, 'o ia ka halihali 'ana iā ia i ke kākela o ka Uiti 'Ino a waiho iā ia ma laila."

No laila, me ka mālie loa nō, ua hāpai lākou iā Dorotea ma ko lākou mau lima a halihali akula iā ia me ka māmā loa ma ka lewa ā hiki akula i ke kākela, kahi a lākou i waiho ai iā ia ma mua o ka 'īpuka o mua. A laila, 'ī akula ka luna i ka Uiti:

"Ua maliu akula mākou i kāu e like nō me ka mea i hiki. Ua pau loa ke Kua Lā'au Kini a me ke Ki'i Ho'oweli-weli i ka luku 'ia, a ua nakinaki pau loa 'ia ka Liona ma kou pā. 'A'ohe o mākou hō'eha i ke kaikamahine, a pēia pū ka 'īlio āna e hi'i nei ma kona mau lima. Ua pau kou mana ma luna o ko mākou pū'ulu, 'a'ole 'oe e 'ike hou iā mākou."

A laila, ua lele nā Keko 'Ēheu a pau ma ka lewa me ka 'aka'aka nui a me ka hauwala'au pū nō, a 'a'ole li'uli'u a ua pau loa ko lākou 'ike 'ia.

Ua pū'iwa a kānalua nō ho'i ka Uiti 'Ino i kona 'ike 'ana i ka meheu ma luna o ka lae o Dorotea, no ka mea, ua maopopo pono nō iā ia 'a'ole i hiki i nā Keko 'Ēheu a i 'ole iā ia ho'i ke hō'eha i ke kaikamahine ma kekahi 'ano. Ua nānā a'ela 'o ia i lalo i nā wāwae o Dorotea, a i kona 'ike 'ana i nā Kāma'a Kālā, ho'omaka ihola e naka kona mau kuli i ka makaʻu loa, no ka mea, ua ʻike nō ʻo ia i ka mana nui o ia kāmaʻa. ʻO ka manaʻo mua o ka Uiti, ʻo ia ka holo mahuka aku mai iā Dorotea aku; akā, nānā aʻela ʻo ia i nā maka o ke keiki a ʻike akula i ka nahenahe loa o ka ʻuhane o loko o ia ala, a no ka naʻaupō hoʻi o ua kaikamahine ala no kona mana kupaianaha i nā Kāmaʻa Kālā. No laila, ua ʻakaʻaka ka Uiti ʻIno i loko ona iho, a noʻonoʻo ihola, "Hiki nō ke hoʻokuapaʻa i kēia kaikamahine nei i kauā noʻu, no ka mea, ʻaʻole loa ona ʻike i ka hoʻohana i kona mana." A laila, ʻī akula ʻo ia iā Dorotea ma ke ʻano huhū loa:

"Mai me aʻu; e hoʻolohe pono nō ʻoe i kaʻu mau mea a pau e haʻi ai iā ʻoe, no ka mea, inā ʻaʻole ʻoe e hoʻolohe, naʻu e hoʻopau iā ʻoe, e like me kaʻu i hana ai i ke Kua Lāʻau Kini a me ke Kiʻi Hoʻoweliweli."

Ua hahai ʻo Dorotea iā ia ma loko o nā lumi nani he nui o kona kākela ā hiki akula lāua i ka lumi kuke, kahi i kauoha ai ka Uiti iā ia e holoi i nā ipu hao a me nā ipu hao kī a pulumi i ka papahele a kahukahu mau i ke ahi.

Ua hana ʻo Dorotea i ka hana ma ke ʻano ʻāhē, a ua holo iā ia e hana me ka ikaika i hiki; no ka mea, ua hauʻoli ʻo ia i ka hoʻoholo ʻana o ka Uiti ʻIno ʻaʻole e pepehi iā ia.

Me ka lilo nō o Dorotea i ka hana, noʻonoʻo ihola ka Uiti e hele ʻo ia i ka pā ākea a hoʻopaʻa aku i ka Liona Hōhē i ke kaula waha e like me ka lio; he leʻaleʻa ia i kona manaʻo e hoʻohana iā ia nāna e huki i kona kaʻa i kona mau manawa i ʻiʻini ai e hele i ka holoholo. Akā, iā ia i wehe ai i ka ʻīpuka pā, uō honua maila ka Liona a lēhei maila i kahi ona me ka hae loa a kau ʻino ihola ka weli o ka Uiti, a holo akula nō ʻo ia i waho a panikū hou aʻela i ka ʻīpuka pā.

ʻĪ akula ka Uiti i ka Liona, ma ka walaʻau iā ia mai kēlā ʻaoʻao mai o nā lāʻau hao o ka ʻīpuka pā, "Inā ʻaʻole hiki ia'u ke ho'opa'a iā 'oe i ke kaula waha, "e 'au'a au i ka mea'ai iā 'oe. 'A'ohe āu 'ai ā hana 'oe e like me ko'u makemake."

No laila, ma hope o kēlā, 'a'ole 'o ia i lawe aku i kekahi 'ai i ka Liona i ho'opa'ahao 'ia ai; akā, i kēlā me kēia lā, hiki maila 'o ia i ka 'īpuka pā ma ke awakea a nīele akula:

"Mākaukau nō 'oe e ho'opa'a 'ia ai i ke kaula waha e like me ka lio?"

A pane maila ka Liona:

"'A'ole. Inā komo mai 'oe i kēia pā, e nahu nō au iā 'oe."

'O ke kumu i pono 'ole ai ka Liona e hana e like me ka makemake o ka Uiti, no ka mea, i kēlā kēia pō, 'oiai ka wahine e hiamoe ana, halihali akula 'o Dorotea i ka mea'ai iā ia mai ka waihona mea'ai aku. A mā'ona ihola 'o ia, moe 'o ia i lalo ma kona moena mau'u malo'o, a moe pū 'o Dorotea ma kona 'ao'ao a kau i kona po'o ma luna o kona huluhulu 'ā'ī pūhuluhulu a palupalu, iā lāua nō e kūkākūkā ai no ko lākou mau pilikia a ho'ā'o akula lāua e no'ono'o i nā hana e pakele ai. Akā, 'a'ohe mana'o i loa'a iā lāua e pakele ai mai ke kākela aku, no ka mea, ua kia'i mau 'ia e nā Wīniki lenalena, 'o lākou nā kauā kuapa'a o ka Uiti 'Ino a ua nui loa ko lākou maka'u iā ia e hō'ole ai i ka ho'okō i kāna 'ōlelo.

Ua pono ke kaikamahine e hana ikaika i ka lā, a ho'oweliweli pinepine ka Uiti e hili iā ia me ka māmalu kahiko ho'okahi nō āna e halihali mau ai ma kona lima. Akā, 'o ka 'oia'i'o, 'a'ohe ona 'a'a e hili iā Dorotea, no ka mea, ua kau ka māka ma luna o kona lae. 'A'ole i 'ike ke kaikamahine, a ua piha 'o ia i ka maka'u nona iho a me Toto pū kekahi. Ho'okahi manawa, ua hili ka Uiti iā Toto me kona māmalu a ua lele hou mai ka 'īlio li'ili'i a koa iā ia a nahu iā ia ma kona wāwae ma ka pāna'i 'ana. 'A'ole i kahe ke koko ma kahi i nahu ʻia ai ʻo ia, no ka mea, no kona ʻino loa, ua hele ā maloʻo pau loa ke koko i loko ona i nā makahiki he nui loa ma mua aʻela.

Ua hele ā kaumaha loa ke ola o Dorotea, me kona hoʻomaopopo nō hoʻi he ʻoi aku ka paʻakikī o ka hoʻi hou ʻana i Kanesasa a me ʻAnakē ʻEma. I kekahi manawa, uē ikaika ʻo ia no nā hola he nui, me Toto nō e noho ana ma kona mau wāwae me ka nānā pū i kona maka me ka hoʻonē pū me ke kaumaha e hōʻikeʻike ai i kona minamina nui i kona haku wahine. ʻAʻole nō i nānā nui ʻo Toto inā aia ʻo ia ma Kanesasa a i ʻole ma ka ʻĀina o ʻOza inā aia ʻo Dorotea me ia; akā, ua ʻike nō ʻo ia ua kaumaha nō ke kaikamahine, a pēlā i kaumaha pū ai ʻo ia kekahi.

Ua ʻiʻini nui ihola ka Uiti ʻIno e loaʻa nā Kāmaʻa Kālā nona iho nō, a e komo mau ana ke kaikamahine i ua mau kāmaʻa ala. E moe ana kona mau nalo meli, a me kona mau ʻalalā, a me kona mau ʻīlio hae ma nā puʻu a maloʻo maila, a ua pau loa kona mana i ka Pāpale Kula; akā, inā loaʻa nā Kāmaʻa Kula iā ia, lilo iā ia ka mana nui ā ʻoi aʻe i nā mea ʻē aʻe a pau i pau ai. Ua nānā pono ʻo ia iā Dorotea e ʻike ai inā wehe ʻo ia i nā kāmaʻa me ka noʻonoʻo pū he hiki iā ia ke ʻaihue aku. Akā, no ka nui o ka haʻaheo o ke keiki i kona mau kāmaʻa uʻi, ʻaʻohe loa ona wehe, koe i ka pō a ke ʻauʻau ʻo ia. Ua nui loa ka makaʻu o ka Uiti i ka pōuliuli e ʻaʻa ai e komo i loko o ka lumi o Dorotea i

ka pō e ʻaihue i nā kāmaʻa, a ua ʻoi aku kona makaʻu i ka wai ma mua o kona makaʻu i ka pouli, no laila, ʻaʻole ʻo ia i hoʻokokoke aku iā Dorotea, iā ia ala e ʻauʻau ana. ʻO ka ʻoiaʻiʻo, ʻaʻohe wahi hoʻopā o ka Uiti kahiko i ka wai, ʻaʻohe hoʻi ona ʻae iki e hoʻopā mai ai ka wai iā ia ma kekahi ʻano.

Akā, he maʻalea maoli kēia mea ʻino, a ʻakahi nō a hoʻomaopopo ihola iā ia i kekahi hana maʻalea e lilo ai iā ia kāna mea i makemake ai. Ua kau ʻo ia i kekahi lāʻau hao ma waenakonu o ka lumi kuke ma ka papahele, a laila, me kona akamai i ka ʻoihana hoʻokalakupua, ua hana ʻo ia ā pau ka ʻike ʻia o ka lāʻau hao e kānaka. No laila, i ka hele wāwae ʻana o Dorotea ma ka papahele, ua ʻōkupe ʻo ia ma luna o ka lāʻau hao no kona ʻike ʻole aku, a palahuli loa ā pālaha. ʻAʻole nō ʻo ia i ʻeha maoli, akā, i kona palahuli ʻana, ua hemo hoʻokahi o nā kāmaʻa; a ma mua o ka loaʻa i kona lima, kāʻili ʻino ihola ka Uiti i ke kāmaʻa a hoʻokomo i luna o kona wāwae wīwī ponoʻī nō.

Ua nui nō ka hauʻoli o ka wahine ʻino i ka holo pono o kāna hana maʻalea, no ka mea, me ka lilo nō o hoʻokahi o nā kāmaʻa iā ia, lilo iā ia kekahi hapalua o ka mana o ka pule hoʻohei o nā kāmaʻa, a me kēlā i hiki ʻole ai iā Dorotea ke hoʻohana i kēia mana e pale ai iā ia, inā i ʻike ai ʻo ia i ka hana a ʻaʻole paha.

A ʻo kēia kaikamahine, me kona ʻike aku nō ua lilo hoʻokahi o kona kāmaʻa nani, ua piʻi kona huhū, a ʻī akula i ka Uiti:

"Hāʻawi mai i koʻu kāmaʻa!"

"ʻAʻole loa," i pane hou mai ai ka Uiti, "noʻu kēia kāmaʻa i kēia manawa, ʻaʻole nou."

"He mea ʻino loa nō ʻoe!" i hoʻopuka ai ʻo Dorotea. "ʻAʻohe loa ou kuleana e lawe ai i koʻu kāmaʻa."

"Oia mau nō, e mālama nō au," wahi a ka Uiti, me ka
ʻakaʻaka pū nō iā ia, "a i kekahi lā, e lilo iaʻu kekahi kāmaʻa
ou kekahi."

No ka piʻi loa o ka huhū o Dorotea i kēia, ua kiʻi ʻo ia i
ka pākeke wai e kū ana ma kahi kokoke a hili i ke poʻo o ka
Uiti me ia, a ua pulu ʻo ia mai kona poʻo mai ā hiki i kona
wāwae.

Ma ia manawa koke iho nō, pohā maila ka ʻuā o ka
wahine ʻino i ka makaʻu, a laila, i ka nānā ʻana o Dorotea iā
ia me ka pāhaʻohaʻo pū, hoʻomaka maila e mae loa ke kino
o ka Uiti ā nalowale.

"Nānā ʻoe i kāu hana!" kāna i ʻuā ai. "Hoʻokahi koe
minuke a pau loa au i ka heheʻe."

"Auē, nui nō koʻu mihi, ʻeā," wahi a Dorotea, ua piʻi
kona makaʻu e ʻike ai i ka Uiti e heheʻe maoli ana e like me
ke kōpaʻa ʻulaʻula i mua o kona mau maka ponoʻī nō.

"'A'ole 'oe 'ike 'o ka wai ko'u pau 'ana?" wahi a ka Uiti i nīnau ai me ka leo aeae i loko o ka pi'oloke 'ino.

"'A'ole loa," i pane ai 'o Dorotea. "Pehea au e 'ike ai?"

"He mau minuke wale nō koe a pau loa au i ka hehe'e pau loa, a lilo ke kākela iā 'oe. He 'ino nō au i ko'u ola 'ana, akā, 'a'ohe loa o'u mana'o he hehe'e pau loa au me ka'u mau hana 'ino i kekahi kaikamahine e like me 'oe. Nānā 'oe— pau loa nō au!"

Me kēia mau hua'ōlelo nō, ua lilo ka Uiti he pu'u mākuʻe, ua hehe'e pau loa, he kohu 'ole ke 'ano, a ho'omaka ihola e hālana ma luna o ka papahele ma'ema'e o ka lumi kuke. I kona 'ike 'ana ua pau loa 'o ia i ka hehe'e ā pau loa, ua ki'i 'o Dorotea i kekahi pākeke wai hou aku a kiola ma luna o ke kāpulu. A laila, pulumi akula 'o ia i ka 'ōpala i waho o ka puka. Ma hope o ka 'ohi 'ana i ke kāma'a kālā, 'o ia wale nō ke koena o ka luahine, ua ho'oma'ema'e a ho'omalo'o nō 'o ia i ke kāma'a me kekahi kāwele, a ho'o-komo hou ma luna o kona wāwae. A laila, me kona kū'oko'a hou nō e hana e like me kona makemake, ua holo 'o ia i waho i ka pā ākea e ha'i ai i ka Liona ua pau ka Uiti 'Ino o ke Komohana, a ua pau ko lākou noho pa'ahao 'ana ma kekahi 'āina malihini.

Mokuna XIII.
Ka Pakele ʻana

ELEU KA HAU‘OLI hou mai o ka Liona Hōhē i ka lohe ‘ana ua pau loa ka Uiti ‘Ino i ka hehe‘e i ka pākeke wai, a ‘eleu akula ‘o Dorotea i ka wehe ‘ana i ka ‘īpuka pā o kona hale pa‘ahao a ho‘oku‘u la‘ela‘e iā ia. Ua hele pū nō lāua i ke kākela, a ‘o ka hana mua a Dorotea, ‘o ia ke kāhea aku i nā Wīniki e ‘ākoakoa pū a ha‘i aku iā lākou ua pau ko lākou noho kuapa‘a ‘ana.

Ua nui loa nō ka ‘oli‘oli ‘ana ma waena o nā Wīniki lenalena, no ka mea, ua ho‘ohana ‘ia lākou e hana ikaika no nā makahiki he nui no ka Uiti ‘Ino, a ua māinoino loa kona ‘ano iā lākou. Ua mālama lākou i kēia lā he lā nui, a laila, mai ia mua akula, ua lilo lākou i ka ‘aha‘aina a me ka hulahula ‘ana.

"Inā hoʻi aia ko kākou mau hoa, ʻo ke Kiʻi Hoʻoweliweli a me ke Kua Lāʻau Kini, me kākou," wahi a ka Liona, "a laila, piha koʻu hauʻoli."

"Manaʻo nō ʻoe he hiki iā kākou ke hoʻopakele iā lāua?" wahi a ke kaikamahine i nīnau ai ma ke ʻano pīhoihoi.

"Hiki nō ke hoʻāʻo," i pane ai ka Liona.

No laila, ua kāhea lāua i nā Wīniki lenalena a noi akula iā lākou inā hiki nō iā lākou ke kōkua i ka hoʻopakele ʻana i ko lākou mau hoaloha, a pane maila nā Wīniki he hauʻoli nō lākou e hana i ka mea e hiki ai iā lākou na Dorotea, ka mea nāna i hoʻopakele iā lākou i ko lākou noho kuapaʻa ʻana. No laila, ua koho ʻo ia i kekahi heluna o nā Wīniki i akamai loa ka nānā aku, a hoʻomaka akula lākou e hele i kahi ʻē. Ua kaʻahele lākou i kēlā lā a me kekahi hapa o kekahi lā iho ā hiki akula lākou i kekahi ʻāina kula pōhaku, kahi i moe ai ke Kua Lāʻau Kini, ua pau loa i ka pepeʻe a lāpuʻu. Ua kokoke mai kona koʻi lipi iā ia, akā, ua paʻapū ka lapa i ke kūkaehao a ua haki pū ke ʻau ā pōkole.

Ua hāpai nā Wīniki iā ia me ka mālie loa ma ko lākou mau lima a halihali akula iā ia ā ke Kākela Lenalena, a kulu ihola nā waimaka o Dorotea i ka nānā ʻana akula i kēia hopena minamina wale o kona hoaloha kahiko, a he kūoʻo loa ka nānaina o ka Liona. I ka hōʻea loa ʻana akula o lākou i ke kākela, ʻī akula ʻo Dorotea i nā Wīniki:

"He kuʻi hao kini nō kekahi o ko ʻoukou poʻe kānaka?"

"ʻOia. He maikaʻi nō kekahi o mākou i ke kuʻi hao," wahi a lākou i pane ai iā ia.

"No laila, e lawe mai iā lākou i mua oʻu nei," wahi āna. A i ka hiki ʻana mai o nā kuʻi hao, me ka halihali pū mai i kā lākou mau mea hana me lākou ma loko o nā ʻie, nīele akula ʻo ia, "Hiki nō iā ʻoukou ke hana ā pālahalaha hou nā

Ua hana nā kuʻi hao ʻekolu lā a me ʻehā pō.

pepeʻe o ke Kua Lāʻau Kini, a pelu hou iā ia ma kona kiʻi kūpono, a kāpili mekala iā ia ma kahi i haki ai?"

Nānā pono akula nā kuʻi hao i ke Kua Lāʻau, a laila, pane akula he manaʻo nō lākou he hiki nō iā lākou ke hoʻoponopono hou iā ia ā pono hou e like me ma mua. No laila, hoʻomaka akula lākou i ka hana ma loko o kekahi o nā lumi lenalena nui o ke kākela a hana akula lākou ʻekolu mau lā a me ʻehā mau pō ma ka hāmale ʻana, a me ka ʻōwili ʻana, a me ka pelu ʻana, a me ke kāpili mekala ʻana, a me ka hoʻohinuhinu ʻana, a me ka hilihili ʻana ma nā wāwae, a me ka paukū kino, a me ke poʻo o ke Kua Lāʻau Kini, ā pololei hou maila kona kino kahiko, a hana pono hou hoʻi kona mau ʻami e like me ma mua. He ʻoiaʻiʻo nō, ua nui nō nā pāhonohono ma luna ona, akā, ua maikaʻi nō ka hana a nā kuʻi hao, a no ka hoʻokiʻekiʻe ʻole o ke Kua Lāʻau, ʻaʻole ʻo ia i nānā i nā pāhonohono.

I loa nō ā komo wāwae akula ʻo ia i loko o ka lumi o Dorotea me ka mahalo pū iā ia no ka hoʻopakele ʻana iā ia, ua piha kona hauʻoli a uē ihola nō ʻo ia i ka ʻoliʻoli, a ua pono ʻo Dorotea e holoi pono i kona mau waimaka ma kona mau pāpālina me kona pāpalu i ʻole e paʻapū ko ia ala mau ʻami i ke kūkaehao. Ma ia manawa hoʻokahi nō, heleleʻi nui ihola kona mau waimaka ponoʻī nō i ka hauʻoli i ka hui hou ʻana me kona hoaloha kahiko, a ʻaʻole i pono e holoi ʻia kēia mau waimaka. No ka Liona, no ka pinepine loa o kona holoi ʻana i kona mau maka me ke poʻo o kona huelo, ua hele ā pulu ʻelo nō hoʻi, a ua pono ʻo ia e puka i waho i ka pā ākea a ʻōlala i kona huelo i ka lā ā maloʻo.

"Inā hoʻi ʻo ke Kiʻi Hoʻoweliweli pū hou nō me kākou," wahi a ke Kua Lāʻau Kini, i ka pau ʻana o ka hahaʻi ʻana o Dorotea iā ia i nā mea a pau i hana ʻia ai, "a laila, piha pono koʻu hauʻoli."

"Pono kākou e hoʻāʻo i ka huli iā ia ā loʻa," wahi a ke kaikamahine.

No laila, ua kāhea ʻo ia i nā Wīniki e kōkua iā ia, a ua kaʻahele wāwae aku nei lākou ma ia lā a me kekahi hapa o kekahi lā mai ā hiki akula lākou i ke kumulāʻau lōʻihi, aia ma loko o nā lālā kahi i kiola ai nā Keko ʻĒheu i nā lole o ke Kiʻi Hoʻoweliweli.

He kumulāʻau lōʻihi loa nō ia, a no ke kū pololei loa o ke kumu, ʻaʻohe mea i hiki ke pinana; akā, ʻī maila ke Kua Lāʻau:

"E kua au i kēia lāʻau, a laila, hiki nō ke kiʻi i ka lole o ke Kiʻi Hoʻoweliweli."

ʻOiai nā kuʻi hao i paʻu ai i ka hana hoʻoponopono i ke Kua Lāʻau Kini, na kekahi Wīniki, he kuʻi kula, i hana i kekahi ʻau koʻi lipi me ke kula aʻiaʻi paʻa a hoʻokuʻi akula ma luna o ke koʻi lipi a ke Kua Lāʻau ma kahi o ke ʻau kahiko i haki pū. Ua lilo kekahi o lākou i ka hoʻohinuhinu i ka lapa ā pau loa ke kūkaehao a hulali maoli e like me ke kālā aʻiaʻi.

I ka hoʻomaka ʻana o ka walaʻau ʻana o ke Kua Lāʻau Kini, hoʻomaka akula ʻo ia e ʻoki, a ʻaʻole i liʻuliʻu a hina akula ke kumulāʻau me ke kohā nui, a heleleʻi maila nā lole o ke Kiʻi Hoʻoweliweli mai luna mai o nā lālā a kau akula ma ka honua.

Ua ʻohi ʻo Dorotea i ka lole a hāʻawi akula i nā Wīniki na lākou e halihali aku i ke kākela, kahi i hoʻopiha hou ʻia ai me ka mauʻu maloʻo maʻemaʻe; a aia lā! Aia hou ke Kiʻi Hoʻoweliweli, ua hou nō e like me ma mua, a mahalo maila ʻo ia he mau manawa no ka hoʻopakele ʻana iā ia.

Ma hope o ka hui hou ʻana, ua noho ʻo Dorotea a me kona mau hoa me ka hauʻoli ma ke Kākela Lenalena he mau lā, a ua loaʻa iā lākou nā mea a pau e pono ai ka noho ʻoluʻolu ʻana.

Akā, i kekahi lā, ua noʻonoʻo ke kaikamahine iā ʻAnakē ʻEma, a ʻī akula:

"Pono kākou e hoʻi hou iā ʻOza a hoʻomaopopo iā ia no kāna hoʻohiki."

"ʻAe," wahi a ke Kua Lāʻau, "e loʻa mai nō iaʻu koʻu puʻuwai."

"A e loʻa iaʻu koʻu lolo," wahi a ke Kiʻi Hoʻoweliweli me ka hauʻoli nō.

"A e loʻa iaʻu koʻu koa," wahi a ka Liona me ka noʻonoʻo nui.

"A e hoʻi nō au i Kanesasa," i ʻuā ai ʻo Dorotea me ka paʻi pū i kona mau lima. "E hoʻomaka kākou i ka hoʻi aku i ke Kaona Nui ʻEmelala i ka lā ʻapōpō!"

Ua holo iā lākou e hana pēlā. I kekahi lā mai, ua kāhea lākou i nā Wīniki e ʻākoakoa pū a aloha akula iā lākou. Ua nui nō ka minamina o nā Wīniki i ka ʻike iā lākou e haʻalele ana, a no ko lākou aloha nui loa i ke Kua Lāʻau Kini, ua nonoi lākou iā ia e noho a noho aliʻi ma luna o lākou a me ka ʻĀina Lenalena o ke Komohana. I ko lākou ʻike ʻana ua paʻa ka manaʻo o nā ʻōhua e haʻalele, ua hāʻawi aku nā Wīniki iā Toto lāua ʻo ka Liona i kekahi apo ʻāʻī kula; a hāʻawi akula iā Dorotea i kekahi apo lima nani i paʻapū i nā kaimana; a hāʻawi akula lākou i kekahi koʻokoʻo me ke poʻo kula aʻiaʻi i ke Kiʻi Hoʻoweliweli, pēlā e kōkua ʻia ai ʻo ia ʻaʻole e palahuli; a hāʻawi akula lākou i ke Kua Lāʻau Kini i kekahi kini ʻaila kālā i paʻapū i ke kula aʻiaʻi a me nā pōhaku makamae.

Ua haʻiʻōlelo hou mai kēlā me kēia o nā hoa kaʻahele i nā ʻōlelo nani i mua o nā Wīniki, a ua lūlū lima nā ʻōhua me lākou ala ā ʻehaʻeha pū nā lima.

Ua hele aku ʻo Dorotea i ka waihona meaʻai a ka Uiti a hoʻopiha i kāna ʻie me ka meaʻai no ka huakaʻi, a aia ma laila ʻo ia i ʻike ai i ka Pāpale Kapu Kula. Ua kau akula ʻo ia i ka Pāpale ma luna o kona poʻo iho a ʻike akula ua kūpono loa nō. ʻAʻole ʻo ia i ʻike i kekahi mea no ka mana o ka Pāpale Kapu, akā, ua ʻike nō ʻo ia he uʻi nō, no laila, ua holo iā ia e pāpale nō i ka Pāpale a hali i kona pāpale pale lā i loko o ka ʻie.

A laila, me ko lākou mākaukau nō no ka huakaʻi, ua hoʻomaka lākou a pau e hoʻomau no ke Kaona Nui ʻEmelala; a hoʻōho akula nā Wīniki ʻekolu mau hulō me nā ʻōlelo hoʻolana manaʻo pū nō no ko lākou huakaʻi.

Mokuna XIV.
Nā Keko
ʻEheu.

HOʻOMAOPOPO NŌ PAHA ʻOE ʻAʻOHE alanui—ʻaʻole wahi ala hele—ma waena o ke kākela o ka Uiti ʻIno a me ke Kaona Nui ʻEmelala. I ka hele ʻana o nā hoa kaʻahele i ka ʻimi i ka Uiti, ua ʻike nō ʻo ia iā lākou e hele mai ana, a no laila, hoʻouna akula ʻo ia i nā Keko ʻĒheu na lākou e halihali mai iā lākou ā i mua ona. Ua ʻoi loa aku ka paʻakikī o ka huli ʻana i ke ala e hoʻi ai ma nā pā pua makou a me nā pua nehe lenalena ma mua o ka halihali ʻia ʻana. He ʻoiaʻiʻo, ua ʻike nō lākou, ua pono lākou e hele pololei i ka Hikina i kahi o ka lā hiki mai i luna; a hoʻomaka akula lākou ma ka ʻaoʻao pololei. Akā, i ke kau ʻana o ka lā i ka lolo, ʻaʻole lākou i hoʻomaopopo i kahi o ka hikina a me ke komohana, a ʻo ia ke kumu i hili ai lākou ma nā pā nui. Akā, hoʻomau akula lākou i ka hele wāwae, a i ka pō, ua ʻōʻili mai ka mahina a pā maila me ka māʻamaʻama nui. No laila, moe ihola lākou ma waena o nā pua lenalena ʻaʻala a hiamoe pono ihola ā ke kakahiaka—koe ke Kiʻi Hoʻoweliweli a me ke Kua Lāʻau Kini.

I kekahi kakahiaka mai, aia ka lā ma hope o kekahi ao, akā, ua hoʻomaka nō lākou i ke kaʻahele ʻana, me he mea lā ua maopopo nō iā lākou ka ʻaoʻao e hele ai.

ʻĪ akula ʻo Dorotea, "Inā hele wāwae nō kākou ā mamao kūpono, manaʻo nō au e hiki aku kākou i kekahi wahi."

Akā, i ka hala ʻana o kēlā me kēia lā, oia mau nō ko lākou ʻike ʻole aku i kekahi mea i mua o lākou, koe nā pā ʻula-ʻula. Hoʻomaka ihola ke Kiʻi Hoʻoweliweli e namunamu iki.

"Ua hili maoli nō kākou ma ke ala," wahi āna, "a inā ʻaʻole loaʻa hou i ka wā kūpono e hōʻea aku ai i ke Kaona Nui ʻEmelala, ʻaʻole e loaʻa koʻu lolo."

"Pēia nō koʻu puʻuwai," wahi a ke Kua Lāʻau Kini. "Piʻi loa koʻu pīhoihoi e kū loa aku i mua o ʻOza, a ʻike nō ʻoukou he lōʻihi loa kēia kaʻahele ʻana."

"ʻIke ʻoe," wahi ka Liona Hōhē me ke kaniʻuhū pū, "ʻaʻohe oʻu koa e hoʻomau ai i ke kaʻahele ʻana ā mau loa me ka hōʻea ʻole aku i kekahi wahi."

A laila, hāʻawipio ihola ʻo Dorotea. Ua noho ʻo ia i lalo ma ka mauʻu a nānā akula i kona mau hoa, a noho pū ihola lākou a nānā hou maila iā ia, a no ka manawa mua i kona

ola ʻana, manaʻo ihola ʻo Toto ua nui loa nō kona piula e hele
ai i ke alualu i kekahi pulelehua i lele maila ā hala kona poʻo.
No laila, hoʻomaka kona alelo a haha akula a nānā akula iā
Dorotea me he mea lā e nīele ana iā ia no kā lākou hana aʻe.

Hāpai akula ke kaikamahine i ka manaʻo, "E kāhea
paha kākou i nā ʻiole pā mauʻu. Na lākou nō paha e kuhikuhi
iā kākou i ke ala e hele ai i ke Kaona Nui ʻEmelala."

"Pēlā ʻiʻo nō paha," wahi a ke Kiʻi Hoʻoweliweli.
"no ke aha ʻaʻole kākou i noʻonoʻo mua i kēlā?"

Puhi akula ʻo Dorotea i kekahi ʻūlili liʻiliʻi āna e
halihali mau ai me ia ma kona ʻāʻī mai ka wā mai i
hāʻawi mai ai ke Aliʻi Wahine o nā ʻIole iā ia. He mau
minuke nō i koe a lohe maila lākou i ka
pohāpohā liʻiliʻi o nā kapuaʻi wāwae liʻiliʻi, a
holo maila nā ʻiole ʻāhinahina he nui ā i mua
ona. Aia ma waena o lākou ke
Aliʻi Wahine nō, a nīnau maila
kēlā me kona leo liʻiliʻi a ʻuīʻuī:

"He aha kaʻu hana na koʻu mau hoaloha?"

"Ua hili mākou ma ke ala," wahi a Dorotea. "Hiki nō iā ʻoukou ke haʻi mai iā mākou i kahi o ke Kaona Nui ʻEmelala?"

"ʻOia," i pane ai ke Aliʻi Wahine; "akā, ua mamao loa nō, no ka mea, aia ia ma hope o ko ʻoukou mau kua i kēia wā holoʻokoʻa." A laila, ʻike maila ke Aliʻi Wahine i ka Pāpale Kapu Kula o Dorotea, a ʻī maila, "No ke aha ʻaʻole ʻoe hoʻohana i ka mana o ka Pāpale Kapu a kāhea i nā Keko ʻĒheu e hele mai? Hiki nō iā lākou ke halihali iā ʻoukou i ke Kaona Nui ʻEmelala, ʻaʻohe piha hoʻokahi hola."

"ʻAʻole au i ʻike he mana nō kona," wahi a Dorotea i pane ai me ka pūʻiwa. "He aha ke ʻano?"

"Ua kākau ʻia ma loko o ka Pāpale Kapu Kula," i pane ai ke Aliʻi Wahine o nā ʻIole. "Akā, inā e kāhea ana ʻoe i nā Keko ʻĒheu, pono mākou e holo i kahi ʻē, no ka mea, he hana ʻāpiki lākou, leʻaleʻa i ka ʻimi hana iā mākou."

Nīnau akula ke kaikamahine, "ʻAʻole lākou e hōʻeha mai iaʻu?"

"ʻAʻole loa. Pono lākou e hoʻolohe i ka ʻōlelo a ka mea e pāpale ana i ke Kapu. Aloha nō ē?" A holo kikī akula nō ʻo ia i kahi ʻē ā nalowale, me nā ʻiole nō a pau e hahai ana iā ia.

Ua nānā akula ʻo Dorotea i loko o ka Pāpale Kapu a ʻike akula ʻo ia i kekahi mau huaʻōlelo i kaha ʻia ai ma kaʻe. Noʻonoʻo ihola ʻo ia, ʻo kēia nō paha ka mana i pule kalokalo ʻia ai, no laila, heluhelu pono akula ʻo ia i ke kuhikuhi ʻana a kau akula i ka Pāpale Kapu ma luna o kona poʻo.

"Ep-pa, pap-pa, kek-ko!" wahi āna, me ke kū pū ma luna o kona wāwae hema.

"He aha kāu i ʻōlelo mai nei?" i nīnau maila ke Kiʻi Hoʻoweliweli, ʻaʻole i maopopo iā ia ka hana a ke kaikamahine.

Ua hopu nā Keko iā Dorotea ma ko lākou mau lima a lele akula i kahi ʻē me ia.

"Hil-lo, hol-lo, hel-le!" i hoʻomau ai ʻo Dorotea, me ke kū pū ma luna o kona wāwae ʻākau.

"Hele i hea?" i pane mālie ai ke Kua Lāʻau Kini.

"Hin-na, hen-na, hī!" wahi a Dorotea, e kū ana ʻo ia ma kona mau wāwae ʻelua i kēia manawa. Penei i kuʻu ai ka pule kalokalo o ka Pāpale Kapu, a lohe maila lākou i ke kani hauwalaʻau nui a me ka ʻōpaʻipaʻi nui ʻana o nā ʻēheu i ka lele ʻana maila o ka ʻāuna Keko ʻĒheu i kahi o lākou.

Ua kūlou haʻahaʻa ke Aliʻi i mua o Dorotea, a nīele maila:

"He aha kāu kauoha?"

"Makemake mākou e hele i ke Kaona Nui ʻEmelala," wahi a ke keiki, "a ua hili nō mākou ma ke ala."

"Na mākou nō e halihali iā ʻoukou," i pane ai ke Aliʻi, ʻo kona pane ʻana maila nō ia a ʻaʻohe ʻemo a hopu akula ʻelua o nā Keko iā Dorotea ma ko lāua mau lima a lele akula i kahi ʻē me ia. Ua lawe kekahi o nā mea i koe i ke Kiʻi Hoʻoweliweli, a me ke Kua Lāʻau, a me ka Liona, a ua hopu kekahi Keko liʻiliʻi iā Toto a lele akula ma hope o lākou ala, akā, ua hoʻāʻo nui nō ka ʻīlio e nahu iā ia.

Ua ʻano makaʻu nō ke Kiʻi Hoʻoweliweli a me ke Kua Lāʻau Kini ma ka hoʻomaka ʻana, no ka mea, ua hoʻomaopopo nō lāua i ka hana ʻino mai o nā Keko ʻĒheu iā lāua ma mua; akā, ua ʻike nō lāua ʻaʻohe o lākou manaʻo hana ʻino, no laila, ua kau nō lāua ma ka lewa ma ke ʻano hauʻoli nō, a ua ʻano leʻaleʻa nō lāua i ka nānā ʻana i nā māla nani a me nā ulu lāʻau ma lalo loa o lākou.

Ua loaʻa ʻo Dorotea iā ia iho e kau maʻalahi ana ma waena o ʻelua o nā Keko nui loa, ʻo kekahi, ʻo ia ke Aliʻi nō. Ua hana lāua i noho me ko lāua mau lima a ua mālama pono nō lāua i ʻole e ʻeha ai ke kaikamahine.

"No ke aha he pono ʻoukou e hoʻolohe i ka mana o ka Pāpale Kapu Kula?" wahi a ke kaikamahine.

"He lōʻihi nō ka moʻolelo," wahi a ke Aliʻi i pane ai, me ka ʻakaʻaka pū i ka ʻōpaʻi ʻēheu ʻana; "akā, ʻoiai he lōʻihi ka huakaʻi i koe, e hoʻohala manawa au ma ka hahaʻi ʻana i ka moʻolelo iā ʻoe, ke ʻoe makemake."

"Hauʻoli nō au e lohe," wahi a ke kaikamahine.

Hoʻomaka maila ke Aliʻi, "I kekahi wā ma mua, he poʻe kūʻokoʻa mākou, ua nui ka hauʻoli ma ka noho ʻana ma ka ulu lāʻau e lele ana mai ia kumulāʻau aku ā ia kumulāʻau aku me ka ʻai pū i nā hua kukui ʻai a me nā hua ʻai, a me ka hana pū e like me ko mākou makemake, ʻaʻohe o mākou kāhea i kekahi poʻe ʻo ia ko mākou haku. Malia paha ua nui loa ka ʻāpiki o kekahi o mākou i ka māpu ʻana i lalo e huhuki ai i ka huelo o kekahi o nā holoholona ʻaʻohe ʻēheu, hele i ke alualu manu, a pehi hoʻi i ka hua kukui ʻai i ka poʻe kaʻahele ma ka ulu lāʻau. Akā, ʻaʻohe o mākou nānā, a hauʻoli nō, a leʻaleʻa nō mākou, a nanea nō hoʻi i nā hola like ʻole o ka lā. Ua e kala he mau makahiki aku nei kēia, ma mua loa o ka hiki ʻana mai o ʻOza mai loko mai o nā ao e noho aliʻi ai ma luna o ka ʻāina.

"Ma ia manawa, ma kahi mamao mai ka ʻĀkau mai, ua noho kekahi kamāliʻi wahine uʻi i ʻaneʻi, a he kahuna ʻanāʻanā mana nui nō hoʻi ʻo ia. Ua hoʻohana ʻia kona mana kalakupua a pau e kōkua ai i nā kānaka, ʻaʻohe ona hōʻeha i kekahi poʻe maikaʻi. ʻO kona inoa, ʻo Kailata, a noho aʻela ʻo ia ma loko o kekahi hale aliʻi nani i kūkulu ʻia ai i nā uinihapa rupi. Ua aloha nā poʻe a pau loa iā ia, akā, ʻo kona mea nui i kaumaha ai, ʻaʻohe loaʻa iā ia kekahi mea e aloha ai, ʻoiai he hūpō a pupuka loa nā kānaka a pau e noho ai i kāne nāna ma kona ʻano he wahine uʻi a naʻauao. Akā naʻe, i kekahi lā, ua hui ʻo ia me kekahi keiki kāne uʻi a ikaika a naʻauao hoʻi ā ʻoi aʻe i ka mea maʻamau i nā ʻōpio. Ua holo i ka manaʻo o Kailata ke ulu aʻe kēia keiki kāne ā kanaka makua, e male ʻo ia iā ia i kāne nāna, no laila, ua hoʻihoʻi ʻo ia iā ia i kona hale aliʻi rupi a hoʻohana ihola i kona mana kalakupua a pau e hana ai ā ikaika ʻo ia a maikaʻi a ʻoluʻolu e like me ka mea a nā wāhine e makemake ai. A oʻo aʻela ʻo ia, ua lilo Kuelala, ʻoiai ʻo ia kona inoa, ʻo ia ke kanaka ʻoi a naʻauao loa o ka ʻāina holoʻokoʻa, a no kona kanaka uʻi loa nō, ua aloha nui ʻo Kailata iā ia, a ʻeleu akula ʻo ia i ka hoʻomākaukau no ka ʻaha male.

"Ma ia manawa, ʻo koʻu kupuna kāne ke Aliʻi o nā Keko ʻĒheu e noho lā ma ka ulu lāʻau ma kahi kokoke i ka hale aliʻi o Kailata, a he nanea maoli kēlā ʻelemakule i ka ʻōlelo hōʻakaʻaka ā ʻoi aʻe i ka pāʻina maikaʻi loa. I kekahi lā, ma mua pono o ka ʻaha male, e lele ana koʻu kupuna kāne me kona ʻāuna i waho a ʻike akula ʻo ia iā Kuelala e kaʻahele wāwae ana ma kapa muliwai. E komo ana ʻo ia i ka lole nani loa he kilika ʻākala a me ka weleweka poni, a manaʻo koʻu kupuna kāne e hele ʻo ia e ʻike i ka mea e hiki ai iā ia ke hana. Ma kāna ʻōlelo nō, ua māpu ka ʻāuna i lalo a hopu iā Kuelala, a halihali akula iā ia ma ko lākou mau lima ā kau ma luna o waenakonu o ka muliwai, a laila, hoʻokuʻu akula lākou iā ia i loko o ka wai.

"'E ʻau ā puka i waho, e aʻu kanaka maikaʻi,' i kāhea ai koʻu kupuna kāne, 'a e ʻike inā ua kohu kou lole i ka wai.' Ua nui loa ka naʻauao o Kuelala, ʻaʻole ʻo ia i ʻau, a ʻaʻole nō ʻo ia i pailani iki i kona pōmaikaʻi. ʻAkaʻaka

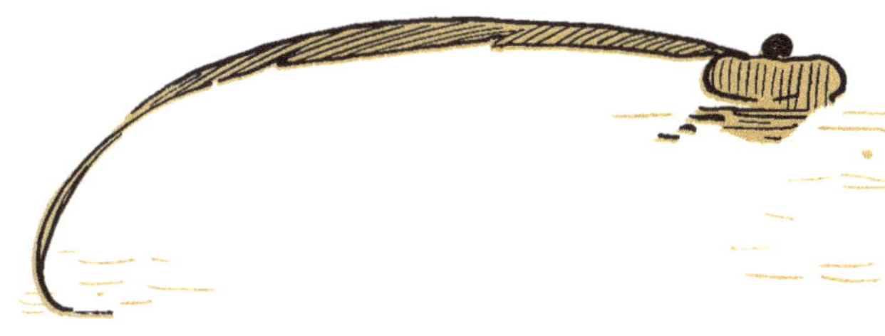

ihola ʻo ia, i kona ʻōʻili ʻana ma ka ʻili o ka wai, a ʻau akula nō ʻo ia ā kaʻe. Akā, i ka holo ʻana mai o Kailata i kahi ona, ua ʻike akula ʻo ia ua pau loa ka pono o ko ia ala lole kilika a me ka weleweka i ka wai.

"Ua piʻi ka huhū o ke kamāliʻi wahine, a ua ʻike nō ʻo ia i ka mea nāna i hana i kēia. Ua kauoha ʻo ia e ʻākoakoa pū mai nā Keko a pau i mua ona, a ʻo kāna ʻōlelo mua loa, ʻo ia, e nakinaki ʻia ko lākou mau ʻēheu a e hana ʻia iā lākou e like me kā lākou i hana ai iā Kuelala, a hoʻokuʻu ʻia i loko o ka muliwai. Akā, ua nonoi ikaika koʻu kupuna kāne, no ka mea, ua ʻike nō ʻo ia ʻo ka make mai nō koe o nā Keko ma loko o ka muliwai me ka nakinaki pū ʻia o ko lākou mau ʻēheu, a ua nonoi ʻo Kuelala no lākou; a pēlā i hoʻopakele ai ʻo Kailata iā lākou, koe ua pono lākou e hoʻohiki e hoʻolohe i ke kauoha ʻana o ka mea iā ia ka Pāpale Kapu Kula. Ua hana ʻia kēia Pāpale Kapu i makana ʻaha male na Kuelala, a ʻōlelo ʻia ua pau kekahi hapalua o ke aupuni o ke kamāliʻi wahine ma muli o kēia Pāpale Kapu. Ua ʻae koke koʻu kupuna kāne a me nā Keko ʻē aʻe a pau i kēia ʻōlelo hoʻohiki, a pēlā e hoʻokuapaʻa ʻia ai mākou ʻekolu manawa ma lalo o ka mea iā ia ka Pāpale Kapu, ʻo wai lā ia."

"A he aha ka mea i hana ʻia ai iā lākou?" i nīnau ai ʻo Dorotea, ua piʻi loa kona hoihoi i kēia moʻolelo.

Pane maila ke Keko, "ʻO Kuelala ka mea mua iā ia ka Pāpale Kapu, ʻo ia aʻela ka mea mua i kauoha mai ai iā mākou. ʻOiai ʻaʻohe wahi hoihoi o kāna wahine e nānā iā mākou, kāhea maila ʻo ia iā mākou e ʻākoakoa i mua ona ma ka ulu lāʻau ma hope o kona male ʻana iā ia a kauoha maila iā mākou e hele pēlā mai iā ia akula i ʻole kāna wahine e ʻike hou mai i kekahi Keko ʻĒheu, a ua hauʻoli nō mākou e hana pēlā, no ka mea, ua makaʻu mākou iā ia.

"'O kēia wale nō kā mākou hana ā lilo aʻela ka Pāpale Kapu i loko o nā lima o ka Uiti ʻIno o ke Komohana, a hoʻohana maila ʻo ia iā mākou e hoʻokuapaʻa aku i nā Wīniki i poʻe kauā, a ma ia hope aku e hoʻokuke aku iā ʻOza i waho o ka ʻĀina o ke Komohana. I kēia manawa, ai iā ʻoe ka Pāpale Kapu, a he kuleana nō kou ʻekolu manawa e kauoha mai ai iā mākou."

I ka hoʻopau ʻana o ke Aliʻi Keko i kāna moʻolelo, ua nānā ʻo Dorotea i lalo a ʻike akula i nā paia ʻōmaʻomaʻo a hinuhinu o ke Kaona Nui ʻEmelala i mua o lākou. Haʻohaʻo ihola ʻo ia no kēia lele ʻana me ka māmā loa o nā Keko, akā, ua hauʻoli nō ʻo ia i ka pau ʻana o ka huakaʻi. Ua kau mālie nā holoholona ʻano ʻē i ka pūʻulu kaʻahele i lalo i mua o ka ʻīpuka pā o ke Kaona Nui, kūlou haʻahaʻa ke Aliʻi i mua o

Dorotea, a laila, lele akula nō ʻo ia i kahi ʻē me ka māmā loa, a hahai pū kona ʻāuna iā ia.

"Maikaʻi nō kēlā kau ʻana ma ka lewa," wahi a ke kaikamahine liʻiliʻi.

"'Ae, a ʻeleu ko kākou pakele ʻana i ko kākou mau pilikia," i pane ai ka Liona. "Hō, ka laki hoʻi o kou hopu ʻana i kēlā Pāpale Kapu kupaianaha!"

Mokuna XV.
Ka Loaʻa ʻana o ʻOZA, ka Mea Weliweli.

E ho‘okani

ANA NĀ HOA KA‘AHELE ‘EHĀ I KA PELE O KA ‘īpuka pā o ke Kaona Nui ‘Emelala. Ma hope o ka ho‘okani ‘ana he mau manawa nō he nui, ua wehe ‘ia e ke Kia‘i ho‘okahi nō o nā ‘Īpuka Pā a lākou i hui ai ma mua.

"He aha kā! ho‘i hou mai nei nō ‘oukou?" kāna i nīnau ai me ka pū‘iwa pū.

"‘A‘ole ‘oe ‘ike mai iā mākou?" i pane ai ke Ki‘i Ho‘oweliweli.

"Akā, mana‘o au ua hele aku nei ‘oukou e kipa i ka Uiti ‘Ino o ke Komohana."

"Ua kipa nō mākou iā ia," wahi a ke Ki‘i Ho‘oweliweli.

"A ʻae hou akula ʻo ia iā ʻoukou e haʻalele?" wahi a ke kanaka me ka haʻohaʻo pū.

"'Aʻole i hiki ke ʻalo aʻe, no ka mea, ua pau loa ʻo ia i ka heheʻe," wahi a ke Kiʻi Hoʻoweliweli i hoʻākāka ai.

"Heheʻe! Kā, he nū hou maikaʻi nō kēlā," wahi a ke kanaka. "Na wai i hoʻoheheʻe iā ia?"

"Na Dorotea nō," wahi a ka Liona ma ke ʻano kūoʻo.

"Auē nō hoʻi ē!" wahi a ke kanaka i hoʻopuka ai, a kūlou haʻahaʻa loa ihola ʻo ia i mua ona.

A laila, alakaʻi akula ʻo ia iā lākou i loko o kona lumi liʻiliʻi a laka i nā makaaniani mai loko mai o ka pahu nui ma luna o ko lākou pākahi mau maka, e like nō me kāna i hana ai ma mua. Ma hope, ua kaha lākou ma loko o ka ʻīpuka pā ā i loko o ke Kaona Nui ʻEmelala. I ka lohe ʻana o nā kānaka mai ke Kiaʻi o nā ʻĪpuka Pā ua hoʻoheheʻe ʻo Dorotea i ka Uiti ʻIno o ke Komohana, ua ʻākoakoa pū lākou ā puni nā mea kaʻahele a hahai akula iā lākou ma hoʻokahi nō anaina ā hiki i ka Hale Aliʻi o ʻOza.

Aia nō ke koa me ka ʻumiʻumi ke kū kiaʻi maila i mua o ka puka, akā, hoʻokuʻu koke aʻela ʻo ia iā lākou e komo, a hālāwai hou maila ke kaikamahine ʻomaʻomaʻo uʻi me lākou, a nānā i alakaʻi koke aku iā lākou pākahi i ko lākou mau lumi e hoʻomaha ai lākou ā mākaukau maila ka ʻOza Nui e ʻike iā lākou.

Kēnā akula ke koa e lawe pololei ʻia aku ka lono iā ʻOza ua hoʻi hou mai ʻo Dorotea a me nā mea kaʻahele ʻē aʻe, ma hope o ka pepehi ʻana i ka Uiti ʻIno; akā, ʻaʻole i pane mai ʻo ʻOza. Ua manaʻo lākou e kauoha koke ʻo ia e lawe ʻia mai lākou, akā, ʻaʻole ʻo ia i hana pēlā. 'Aʻole i lohe ʻia kekahi ʻōlelo mai iā ia mai ma ia lā aʻe, a pēlā pū kekahi lā mai, a pēlā pū kekahi lā hou mai. Ua luhi nō lākou i ke kali ʻana, a ʻakahi nō a piʻi akula ko lākou uluhua i ka hana kīkoʻolā

ʻana mai o ʻOza iā lākou me kēlā, ma hope o ka hoʻouna ʻana iā lākou e hoʻomanawanui i nā luhi nui a me ka noho kuapaʻa ʻana. No laila, ʻakahi nō a noi ke Kiʻi Hoʻoweliweli i ke kaikamahine ʻōmaʻomaʻo e lawe i kekahi lono hou iā ʻOza me ka ʻōlelo pū inā ʻaʻole ʻo ia e ʻae iā lākou e komo i kona alo ma ia manawa nō, e kāhea nō lākou i nā Keko ʻĒheu e kōkua iā lākou no ka hoʻomaopopo hoʻi inā ua hana nō ʻo ia e like me kāna hoʻohiki a ʻaʻole paha. I ka hāʻawi ʻia ʻana o ke Kāula i kēia lono, ua piʻi loa kona makaʻu, a hoʻouna maila kēlā i ʻōlelo e hele nō i ke Keʻena Noho Aliʻi i ka ʻehā minuke i hala ka hola ʻeiwa ma ia kakahiaka aʻe. Ua hālāwai nō ʻo ia me nā Keko ʻĒheu hoʻokahi manawa ma mua ma ka ʻĀina o ke Komohana, a ʻaʻole ʻo ia i makemake e hālāwai hou me lākou.

Ua hiaʻā nā hoa kaʻahele ʻehā ma ia pō, ʻaʻohe hiamoe, a he noʻonoʻo kēlā me kēia i ka makana a ʻOza i hoʻohiki ai e hāʻawi aku iā lākou pākahi. Ua lilo ʻo Dorotea i ka hiamoe hoʻokahi manawa wale nō, a laila, ua moeʻuhane ʻo ia aia ʻo ia i Kanesasa, kahi e hahaʻi ana ʻo ʻAnakē ʻEma iā ia no kona hauʻoli i ka hoʻi mai o kāna kaikamahine liʻiliʻi i ka home.

I ka hola ʻeiwa ponoʻī nō ma ia kakahiaka mai, hiki maila ke koa ʻumiʻumi ʻōmaʻomaʻo iā lākou a i loko o ʻehā mau minuke ma ia hope mai, ua hele pū lākou i ke Keʻena Noho Aliʻi o ka ʻOza Nui.

He ʻoiaʻiʻo, ua ʻupu nō lākou pākahi e ʻike i ke Kāula ma ke kiʻi a lākou i ʻike ai ma mua, a ua nui nō ko lākou pūʻiwa i ko lākou nānā ʻana a ʻaʻohe nō mea i ʻike ʻia ma loko o ia keʻena. Ua kū nō lākou ma kahi kokoke i ka ʻīpuka a pili pū ihola nō, no ka mea, ua ʻoi aku ka ʻeʻehia o ka hāmau ma mua o nā kiʻi like ʻole o ʻOza a lākou i ʻike ai ma mua.

ʻAkahi nō a lohe ʻia kekahi Leo kūoʻo, me he mea lā ua paʻē mai mai kahi wahi kokoke iā luna o ka ʻōpuʻu nui ma luna aʻe, a ʻī maila:

"ʻO au ka ʻOza, ka mea Nui a Weliweli. No ke aha ʻoukou e ʻimi mai nei iaʻu?"

Nānā hou akula lākou i nā wahi like ʻole o ke keʻena, a laila, ʻaʻohe a lākou mea i ʻike ai, nīnau akula ʻo Dorotea:

"Ai hea ʻoe?"

"Ai wau ma nā wahi a pau," wahi a ka Leo, "akā, i nā maka o ka poʻe ola maʻamau, ʻaʻole au ʻike ʻia. E noho nō au ma luna o koʻu noho aliʻi i kēia manawa i hiki ai iā ʻoukou ke kamaʻilio me aʻu." He ʻoiaʻiʻo nō, me he mea lā mai ka noho aliʻi mai nō ka paʻē ʻana mai o ka Leo; no laila, ua hele wāwae nō lākou i kahi o ia mea a kū ma ka lālani, a ʻī akula ʻo Dorotea:

"I hele mai nei mākou e ʻike ai i ka hoʻokō ʻia o kāu hoʻohiki iā mākou, e ʻOza."

"Ka hoʻohiki hea?" wahi a ʻOza i nīnau ai.

"Ua hoʻohiki mai ʻoe e hoʻihoʻi iaʻu i Kanesasa ke pau ka Uiti ʻIno i ka pepehi ʻia," wahi a ke kaikamahine.

"A hoʻohiki maila ʻoe e hāʻawi mai iaʻu i ka lolo," wahi a ke Kiʻi Hoʻoweliweli.

"A hoʻohiki maila ʻoe e hāʻawi mai i puʻuwai noʻu," wahi a ke Kua Lāʻau.

"A hoʻohiki maila ʻoe e hāʻawi mai iaʻu i ke koa," wahi a ka Liona Hōhē.

"Ua pepehi maoli ʻia nō ka Uiti ʻIno?" wahi a ka Leo i nīnau ai, a manaʻo ihola ʻo Dorotea ua ʻano kapalili iki ka Leo.

"ʻAe," i pane ai ʻo ia, "ua pau ʻo ia i ka heheʻe i kekahi pākeke wai."

"Auē," wahi a ka Leo, "ʻeleu nō! ʻOia, e hoʻi mai iaʻu ʻapōpō, no ka mea, pono au e noʻonoʻo no kēia."

"Ua nui nō kou manawa e noʻonoʻo ai," wahi a ke Kua Lāʻau me ka huhū pū.

"ʻAʻole mākou e kali hoʻokahi lā hou aku," wahi a ke Kiʻi Hoʻoweliweli.

"Pono nō ʻoe e hoʻokō i kāu hoʻohiki iā mākou!" wahi a Dorotea i hoʻopuka ai.

Ua manaʻo ka Liona he kūpono nō ka hoʻomākaʻukaʻu ʻana i ke Kāula, no laila, ua uō nui nō ʻo ia, a no ka hae a weliweli loa, ua lelele ʻo Toto ma kahi ʻaoʻao no ka pūʻiwaʻiwa a hoʻokuʻi hewa i ka pākū ma ke kūʻono ā hina akula ia mea. I ka hina ʻana nō o ia mea me ke kohā nui, ua nānā lākou ma laila, a ma ia kekona mai, ua piha ʻia lākou i ka pāhaʻohaʻo nui. No ka mea, ua ʻike lākou i kekahi ʻelemakule liʻiliʻi e kū ana ma kahi e kū ana ka pākū, ua ʻōhule kona poʻo a minomino pū kona maka, a me he mea lā ua like pū nō kona pūʻiwa e like me lākou. Ua hāpai ke Kua Lāʻau Kini i kāna koʻi lipi a holo kikī akula i kahi o ka ʻelemakule, a ʻuā akula:

"O wai ʻoe?"

"O au ʻo ʻOza, ka mea Nui a Weliweli," wahi a ka

ʻelemakule me ka leo kapalili. "Akā, mai hili mai iaʻu—e ʻoluʻolu—a hana nō au e like nō me ko ʻoukou makemake."

Ua nānā ko kākou mau hoa iā ia me ka pūʻiwa a me ka pāhaʻohaʻo pū.

"Ua manaʻo au he Poʻo nui ʻo ʻOza," wahi a Dorotea.

"A manaʻo maila au he Wahine uʻi ʻo ʻOza," wahi a ke Kiʻi Hoʻoweliweli.

"A manaʻo maila au he Holoholona weliweli ʻo ʻOza," wahi a ke Kua Lāʻau Kini.

"A manaʻo ihola nō au he Pōpō Ahi ʻo ʻOza," wahi a ka Liona i hoʻopuka ai.

"ʻAʻole, ua hewa nō ʻoukou a pau," wahi a ka ʻelemakule ma ke ʻano ʻāhē. "He hoʻomeamea kaʻu hana."

"Hoʻomeamea kā!" i ʻua ai ʻo Dorotea. "ʻAʻole ʻoe he Kāula Nui?"

"Hāmau ka leo, ʻeā," wahi a ia ala. "Mai walaʻau leo nui loa, ma hope lohe mai kekahi—a pau loa koʻu kūlana nui. Manaʻo ʻia he Kāula Nui nō au."

"ʻAʻole nō pēlā ka pololei?" wahi a ke kaikamahine i nīnau ai.

"ʻAʻole loa; he kanaka wale nō au."

"Ua ʻoi aʻe nō ʻoe i kēlā," wahi a ke Kiʻi Hoʻoweliweli, me ka leo minamina; "he kupuʻeu ʻāpiki kā ʻoe."

"Pololei loa!" i pane hou mai ai ke kanaka liʻiliʻi, me ka ʻānaʻanai pū i kona mau lima me he mea lā ua hauʻoli ʻo ia i kēia manaʻo. "He kupuʻeu nō kā au."

"Nui maoli nō kēia pilikia," wahi a ke Kua Lāʻau Kini. "Pehea e loʻa ai koʻu puʻuwai?"

"Pehea koʻu koa?" i nīnau ai ka Liona.

"Pehea hoʻi koʻu lolo?" i ʻuā mai ai ke Kiʻi Hoʻoweliweli, me ka hoʻomaloʻo pū i kona mau waimaka me ka lima o kona kuka.

"Pololei loa! He kupuʻeu nō kā au."

"E ko'u mau hoaloha," wahi a 'Oza, "ke noi aku nei au 'a'ole 'oukou e wala'au no kēia mau mea li'ili'i. E no'ono'o mai ia'u, a me ko'u pilikia nui ke lo'a mai au."

"'A'ole nō 'ike kekahi po'e hou a'e no kou 'āpiki?" i nīnau ai 'o Dorotea.

"'A'ohe wahi po'e 'ike, koe 'oukou 'ehā—a me a'u nei," i pane ai 'o 'Oza. "Ua hana 'āpiki nō au i nā po'e a pau loa me ko'u mana'o nō 'a'ole au e lo'a. He hewa nui nō ho'i ko'u 'ae 'ana iā 'oukou i loko o ke Ke'ena Noho Ali'i nei. 'O ka mea ma'amau, 'a'ole nō au 'ike i ko'u po'e maka'āinana, a no laila, mana'o lākou he weliweli nō au."

'Ī akula 'o Dorotea me ka huikau pū, "Akā, 'a'ole maopopo ia'u. Pehea 'oe i 'ō'ili mai ai i mua o'u he Po'o nui?"

"'O ia kekahi o ka'u hana 'āpiki," i pane ai 'Oza. "E ne'e mai 'oukou ma 'ane'i mai, e 'olu'olu, e ha'i aku nō au iā 'oukou."

Ua alaka'i 'o ia iā lākou i kekahi ke'ena li'ili'i ma hope loa o ke Ke'ena Noho Ali'i, a hahai akula nō lākou. Ua kuhi 'o ia i kekahi kū'ono, kahi e moe ana ke Po'o nui, ua hana 'ia me ka pepa mānoanoa he nui, a me kekahi maka i pena 'ia ai ma luna.

"Ho'olewalewa maila au i kēia mai ke kaupaku mai," wahi a 'Oza. "Ua kū au ma hope o ka pākū a huki i ke kaula no ka hana 'ana ā 'oloka'a nā maka a 'oaka ka waha."

"Akā, pehea ka leo?" kāna i nīele ai.

"'Ō, he ho'olele leo nō au," wahi a ka 'elemakule li'ili'i. "Hiki nō ia'u ke ho'olele i ke kani o ko'u leo i nā wahi a pau a'u e makemake ai, me kēlā e mana'o ai 'oukou no loko mai nō ia o kēia Po'o. Eia nā mea 'ehā i koe a'u i ho'ohana ai e 'āpiki ai iā 'oukou." Hō'ike maila 'o ia i ke Ki'i Ho'oweliweli i ka lole wahine a me ka makaki'i āna i komo ai ma kona 'ano he kohu Wahine u'i. A ua 'ike ke Kua Lā'au Kini i

kāna Holoholona weliweli, he mau ʻili wale nō, ua humu-
humu pū ʻia, a he mau lāʻau pili wale nō ma loko e koʻo ai i
kona mau ʻaoʻao ā poepoe kūpono. No ka Pōpō Ahi, ua
hoʻolewalewa ke Kāula hoʻopunipuni mai ke kaupaku mai.
He pōpō pulupulu kona ʻano maoli, akā, ke ninini ʻia ka ʻaila
ma luna, ʻaʻā maila ia i ke ahi ā ʻenaʻena loa.

"ʻOia nō kā," wahi a ke Kiʻi Hoʻoweliweli, "ʻaʻole nō ʻoe
hilahila no kāu hana ʻāpiki?"

"ʻOia—ʻoia nō," wahi a ka ʻelemakule i pane ai me ke
kaumaha pū; "akā, ʻo ia wale nō ka mea i hiki ai ke hana. E
noho nō i lalo, e ʻoluʻolu, nui nā noho; a e haʻi aku au iā
ʻoukou i koʻu moʻolelo."

No laila, ua noho lākou i lalo a hoʻolohe iā ia, iā ia e
hahaʻi ana i kona moʻolelo.

"Ua hānau nō au i Omaha—"

"Kā, ʻaʻole nō mamao loa kēlā mai Kanesasa mai!" i ʻuā
ai ʻo Dorotea.

"ʻAʻole, akā, ua ʻoi aku kona mamao mai neʻi aku,"
wahi āna, me ka luliluli pū nō i kona poʻo iā ia me ke
kaumaha pū. "A ulu aʻela au ā nui a lilo maila au he hoʻolele
leo, a ua nui nō ka maikaʻi o koʻu aʻo ʻia ʻana e kekahi kumu
maikaʻi loa. Hiki nō iaʻu ke hoʻokani e like me nā ʻano manu
a holoholona like ʻole paha." Ma ia manawa, nīao aʻela ʻo ia
e like me kekahi pōpoki keiki a kukū aʻela nā pepeiao o Toto
a nānā aʻela ma ʻō a ma ʻō e ʻike ai i kahi o ia mea. "A hala
kekahi wā," i hoʻomau ai ʻo ʻOza, "ua luhi maila au i kēlā,
a komo au i ke kau pāluna."

"He aha kēlā?" i nīnau ai ʻo Dorotea.

"He mea kau i luna o ka pāluna ma ka lewa ma ka fea,
i mea e ʻākoakoa pū mai ai ke anaina a uku mai no ka nānā
i ka fea," wahi āna i hoʻākāka ai.

"ʻŌ," wahi āna, "maopopo."

"A i kekahi lā, ua piʻi koʻu pāluna a hihia pū ihola nā mau kaula, ʻaʻole i hiki iaʻu ke iho hou i lalo. Ua lewa loa ma luna loa aʻe o nā ao, a no ka mamao loa, ua pā i ke au ea a halihali ʻia au i nā mile lōʻihi ā kahi ʻē ā mamao loa nō. Ua lele nō au hoʻokahi lā a hoʻokahi pō ma ka lewa, a i ke kakahiaka o ka lua o ka lā, ua ala au a loʻa ihola koʻu pāluna e lewa ana ma luna o kekahi ʻāina malihini a nani loa.

"Ua iho nō i lalo me ka mālie, a ʻaʻole nō au i ʻeha iki. Akā, ua loʻa au iaʻu iho ma waena o nā poʻe ʻano ʻē loa, a i ko lākou ʻike ʻana mai iaʻu e iho ana mai luna mai o nā ao, manaʻo maila lākou he Kāula nui au. Ua ʻae nō au iā lākou e noʻonoʻo pēlā, no ka mea, ua makaʻu lākou iaʻu, a hoʻohiki maila lākou iaʻu e hana lākou e like nō me kaʻu e kauoha ai.

"No ka leʻaleʻa nō a no ka hoʻolilo iā lākou i ka hana, kauoha akula au iā lākou e kūkulu i kēia Kaona Nui, a me koʻu Hale Aliʻi; a ua hana nō lākou me ka makemake pū nō a ua pono nō. A laila, manaʻo ihola au, no ka ʻōmaʻomaʻo a me ka nani loa o ka ʻāina, e kapa au i ke kaona, ʻo ia ke Kaona Nui ʻEmelala; a i mea e kūpono loa ai kēia inoa, ua kauoha au e kau nā poʻe a pau i ka makaaniani, i ʻōmaʻomaʻo ai nā mea a pau a lākou e ʻike ai."

"Akā, ʻaʻole he ʻōmaʻomaʻo pū nā mea a pau i neʻi?" i nīnau ai ʻo Dorotea.

Pane maila ʻo ʻOza, "ʻAʻole ā ʻoi aʻe i nā kaona nui ʻē aʻe, akā, ke kau ʻoe i ka makaaniani ʻōmaʻomaʻo, he ʻōmaʻomaʻo

pū nō nā mea a pau āu e ʻike ai. Ua kūkulu ʻia ke Kaona Nui ʻEmelala i nā makahiki e kala loa, ʻoiai he kanaka ʻōpiopio nō au i ka halihali ʻana mai o ka pāluna iaʻu i neʻi, a ua ʻelemakule loa nō au i kēia manawa. Akā, kau nō koʻu poʻe kānaka i ka makaaniani ʻōmaʻomaʻo ma ko lākou mau maka me ka noʻonoʻo pū nō he Kaona Nui ʻEmelala maoli, a he nani nō kēia wahi, piha i nā pōhaku makamae a me nā ʻano mekala makamae nō, a me nā mea a pau hoʻi e hauʻoli ai. Ua ʻoluʻolu nō au i nā kānaka, a makemake nō lākou iaʻu; akā, mai ke kūkulu ʻia ʻana hoʻi o kēia Hale Aliʻi, ua hoʻopaʻa nō au iaʻu iho i loko nei a ʻaʻohe oʻu ʻike i kekahi o lākou.

"ʻO kekahi o kaʻu mau mea e makaʻu ai, ʻo nā Uiti, no ka mea, ʻoiai ʻaʻohe oʻu mana hoʻokalakupua, ua hoʻomaopopo nō au he hiki nō i nā Uiti ke hana i ka hana hoʻokalakupua kupaianaha. Ua loʻa ʻehā o lākou ma kēia ʻāina, a noho aliʻi ihola lākou ma luna o nā kānaka e noho ana ma ka ʻĀkau, a me ka Hema, a me ka Hikina, a me ke Komohana. ʻO ka pōmaikaʻi, ua maikaʻi nō nā Uiti o ka ʻĀkau a me ka Hema, a ua ʻike nō au ʻaʻole lāua e hōʻeha mai iaʻu; akā, he ʻino loa nā Uiti o ka Hikina a me ke Komohana, a inā ʻaʻole lāua i manaʻo ua ʻoi aku koʻu mana ma mua o lāua, he luku maoli nō lāua iaʻu. Me kēlā, ua noho au me ka makaʻu loa pū iā lāua no nā makahiki he nui nō; no laila, ʻike nō ʻoe i koʻu hauʻoli i koʻu lohe ʻana ua hāʻule kou hale ma luna o ka Uiti ʻIno o ka Hikina. I kou hiki ʻana mai iaʻu, ua hoʻoholo nō au e hoʻohiki i nā ʻano mea like ʻole inā pepehi ʻoe i kekahi Uiti; akā, no kona pau loa i ka heheʻe iā ʻoe, nui nō koʻu hilahila i ka haʻi aku ʻaʻole hiki iaʻu ke hoʻokō i kaʻu mau hoʻohiki."

"Manaʻo au he kanaka ʻino loa nō ʻoe," wahi a Dorotea.

"Auē, e ka'u keiki; he kanaka maika'i nō au, akā, hemahema loa nō au ma ke 'ano he Kāula, he pololei nō."

"'A'ole hiki iā 'oe ke hā'awi mai i ka lolo ia'u?" i nīnau ai ke Ki'i Ho'oweliweli.

"'A'ole i pono iā 'oe. Ke a'o nei nō 'oe i kekahi mea i kēlā lā kēia lā. He lolo nō ko ka pēpē, akā, 'a'ole nui kona 'ike. 'O ka 'ike ma ka hana wale nō ka mea e na'auao ai, a i ka lō'ihi 'ana o kou noho 'ana ma ka honua nei, pēlā e nui hou a'e ai kou 'ike."

"He pololei nō paha kēlā," wahi a ke Ki'i Ho'oweliweli, "akā, e minamina nui nō au koe ke hā'awi mai 'oe i ka lolo ia'u."

Ua nānā pono ke Kāula ho'opunipuni iā ia.

'Ī maila 'o ia me ke kani'uhū pū, "'Oia, 'a'ole nō au he mea hana ho'okalakupua, e like me ka'u 'ōlelo ma mua; akā, inā e hiki mai 'oukou ia'u i ke kakahiaka 'apōpō, e ho'opiha nō au i ka lolo i loko o kou po'o. 'A'ole hiki ia'u ke ha'i iā 'oe i ka ho'ohana 'ana; pono nō 'oe e ho'omaopopo nou iho."

Ho'ōho maila ke Ki'i Ho'oweliweli, "'Ō, mahalo—mahalo! Na'u ho'oikaika i ka ho'ohana 'ana, mai hopohopo!"

Nīnau akula ka Liona me ka pīhoihoi, "Akā, pehea ko'u koa?"

Pane maila 'o 'Oza, "Nui nō kou koa, nānā 'oe. 'O ka mea wale nō e pono ai, 'o ia ke kūpa'a

o ka manaʻo. ʻAʻohe wahi mea ʻaʻole ʻo ia makaʻu i ka ʻalo aku i ka weliweli. ʻO ke koa maoli, ʻo ia ka ʻalo ʻana i ka weliweli ke piʻi kou makaʻu, a ua nui nō kou koa me kēlā.”

ʻĪ akula ka Liona, “Pēlā nō paha, akā, oia mau nō koʻu makaʻu. He nui loa nō koʻu minamina, koe ke hāʻawi mai ʻoe i ke koa e poina ai kekahi he makaʻu ʻo ia.”

Pane maila ʻo ʻOza, “ʻOia, maikaʻi nō, e hāʻawi nō au i kēlā ʻano koa ʻapōpō.”

“A pehea koʻu puʻuwai?” pēlā i nīnau ai ke Kua Lāʻau Hoʻoweliweli.

“ʻOia, no kēlā,” i pane ai ʻo Oza, “manaʻo au ua hewa kou makemake i ka puʻuwai. Nui ke kaumaha o nā poʻe like ʻole i ka puʻuwai. Inā, ua ʻike nō ʻoe, ua laki ʻoe i kou nele i ka puʻuwai.”

ʻĪ akula ke Kua Lāʻau Kini, “Pēlā nō paha ka manaʻo o kekahi poʻe, akā, noʻu nei, e hoʻomanawanui nō au i ke kaumaha a pau me ka ʻole o ka ʻōhumuhumu, inā hāʻawi mai ʻoe i puʻuwai noʻu.”

“ʻOia, maikaʻi nō,” i pane ai ʻo ʻOza ma ke ʻano ʻāhē. “E hele mai iaʻu i ka lā ʻapōpō a e loaʻa nō iā ʻoe kou puʻuwai. Ua pāʻani nō au ma ke ʻano he Kāula no nā makahiki he nui loa nō, e aho au e hoʻomau ma kēia hana ā lōʻihi iki hou aku nō paha.”

“A i kēia manawa,” wahi a Dorotea, “pehea au e hoʻi ai i Kanesasa?”

"He pono nō e noʻonoʻo pono no kēlā," i pane ai ka ʻelemakule. "E ʻae mai iaʻu ʻelua a ʻekolu paha lā e noʻonoʻo ai no kēlā a e hoʻāʻo nō au e hoʻomaopopo i ka hana e halihali ai iā ʻoe ā kēlā ʻaoʻao o ka panoa. Akā, no ka manawa, e hoʻokipa ʻia nō ʻoukou i poʻe malihini, a iā ʻoukou nō e noho ana ma ka Hale Aliʻi nei, na koʻu poʻe kānaka e lawelawe iā ʻoukou a hana nō e like me kā ʻoukou mau mea a pau e makemake ai. Hoʻokahi wale nō aʻu mea e noi ai i pānaʻi like no koʻu kōkua—kēia kōkua iki hoʻi. Pono nō ʻoukou e mālama i kēia huna a mai hōʻike i kekahi poʻe he ʻāpiki au."

Ua ʻae nō lākou i ka hōʻike ʻole no kā lākou mea i aʻo ai, a ua hoʻi aku nei i ko lākou mau lumi me ka lana pū o ka manaʻo. Lana pū hoʻi ka manaʻo o Dorotea na "Ka ʻĀpiki

Hoʻoweliweli Nui"—pēlā kona kāhea ʻana iā ia—e hoʻomaopopo i ka hana e hoʻihoʻi ai iā ia i Kanesasa, a inā hana ʻo ia pēlā, e huikala nō ʻo ia iā ia i kāna mau hana a pau.

Mokuna XVI.
Ka Hana Hoʻokalakupua a ka Mea ʻĀpiki.

Nui KA PĪHOIHOI O KE KIʻI Hoʻoweliweli i ka ʻōlelo ʻana aku i kona mau hoa i kekahi kakahiaka mai:

"E hoʻomaikaʻi mai iaʻu. E hele ana au iā ʻOza e kiʻi ai i koʻu lolo. Ke hoʻi hou mai au, e like ana nō au me nā kānaka ʻē aʻe."

ʻĪ akula ʻo Dorotea, "Ua e kala nō au i makemake ai iā ʻoe e like nō me kēia nei."

"Nui nō kou ʻoluʻolu e makemake ai i kekahi Kiʻi Hoʻoweliweli," wahi āna i pane ai. "Akā, e ʻoi aku nō paha kou makemake iaʻu ke lohe ʻoe i nā manaʻo akamai loa e puaʻi ana mai loko aku o kuʻu lolo." A laila, aloha akula nō ʻo ia iā lākou a pau me ka leo hauʻoli nō hoʻi e komo i loko o ke Keʻena Noho Aliʻi, kahi i kīkēkē ai ʻo ia ma luna o ka ʻīpuka.

"Komo mai," wahi a ʻOza.

Komo akula nō ke Kiʻi Hoʻoweliweli i loko a loaʻa akula ka ʻelemakule liʻiliʻi e noho ana i lalo ma kahi o ka puka-aniani, ua lilo i ka nalu nui ʻana.

"I hele maila au no koʻu lolo," wahi a ke Kiʻi Hoʻoweliweli me ke ʻano kuʻihē iki.

"Oia; e noho mai ʻoe ma kēlā noho, e ʻoluʻolu," i pane mai ai ʻo ʻOza. "E kala mai ʻoe iaʻu no ka wehe ʻana i kou poʻo, akā, pono au e wehe e hoʻokomo ai i kou lolo ma kahi pololei."

ʻĪ akula ke Kiʻi Hoʻoweliweli, "Maikaʻi nō. Hiki nō iā ʻoe ke wehe i kuʻu poʻo, inā e ʻoi aku kona maikaʻi ma hope o kou hoʻihoʻi hou ʻana ma kona wahi."

No laila, ua wehe nō ke Kāula i kona poʻo a wehewehe pau loa i ka mauʻu maloʻo. A laila, ua hele a komo akula ʻo ia i ka lumi ma hope a kiʻi aku nei i kekahi puʻu lau ʻaka-ʻakai, a hoʻohuihui ihola ʻo ia me nā kui humuhumu he nui. Hoʻoluliluli pono pū ʻo ia i kēia, a hoʻopiha akula i ka haka-haka o ke poʻo o ke Kiʻi Hoʻoweliweli me kēia huihuina a hoʻopiha hou i ke koena me ka mauʻu maloʻo e paʻa pono ai kona poʻo ma kona wahi. I ka hoʻopaʻa hou ʻana o ke Kāula i ke poʻo o ke Kiʻi Hoʻoweliweli ma luna o kona kino, ʻī maila ʻo ia ala iā ia nei:

"Ma kēia mua aku, e lilo ʻoe he kanaka mea nui, no ka mea, ua hāʻawi aku nei au iā ʻoe i ke akamai he nui."

Ua hauʻoli nō a haʻaheo nō hoʻi ke Kiʻi Hoʻoweliweli i ke kō ʻana o kona makemake, a mahalo nui akula ʻo ia iā ʻOza a hoʻi aku nei i kona mau hoaloha.

Uā nānā akula ʻo Dorotea iā ia me ka haʻohaʻo pū. Ua ʻano puʻupuʻu nō ko ia ala poʻo ma luna loa i ka lolo.

"Pehea ʻoe?" wahi a Dorotea i nīnau ai.

"Manaʻo au he naʻauao nō au," wahi a ke Kiʻi Hoʻoweliweli.

Pane maila kēlā me ke kūoʻo pū, "Manaʻo au he naʻauao nō au. Ai ā maʻa au i koʻu lolo, e ʻike nō au i nā mea a pau."

"No ke aha e ʻoiʻoi mai ana kēnā mau kui humuhumu mai loko mai o kou poʻo?" i nīnau akula ke Kua Lāʻau Kini.

"He hōʻoiaʻiʻo ʻana kēlā ua piʻi hou loa kona akamai," pēlā i pane ai ka Liona.

"ʻOia, pono au e hele iā ʻOza e kiʻi i koʻu puʻuwai," wahi a ke Kua Lāʻau. No laila, hele wāwae akula ʻo ia i ke Keʻena Noho Aliʻi a kīkēkē akula ma ka puka.

Kahea maila ʻo ʻOza, "Komo mai," a komo akula nō ke Kua Lāʻau a ʻī akula, "Ua hele mai nei au no kuʻu puʻuwai."

"Maikaʻi nō," wahi a ka ʻelemakule i pane ai. "Akā, he pono au e kaha i kekahi puka ma kou umauma, pēlā e hiki ai iaʻu ke hoʻokomo i kou puʻuwai ma kahi pololei. Manaʻolana nō au ʻaʻole ʻoe e ʻeha."

Pane akula ke Kua Lāʻau, "ʻAʻole, ʻaʻohe oʻu ʻeha."

No laila, ua lawe maila ʻo ʻOza i kekahi paʻa ʻūpā ʻoki kini a ʻoki akula i kekahi puka huinahā liʻiliʻi ma ka ʻaoʻao hema o ka umauma o ke Kua Lāʻau Kini. A laila, hele akula ʻo ia i kekahi pahu waihona me nā ʻume, a wehe maila ʻo ia he puʻuwai uʻi, ua hana ʻia i ke kilika a hoʻopiha ʻia me ke oka lāʻau.

Nīele maila ʻo ia, "Uʻi nō ē?"

"Uʻi maoli nō!" wahi a ke Kua Lāʻau i pane ai, ua nui nō kona hauʻoli. "Akā, he puʻuwai ʻoluʻolu nō?"

"ʻŌ, nui nō! wahi a ʻOza i pane ai. Ua hoʻokomo ʻo ia i ka puʻuwai i loko o ka umauma o ke Kua Lāʻau, a laila, hoʻihoʻi akula i ka ʻāpana kini huinahā, a kāpili pū akula me ka maikaʻi ma kahi i waiho ai.

"Ai lā," wahi āna; "i kēia manawa, he puʻuwai nō kou e haʻaheo ai nā kānaka like ʻole. E kala mai i koʻu hoʻopaʻa ʻana i kekahi pani ma luna o kou umauma, akā, ʻaʻole i hiki ke ʻalo aʻe."

"ʻAʻole pilikia ke pani," i hoʻopuka ai ke Kua Lāʻau me ka hauʻoli. "Nui nō koʻu mahalo iā ʻoe, a ʻaʻole au e poina i kou lokomaikaʻi."

Pane maila ʻo ʻOza, "ʻAʻole pilikia."

A laila, ua hoʻi ke Kua Lāʻau Kini i kona mau hoaloha, a hoʻomaikaʻi akula lākou iā ia no kona pōmaikaʻi.

Ua hele wāwae ka Liona i ke Keʻena Noho Aliʻi a kīkēkē akula ma ka puka.

"Komo mai," wahi a ʻOza.

"Ua hele maila au no koʻu koa," i ʻōlelo aku ai ka Liona, iā ia i komo ai i loko o ka lumi.

"ʻOia, maikaʻi nō," i pane ai ka ʻelemakule; "e hele au e kiʻi nou."

Hele aku nei ʻo ia i kekahi waihona pā a kīkoʻo akula kona lima i luna ā kekahi haka kiʻekiʻe a unuhi maila ʻo ia i kekahi ʻōmole ʻōmaʻomaʻo huinahā, a ninini akula ʻo ia i ka wai o loko i luna o kekahi pā ʻōmaʻomaʻo a kula ka waihoʻo-luʻu, ua nani loa ke kālailai ʻia ʻana. Kau akula ʻo ia i kēia i mua o ka Liona Hōhē, a honi akula kēlā i kēia wai me he mea lā ʻaʻole ʻo ia i makemake, a ʻī maila ke Kāula:

"Inu ʻoe."

"He aha kēia?" i nīnau ai ka Liona.

Pane maila ʻOza, "ʻOia, inā ai kēia i loko ou, he koa kēia. Ua ʻike nō ʻoe, ʻeā, aia ke koa i loko ou mai kinohi mai nō; no laila, ʻaʻole nō hiki ke kāhea ʻia kēia he koa ai ā pau kēia i ka moni ʻia e ʻoe. No laila, ke kauleo aku nei au iā ʻoe e inu ā pau loa me ka ʻāwīwī."

ʻAʻohe kali hou ʻana o ka Liona, akā, ua inu nō ʻo ia ā hakahaka hou aʻela ke pā.

Nīnau maila ʻo ʻOza, "Pehea ʻoe i kēia manawa?"

Pane akula ka Liona, "Piha i ke koa," a hoʻi aku nei ʻo ia me ka hauʻoli nui i kona mau hoa e haʻi ai iā lākou no kona pōmaikaʻi.

Noho mehameha ihola ʻo ʻOza a minoʻaka ihola ʻo ia iā ia iho i kona noʻonoʻo ʻana i kāna hana maikaʻi i ka hāʻawi ʻana i ke Kiʻi Hoʻoweliweli, a me ke Kua Lāʻau Kini, a me ka Liona i kā lākou mau mea ponoʻī nō i manaʻo ai he makemake lākou. "Pehea au e ʻalo ai i ka hana ʻāpiki," wahi āna, "ke koi mai kēia poʻe iaʻu e hana i ka hana i ʻike ai nā poʻe a pau ʻaʻole hiki ke hana ʻia? Ua maʻalahi ka hana e hauʻoli ai ke Kiʻi Hoʻoweliweli, me ka Liona, a me ke Kua

Lāʻau pū, no ka mea, ua noʻonoʻo lākou ua hiki iaʻu ke hana i nā hana like ʻole a pau. Akā, ʻaʻole ʻo ka noʻonoʻo wale nō ka hana e halihali ai iā Dorotea ā hiki i Kanesasa, a maopopo nō iaʻu ʻaʻole au ʻike i ka hana.”

Mokuna XVII.
Ka Hoʻolele ʻia ʻana
o ka Pāluna.

ʻEkolu NŌ LĀ A ʻAʻOLE ʻo Dorotea i lohe i kekahi mea na ʻOza mai. He mau lā kaumaha nō ia no ua kaikamahine liʻiliʻi nei, akā, ua hauʻoli nō kona mau hoaloha. Ua haʻi aku ke Kiʻi Hoʻoweliweli iā lākou ua ʻoni nā manaʻo maikaʻi loa i loko o kona poʻo; akā, ʻaʻole ʻo ia i haʻi i ke ʻano o kona mau manaʻo, no ka mea, manaʻo ihola ʻo ia ʻaʻohe wahi poʻe maopopo; ʻo ia hoʻokahi wale nō ka mea maopopo. I ka hele ʻana o ke Kua Lāʻau Kini i ka holoholo wāwae ma ʻō ma ʻaneʻi, ua ʻike nō ʻo ia i ka ʻoniʻoni o kona puʻuwai ma loko o kona umauma; a haʻi aku nei ʻo ia iā Dorotea ua manaʻo ʻo ia he puʻuwai nō ia i ʻoi aku kona lokomaikaʻi me ke aloha ma mua o kona puʻuwai i kona wā he kino ʻiʻo. Ua haʻi mai ka Liona ʻaʻohe āna mea e makaʻu ai ma ka honua, a hauʻoli ʻo ia i ka ʻalo aku i kekahi pūʻali koa a i ʻole he pūʻā Kalida hae paha.

No laila, ua hauʻoli nō kēlā me kēia mea o ka pūʻulu liʻiliʻi, koe ʻo Dorotea, ʻo kona ʻiʻini nui loa, ʻo ia ka hoʻi aku i Kanesasa.

I ka ʻehā o ka lā, ua hauʻoli loa ʻo ia i ka loaʻa mai o ka ʻōlelo na ʻOza mai e hele e ʻike iā ia, a i kona komo ʻana i loko o ke Keʻena Noho Aliʻi, hoʻokipa maila ke Kāula iā ia me ka ʻoluʻolu:

"E noho i lalo, e ke keiki; manaʻo au ua ʻike nō au i ka hana e hoʻi ai ʻoe i kou ʻāina."

"Hoʻi nō i Kanesasa?" kāna i nīnau ai me ka pīhoihoi.

"ʻAʻole maopopo iaʻu no Kanesasa," wahi a ʻOza, "no ka mea, ʻaʻohe oʻu ʻike i ka ʻaoʻao e hele ai. Akā, ʻo ka hana mua, ʻo ia ke kaha ʻana ā kēlā ʻaoʻao o ka panoa, a laila, maʻalahi nō paha ka loʻa o ke ala e hoʻi ai i kou home."

"Pehea au e kaha ai ā kēlā ʻaoʻao o ka panoa?" kāna i nīele ai.

ʻĪ maila ka ʻelemakule liʻiliʻi, "Eia koʻu manaʻo: I koʻu hiki ʻana mai i kēia ʻāina, e kau ana au i kekahi pāluna. Ua like pū kou hiki ʻana mai mai ka lewa mai i kou halihali ʻia ʻana mai ma ka makani kaʻa wiliwili. No laila, manaʻo au ʻo ka hana ʻoi loa e kaha ai i ka panoa, ʻo ia ka lele ʻana ma ka lewa. ʻAʻole nō hiki iaʻu ke hana i kekahi makani kaʻa wiliwili; akā, e noʻonoʻo ana au, a manaʻo au hiki nō iaʻu ke kāpili i kekahi pāluna."

"Pehea?" wahi a Dorotea i nīnau ai.

ʻĪ maila ʻo ʻOza, "Hana ʻia ka pāluna i ke kilika, a ua paʻapū i ke tuko e hoʻopaʻa ai i ke eamāmā ma loko. Nui nō kaʻu kilika ma loko o ka Hale Aliʻi, no laila, ʻaʻole pilikia ka hana ʻana i ka pāluna. Akā, ma kēia ʻāina holoʻokoʻa, ʻaʻohe eamāmā e hoʻopiha ai i ka pāluna e lewa ai i luna o ka lewa."

Pane akula Dorotea, "Inā ʻaʻohe ona lewa i luna, ʻaʻohe nō ona waiwai."

Pane maila ʻo ʻOza, "Pololei, akā, loʻa nō kekahi hana e lewa ai, ʻo ia ka hoʻopiha ʻana i ka pāluna i ke ea wela. ʻAʻole like ka maikaʻi o ke ea wela me ke eamāmā, no ka mea, ke maʻalili mai ke ea, iho ka pāluna i lalo ma ka panoa, a lilo loa kāua."

Hoʻopuka akula ke kaikamahine me ka pūʻiwa, "Kāua kā! Hele ana ʻoe me aʻu?"

"ʻAe, ʻoia nō," wahi a ʻOza. "Luhi nō au i ka hana ʻāpiki. Ke puka au i waho o koʻu Hale Aliʻi nei, e ʻike koke mai koʻu poʻe kānaka ʻaʻole au he Kāula, a laila, e pilikia auaneʻi ko lākou noʻonoʻo ʻana iaʻu no koʻu ʻāpiki ʻana iā lākou. No laila, pono au e noho me ka hoʻopaʻa pū ʻia ma loko o kēia mau lumi ā pō ka lā a ao ka pō, a hele nō ā piula kēlā ʻano. E aho au e hoʻi i Kanesasa me ʻoe e komo hou i ka fea."

ʻĪ akula ʻo Dorotea, "Hauʻoli nō au e hele pū kāua."

Pane maila kēlā, "Mahalo. I kēia manawa, ke kōkua mai ʻoe iaʻu i ka humu-humu pū i ke kilika, hiki ke hoʻomaka i ka hana kāpili i ko kāua pāluna."

No laila, ua lawe ʻo Dorotea i kekahi kui a me ka lopi, a e like nō me ka māmā o ka ʻoki ʻana o ʻOza i nā ʻāpana kilika ma ka lau kūpono,

na ke kaikamahine i humuhumu pū i nā ʻāpana ā maiau. I ka hoʻomaka ʻana, ua loaʻa kekahi ʻāpana kilika ʻōmaʻomaʻo ʻāhiehie, a laila, he ʻāpana ʻōmaʻomaʻo ikaika, a laila, he ʻāpana ʻōmaʻomaʻo ʻemelala; ʻoiai ua manaʻo ke Kāula e hana i ka pāluna ma nā ʻano ikaika like ʻole o ka waihoʻoluʻu ā puni lāua. He ʻekolu mau lā ka lōʻihi o ka humuhumu pū ʻana i nā ʻāpana, akā, i ka pau ʻana, ua loaʻa kekahi ʻeke kilika ʻōmaʻomaʻo nui, ua ʻoi aku i ka iwakālua kapuaʻi ka lōʻihi.

A laila, ua pena ʻo ʻOza iā loko me ke tuko lahilahi e hana ai ā paʻa ea pono ʻo loko, a pau ia hana, ʻōlelo maila ʻo ia ua mākaukau ka pāluna.

ʻĪ maila ʻo ia, "Akā, pono e loʻa kekahi ʻie e kau ai kāua." No laila, hoʻouna akula ʻo ia i ke koa me ka ʻumiʻumi ʻōmaʻomaʻo e kiʻi i kekahi ʻie mālama lole, a hoʻopaʻa akula ʻo ia i ka ʻie me nā kaula he nui ma lalo o ka pāluna.

I ka mākaukau ʻana nō, hoʻouna akula ʻo ʻOza i ka lono i kona poʻe kānaka e hele ana ʻo ia e kipa i kekahi hoahānau aloha he Kāula e noho lā ma loko o nā ao. Ua laha loa kēia lono me ka māmā loa ā puni ke Kaona Nui a hiki maila nā poʻe a pau loa e mākaʻikaʻi ai i kēia hana kamahaʻo.

Kauoha akula ʻo ʻOza e halihali ʻia ka pāluna i waho i mua o ka Hale Aliʻi, a nānā maila nā kānaka a pau i ka pāluna me ka haʻohaʻo pū. Ua ʻokiʻoki ke Kua Lāʻau Kini i kekahi paila wahie, a kuni ihola ʻo ia i ke ahi, a hoʻopaʻa akula ʻo ʻOza iā lalo o ka pāluna ma luna aʻe o ke ahi e ʻapo ai i ke ea wela i ea ai i luna ma loko o ke ʻeke kilika. Ua mālie ka pehu ʻana o ka pāluna a lewa aʻela ia i luna o ka lewa ā ʻo ka pā lihi wale aʻela nō o ka ʻie i ka honua.

A laila, kau akula ʻo ʻOza i luna o ka ʻie a ʻōlelo akula i nā kānaka a pau me ka leo nui:

"E hele nō au ʻānō i ke kipa hele. Iaʻu nō ma kahi ʻē, na ke Kiʻi Hoʻoweliweli e noho aliʻi ma luna o ʻoukou. Ke kauoha aku nei au iā ʻoukou e hoʻolohe iā ia e like me ko ʻoukou hoʻolohe ʻana mai iaʻu."

Ma kēia manawa, e huhuki ikaika ana ka pāluna i ke kaula i hēkau pono ʻia ma ka honua, no ka mea, ua wela ke ea ma loko, a māmā loa aʻela ia mea ā ʻoi aku i ke ea ma waho a ikaika aʻela kona huki ʻana ma ka lewa.

Kāhea maila ke Kāula, "Mai, e Dorotea! ʻEleu, ma hope e lilo ka pāluna i ka lewa."

Pane akula ʻo Dorotea, "ʻAʻole loaʻa ʻo Toto." ʻAʻole ʻo ia i makemake e waiho i kāna ʻīlio liʻiliʻi ma hope. Ua holo ʻo Toto ma waena o ke anaina e ʻaoa aku i kekahi pōpoki keiki, a ʻakahi nō a loaʻa ihola ʻo ia. Hāpai akula ke kaikamahine iā ia a holo akula i ka pāluna.

He mau keʻehi ʻana nō kona mamao mai ka pāluna mai, a e kīkoʻo mai ana nā lima o ʻOza iā ia e kōkua ai iā ia i ke kau ʻana ma luna o ka ʻie, a laila, kohā! nahā ihola nā kaula, a lewa aʻela ka pāluna i luna o ka lewa, ʻaʻole ʻo Dorotea ma luna.

"Hoʻi mai!" kāna i ʻuā ai. "Makemake au e hele pū!"

"ʻAʻole hiki iaʻu ke hoʻi i lalo, e ke keiki," pēlā i kāhea mai ai ʻo ʻOza mai ka ʻie mai. "Aloha ʻoukou!"

"Aloha nō!" i ʻuā ai nā poʻe a pau, a leha aʻela nā maka a pau i luna i kahi e kau ana ke Kāula i ka ʻie, e lewa ana ia ā mamao hou aku ma ka lewa.

A ʻo ia ka manawa hope loa i ʻike ai kekahi poʻe o lākou iā ʻOza, ke Kāula Kamahaʻo. Ua hōʻea pono akula nō paha ʻo ia i Omaha, ʻaʻole paha, a aia ma laila nō paha ʻo ia i kēia manawa, pehea lā. Akā, ua hoʻomanaʻo nō nā poʻe a pau iā ia me ke aloha, a ʻī ihola lākou kekahi i kekahi:

"ʻO ʻOza ko kākou hoaloha mai kinohi mai. I kona wā nō ma neʻi nei, nāna i kūkulu i kēia Kaona Nui ʻEmelala, a i kēia manawa, ua pau ʻo ia i ka lilo, ua haʻalele ʻo ia i ke Kiʻi Hoʻoweliweli Naʻauao nāna e noho aliʻi ma luna o kākou."

Akā, no nā lā he nui nō, ua kūmākena lākou no ka lilo ʻana o ke Kāula Kamahaʻo, a ʻaʻohe o lākou hōʻoluʻolu ʻia ʻana.

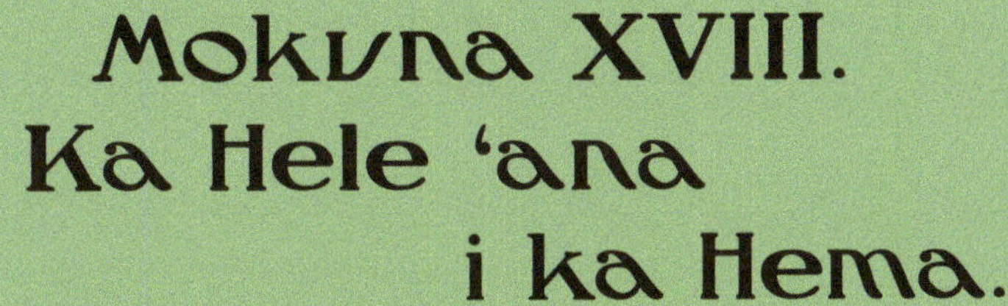

Mokuna XVIII.
Ka Hele ʻana i ka Hema.

Pohā A‘ELA KA UĒ ikaika o Dorotea i ka hala ‘ana o ka lana o kona mana‘o e ho‘i hou ai i ka home i Kanesasa; akā, i kona no‘ono‘o hou ‘ana, ua hau‘oli nō ‘o ia ‘a‘ole ‘o ia i lewa pū ma luna o ka pāluna. A ua minamina ‘o ia i ka lilo ‘ana o ‘Oza, a ua like ka mana‘o o kona mau hoa.

Hele maila ke Kua Lā‘au Kini iā ia a ‘ī maila:

“He ho‘okano nō paha ko‘u ‘ano inā ‘a‘ohe o‘u kūmākena i kēia kanaka nāna i hā‘awi mai i ku‘u pu‘uwai nani. Makemake nō au e uē iki, no ka mea, ua pau ‘o ‘Oza, inā ‘olu‘olu ‘oe i ka holoi i ku‘u waimaka i ‘ole au e pa‘a i ke kūkaehao?”

“Me ka hau‘oli nō,” wahi ke kaikamahine i pane ai, a ki‘i akula ‘o ia i kekahi kāwele. A laila, uē ihola ke Kua Lā‘au

Kini no nā minuke he nui, a nānā pono akula ke kaika-
mahine i nā waimaka a holoi akula me ke kāwele. I ka pau
ʻana o kona uē ʻana, ua mahalo nui ke Kua Lāʻau Kini iā ia
a hoʻokulu pono ihola i ka ʻaila ma luna ona iho me ke kini
paʻapū i nā pōhaku makamae e pale ai i ka pōpilikia.

Ua lilo ke Kiʻi Hoʻoweliweli ʻo ia ke aliʻi ma luna o ke
Kaona Nui ʻEmelala, a me kona ʻano nō ʻaʻole ʻo ia he Kāula,
ua haʻaheo nō nā kānaka iā ia. "No ka mea," wahi a lākou,
"ʻaʻohe kaona nui hou aʻe o ka honua holoʻokoʻa i noho aliʻi
ʻia ai e kekahi kanaka i hoʻopiha ʻia." A ua pololei nō paha
lākou e like me ko lākou hoʻomaopopo ʻana.

I ke kakahiaka ma hope o ka lewa ʻana o ka pāluna i
luna me ʻOza pū nō, ua hālāwai pū nā hoa kaʻahele ʻehā ma
ke Keʻena Noho Aliʻi a kūkākūkā pū ihola. Ua noho ke Kiʻi
Hoʻoweliweli ma luna o ka noho aliʻi nui a kū pū akula nā
mea i koe i mua ona.

ʻĪ maila ke aliʻi hou, "ʻAʻole nō kākou i pōʻino loa, no
ka mea, ua lilo kēia Hale Aliʻi a me ke Kaona Nui ʻEmelala
iā kākou, a hiki nō iā kākou ke hana e like me ko kākou
makemake. I koʻu hoʻomaopopo ʻana ʻaʻole nō e kala loa ma
mua aku nei a ai wau i luna o kekahi pou ma ka pā mahi
kūlina a kekahi mahi ʻai, a i kēia manawa, ʻo au ke aliʻi o
kēia Kaona Nui nani, ʻano hauʻoli nō au i kēia noho ʻana."

ʻĪ maila ke Kua Lāʻau Kini, "ʻO au kekahi, ua nui nō
koʻu hauʻoli me kuʻu puʻuwai hou; a ʻo ka pololei, ʻo ia wale
nō kaʻu mea i makemake ai o ka honua holoʻokoʻa."

ʻĪ maila ka Liona ma ke ʻano ʻāhē, "Noʻu nei, hauʻoli
nō au i ka ʻike ua koa nō au e like me kekahi ʻano holo-
holona, a ʻoi aku paha."

Hoʻomau maila ke Kiʻi Hoʻoweliweli, "Inā hoʻi i hauʻoli
pū ʻo Dorotea e noho ai ma ke Kaona Nui ʻEmelala, inā
hauʻoli pū nō kākou a pau."

Ua noho ke Kiʻi Hoʻoweliweli
ma luna o ka noho aliʻi nui.

Uē akula ʻo Dorotea, "Akā, ʻaʻole au makemake e noho i neʻi. Makemake au e hoʻi i Kanesasa e noho ai me ʻAnakē ʻEma me ʻAnakala Heneri."

Nīele maila ke Kua Lāʻau, "No laila, he aha ka mea e hana ai?"

Hoʻoholo ihola ke Kiʻi Hoʻoweliweli e noʻonoʻo, a no ka nui loa o kona noʻonoʻo ʻana, hoʻomaka e kukū mai nā kui mai loko mai o kona lolo. ʻAkahi nō ʻo ia a hoʻopuka mai:

"E kāhea nō paha i nā Keko ʻĒheu, a noi iā lākou na lākou e halihali iā ʻoe ā kēlā ʻaoʻao o ka panoa?"

ʻĪ akula ʻo Dorotea, "ʻAʻole au i manaʻo me kēlā ma mua! Pēlā nō. E hele nō au i kēia manawa e kiʻi i ka Pāpale Kapu Kula."

I kona hoʻihoʻi ʻana mai i ka Pāpale i loko o ke Keʻena Noho Aliʻi, ua puana ʻo ia i nā ʻōlelo hoʻokalakupua, a ʻemo ʻole nō a lele maila kekahi ʻāuna Keko ʻĒheu i loko o ka pukaaniani hemo a kū maila ma kona ʻaoʻao.

"ʻO kēia ka ʻelua o ka manawa i kāhea mai ai ʻoe iā mākou," wahi a ke Aliʻi Keko, me ke kūlou pū i mua o ke kaikamahine liʻiliʻi. "He aha kou makemake?"

ʻĪ akula ʻo Dorotea, "Makemake au iā ʻoukou e lele i Kanesasa me aʻu."

Akā, luli maila ke poʻo o ke Aliʻi Keko.

"ʻAʻole hiki ke hana pēlā," wahi āna. "No kēia ʻāina wale nō mākou, ʻaʻole hiki ke haʻalele. ʻAʻohe wahi Keko ʻĒheu ma Kanesasa ā hiki i kēia manawa, a manaʻo nō au ʻaʻole e ʻike ʻia, no ka mea, ʻaʻole mākou no laila. Hauʻoli nō mākou i ka lawelawe iā ʻoe e like nō me ka mea hiki, akā, ʻaʻole hiki ke kaha aku ā kēlā ʻaoʻao o ka panoa. Aloha ʻoukou."

A kūlou hou maila nō ʻo ia, a mohala maila nā ʻēheu o ke Aliʻi Keko, a lele akula nō ʻo ia i kahi ʻē i waho o ka pukaaniani, ukali ʻia e ka ʻāuna holoʻokoʻa.

Ua mākaukau nō ʻo Dorotea e uē no kona pohō. "Ua ʻuhaʻuha nō au i ka mana o ka Pāpale Kapu Kula, ua makehewa loa," wahi āna, "no ka mea, ʻaʻole hiki ke kōkua mai nā Keko ʻĒheu iaʻu."

"Minamina loa!" wahi a ke Kua Lāʻau puʻuwai aloha.

E noʻonoʻo hou ana ke Kiʻi Hoʻoweliweli, a pehu ʻino maila kona poʻo, a no ka pehu loa, ua hopohopo ʻo Dorotea o pahū.

ʻĪ maila ʻo ia ala, "E kāhea ʻia mai ke koa me ka ʻumiʻumi ʻōmaʻomaʻo, a nīele iā ia i kona manaʻo."

No laila, ua kāhea ʻia ke koa a komo maila ʻo ia i loko o ke Keʻena Noho Aliʻi me ka ʻāhē pū, no ka mea, i ke ola ʻana o ʻOza, ʻaʻohe loa ona komo ā hala ka ʻīpuka.

ʻĪ akula ke Kiʻi Hoʻoweliweli i ke koa, "Makemake kēia kaikamahine liʻiliʻi e kaha ā kēlā ʻaoʻao o ka panoa. Pehea ʻo ia e hana ai?"

"'Aʻole au ʻike," i pane ai ke koa, "no ka mea, ʻaʻohe wahi poʻe i kaha ai i ka panoa ma mua, koe ʻo ʻOza."

"'Aʻohe poʻe i hiki ke kōkua mai iaʻu?" i nīnau ai ʻo Dorotea me ka ikaika.

Hāpai maila kēlā i ka manaʻo, "Malia paha he manaʻo nō ko Kalina."

"'O wai ʻo Kalina?" i nīnau ai ke Kiʻi Hoʻoweliweli.

"'O ia ka Uiti o ke Kūkulu Hema. ʻO ia ka mea mana loa o nā Uiti a pau, a noho aliʻi ʻo ia ma luna o nā Kuālini. ʻO kekahi mea nō, kū kona kākela ma ka palena o ka panoa, no laila, ua ‘ike nō paha ‘o ia i ka mea e kaha ai ā kēlā ‘ao‘ao.”

Nīnau akula ke keiki, “He Uiti Maika‘i nō ‘o Kalina ē?”

“Mana‘o nō nā Kuālini he maika‘i ‘o ia,” wahi a ke koa, “a ‘olu‘olu nō ‘o ia i nā po‘e a pau. Ua lohe nō au he wahine u‘i loa ‘o Kalina, a ‘ike ‘o ia i ka mālama ‘ana i kona ‘ōpiopio me ka nui nō na‘e o kona mau makahiki i ola ai.”

Nīnau akula ‘o Dorotea, “Pehea au e hiki aku ai i kona kākela?”

Pane maila kēlā, “Pololei ke alanui i ka Hema mai ne‘i aku, akā, ‘ōlelo ‘ia ua piha i nā mea weliweli no nā mea ka‘ahele. He mau holoholona hihiu nō ma loko o ka ulu lā‘au, a pēia pū kekahi lāhui kanaka ‘ano ‘ē, ‘a‘ohe o lākou hoihoi i nā malihini e kaha ana ma ko lākou ‘āina. No kēia kumu, ‘a‘ohe Kualini hele mai i ke Kaona Nui ‘Emelala.”

A laila, ha‘alele maila ke koa iā lākou a ‘ī maila ke Ki‘i Ho‘oweliweli:

“Me he mea lā, me ka lo‘a nō o nā mea weliweli, ‘o ka hana ‘oi loa e hiki ai iā Dorotea ke hana, ‘o ia ke ka‘ahele aku ā ka ‘Āina o ka Hema a noi iā Kalina e kōkua iā ia. He ‘oia‘i‘o, inā noho ‘o Dorotea i ne‘i, ‘a‘ole loa ‘o ia e ho‘i hou aku i Kanesasa.”

‘Ī maila ke Kua Lā‘au Kini, “E no‘ono‘o hou ana nō paha ‘oe.”

“Pēlā nō,” wahi a ke Ki‘i Ho‘oweliweli.

Ha‘i maila ka Liona, “E hele nō au me Dorotea, no ka mea, ua luhi nō au i kou Kaona Nui a ‘i‘ini loa au e ho‘i i ka ulu lā‘au a me ko‘u ‘āina pono‘ī. He holoholona hihiu nō au ē? ‘O kahi mea nō ho‘i, pono nō kekahi mea nāna e pale aku iā Dorotea.”

"Pololei nō," i ʻaelike ai ke Kua Lāʻau. "He lawelawe pono nō paha kaʻu koʻi lipi nāna; no laila, e hele pū nō au me ia i ka ʻĀina Hema."

Nīnau maila ke Kiʻi Hoʻoweliweli, "I ka wā hea e hoʻomaka ai kākou?"

Nīnau akula lākou me ka pūʻiwa pū, "E hele ana ʻoe?"

"ʻOia nō. Inā ʻaʻole ʻo Dorotea, ʻaʻohe oʻu lolo. Nāna i hāpai iaʻu mai luna aku o ka pou ma ka mahi kūlina a lawe mai iaʻu i neʻi nei i ke Kaona Nui ʻEmelala. No laila, ʻo ia koʻu mea i laki ai, a ʻaʻole nō au e haʻalele i kona ʻaoʻao ā haʻalele loa ʻo ia no ka hoʻi i Kanesasa."

"Mahalo," wahi a Dorotea me ka mahalo piha pū. "Nui loa nō ko ʻoukou lokomaikaʻi iaʻu. Akā, makemake nō au e hoʻomaka koke."

Pane maila ke Kiʻi Hoʻoweliweli, "E hele nō kākou i ke kakahiaka ʻapōpō. No laila, e hele kākou e hoʻomākaukau, no ka mea, lōʻihi ke kaʻahele ʻana."

Mokuna XIX.
Ki'i mai nā Kumulā'au
e Hakakā.

Ikakahiaka

A'E, UA ALOHA 'O DOROTEA I KE KAIKA-
mahine 'ōma'oma'o u'i me ka honi pū, a
lūlū lima lākou a pau me ke koa me ka
'umi'umi 'ōma'oma'o, a hele wāwae akula
'o ia me lākou ā ka 'īpuka pā. I ka 'ike hou
'ana o ke Kia'i o nā 'Īpuka Pā iā lākou, ua
ha'oha'o loa 'o ia inā he ha'alele lākou i ke Kaona Nui nani
e loa'a ai i ka pilikia. Akā, wehe koke a'ela 'o ia i ko lākou
mau makaaniani, a ho'iho'i akula i loko o ka pahu 'ōma'o-
ma'o, a ho'opaipai iā lākou no ka hele 'ana.

Ua 'ōlelo 'o ia i ke Ki'i Ho'oweliweli, "'O 'oe ko mākou
ali'i i kēia manawa, no laila, pono nō 'oe e ho'i mai iā
mākou me ka 'āwīwī i hiki."

Pane akula ke Ki'i Ho'oweliweli, "Pēlā nō ke hiki,
akā, pono nō au e kōkua iā Dorotea nei e ho'i aku i kona
home ma mua."

I ke aloha ʻana o Dorotea i ke Kiaʻi ʻoluʻolu, ʻī akula ʻo ia:

"Ua nui nō koʻu hana ʻoluʻolu ʻia mai ma kou Kaona Nui, a nui loa nō ka lokomaikaʻi o nā poʻe a pau loa iaʻu. Ua piha loa koʻu mahalo."

"ʻAʻole loa he pilikia," wahi āna i pane ai. "He makemake nō mākou e mālama iā ʻoe me mākou, akā, inā ʻo kou ʻiʻini nō ia e hoʻi loa i Kanesasa, manaʻolana nō au e loʻa nō kou ala e hoʻi ai." A laila, wehe aʻela ʻo ia i ka ʻīpuka pā o ka pā o waho loa, a hele wāwae akula lākou a hoʻomaka i ko lākou huakaʻi.

Ua pā nō ka lā me ka māʻamaʻama i ka huli ʻana o ke alo o ko kākou mau hoa i ka ʻĀina Hema. Ua lana pū ko lākou manaʻo, a ʻakaʻaka aʻela lākou me ka walaʻau kūkā pū nō. Ua piha hou ka naʻau o Dorotea i ka manaʻolana no ka hoʻi aku i kona home, a ua hauʻoli nō ke Kiʻi Hoʻoweliweli a me ke Kua Lāʻau Kini i ke kōkua aku. No ka Liona, ua honihoni ʻo ia i ke ea hou me ka hauʻoli a konini hele aʻela kona huelo i ka ʻoliʻoli i ka puka hou i waho o ka ʻāina kuaʻāina, a holoholo aʻela ʻo Toto ā puni lākou i ke alualu i nā pulelehua like ʻole, a ʻaoa mau akula ʻo ia me ka hauʻoli.

"ʻAʻole loa nō au ʻoluʻolu i ka noho ʻana ma ke Kaona Nui," i ʻōlelo ai ka Liona, iā lākou i kaʻahele wāwae ai me ke ʻano māmā pū nō. "Ua emi nō hoʻi koʻu puʻipuʻi i koʻu noho ʻana i neʻi, a i kēia manawa, nui loa koʻu makemake e hōʻikeʻike aku i nā holoholona ʻē aʻe i koʻu koa hou aku."

I kēia manawa, ua huli lākou i hope a nānā hope akula i ke Kaona Nui ʻEmelala. ʻO kā lākou mea wale nō i ʻike ai, ʻo nā halekuʻi a me nā pūʻoʻa he nui ma hope o nā pā ʻōmaʻomaʻo, a ma luna loa aku o nā mea ʻē aʻe a pau nā pūʻoʻa a me ka ʻōpuʻu nui o ka Hale Aliʻi o ʻOza.

Pelu maila nā lālā a ʻōmilomilo maila ā paʻa ma luna o kona kino.

"'Aʻole ʻo ʻOza he Kāula ʻino loa ē?" wahi a ke Kua Lāʻau Kini, ʻoiai e ʻoniʻoni ana kona puʻuwai i loko o kona umauma.

"Ua ʻike nō ʻo ia i ka hana e hāʻawi mai ai iaʻu i ka lolo, a he lolo maikaʻi nō," wahi a ke Kiʻi Hoʻoweliweli.

"Inā i inu ʻo ʻOza i kēlā lāʻau hoʻokahi nō āna i hāʻawi mai ai iaʻu," wahi a ka Liona, "lilo nō ʻo ia he kanaka koa."

'Aʻole i ʻekemu aku ʻo Dorotea. 'Aʻole ʻo ʻOza i mālama i kāna hoʻohiki iā ia, akā, ua hoʻāʻo nō ʻo ia, no laila, ua huikala aku nō ʻo ia iā ia. Ua ʻōlelo nō ʻo ia ala, he kanaka maikaʻi nō ʻo ia, akā, hemahema loa ʻo ia ma ke ʻano he Kāula.

Ma ka lā mua, ua kaʻahele akula lākou ma nā pā mauʻu uliuli a me nā pua ʻālohilohi e waiho kāhelahela ana ā puni ke Kaona Nui ʻEmelala. Ua hiamoe lākou ma luna o ka mauʻu i kēlā pō, ʻo nā hōkū wale nō ma luna o lākou; a ua maikaʻi nō ko lākou hoʻomaha ʻana.

I ke kakahiaka, ua hoʻomau lākou i ke kaʻahele aku ā hiki akula lākou i kekahi ulu lāʻau hihipeʻa. 'Aʻohe ala e māʻalo ai ma ka ʻaoʻao, no ka mea, me he mea lā e hoʻomau ana ka ulu lāʻau ma ka ʻākau a me ka hema ā pau ka ʻike ʻia; a ʻaʻohe nō o lākou ʻaʻa e huli ma kekahi ala ʻokoʻa o hili hewa lākou. No laila, ua ʻimi lākou i kahi maʻalahi loa e komo ai i loko o ka ulu lāʻau.

'Oiai aia ʻo ia ma mua loa, ua ʻike ke Kiʻi Hoʻoweliweli i kekahi kumulāʻau nui me nā lālā māholahola nui a ua nui kūpono kahi e kaha ai nā ʻōhua ma lalo. No laila, ua hele wāwae akula ʻo ia i mua i ke kumulāʻau, akā, i kona kaha ʻana ma lalo o ka lālā mua, pelu maila nā lālā a ʻōmilomilo ā paʻa ma luna o kona kino, a ma ia hope koke iho, ua hāpai ʻia ʻo ia i luna o ka honua a kiola loa ʻia ma waena o kona mau hoa kaʻahele.

ʻAʻole ke Kiʻi Hoʻoweliweli i ʻeha, akā, ua nui nō kona puʻiwa ʻino, a he huikau kona nānā ʻana i ka hāpai ʻana o Dorotea iā ia i luna.

Kāhea maila ka Liona, "He ʻoā hou aʻe nō ma neʻi ma waena o nā kumulāʻau."

"E ʻae mai iaʻu e hele mua," wahi a ke Kiʻi Hoʻoweliweli, "no ka mea, ʻaʻohe oʻu ʻeha ke kiola ʻia au." Hele wāwae akula ʻo ia i kekahi kumulāʻau, iā ia e ʻōlelo ana, akā, hopu koke hou maila nā lālā iā ia a kiola hou iā ia.

"Ano ʻē loa kēia," wahi a Dorotea. "He aha kā kākou hana?"

Ī maila ka Liona, "Me he mea lā ua hoʻoholo ka manaʻo o nā kumulāʻau e hakakā mai iā kākou a hoʻopau i kēia kaʻahele ʻana."

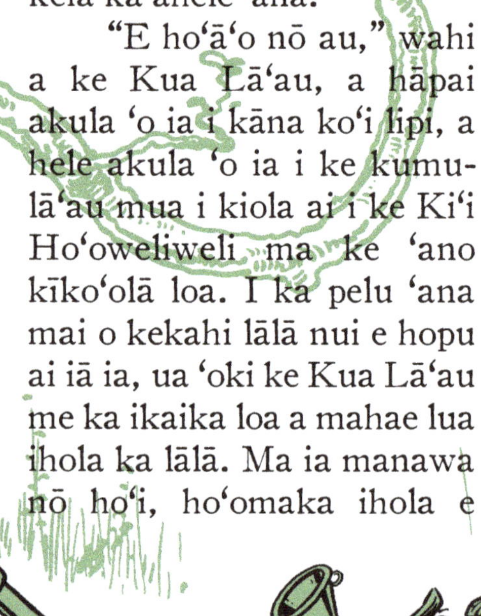

"E hoʻāʻo nō au," wahi a ke Kua Lāʻau, a hāpai akula ʻo ia i kāna koʻi lipi, a hele akula ʻo ia i ke kumulāʻau mua i kiola ai i ke Kiʻi Hoʻoweliweli ma ke ʻano kīkoʻolā loa. I ka pelu ʻana mai o kekahi lālā nui e hopu ai iā ia, ua ʻoki ke Kua Lāʻau me ka ikaika loa a mahae lua ihola ka lālā. Ma ia manawa nō hoʻi, hoʻomaka ihola e

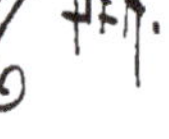

kapalili pū nā lālā a pau o ke kumulā'au me he mea lā ke 'eha'eha maila, a kaha akula ke Kua Lā'au Kini ma lalo ā kekahi 'ao'ao.

"Mai!" wahi āna i 'uā ai i nā hoa. "'Eleu!" Ua holo nō lākou i mua a kaha akula ma lalo o ke kumulā'au me ka 'eha 'ole, koe 'o Toto, ua hopu 'ia 'o ia e kekahi lālā li'ili'i a ho'oluliluli 'ia 'o ia ā uē a'ela 'o ia. Akā, ua 'oki koke ihola ke Kua Lā'au i ka lālā ā hemo a ka'awale a'ela ka 'īlio li'ili'i.

'A'ole i hana nā kumulā'au 'ē a'e i kekahi mea e 'āke'a-ke'a ai iā lākou, no laila, ua holo ko lākou mana'o 'o ka lālani kumulā'au ma ka'e wale nō nā mea hiki ke pelu ko lākou mau lālā, a 'o lākou nō paha nā kū kia'i o ka ulu lā'au, a he mana nō paha ko lākou e pale aku i nā malihini i 'ole e komo.

Ua ka'ahele wāwae nā 'ōhua 'ehā me ka ma'alahi ma waena o nā kumulā'au ā hiki akula lākou i ka palena mamao aku o ka ulu lā'au. A laila, pū'iwa'iwa ihola lākou i ka 'ike aku i kekahi pā lō'ihi i mua o lākou me he mea lā ua hana 'ia i ke pā Kina ke'oke'o. Ua pakika loa e like me ka 'ili o ke pā 'aina ahiahi, a 'oi aku kona lō'ihi i ko lākou mau po'o.

"He aha kā kākou hana?" i nīnau ai 'o Dorotea.

"E hana au i alapi'i," wahi a ke Kua Lā'au Kini, "no ka mea, pono kākou e pinana ā kēlā 'ao'ao o ka pā."

Mokuna XX.
Ka ʻĀina Pā Pākē Lahilahi.

Waiho ʻIA KE KUA LĀʻAU

nāna e kāpili i ke alapiʻi me ka lāʻau i loaʻa iā ia ma ka ulu lāʻau, ua moe ʻo Dorotea i lalo a hiamoe, no ka mea, ua māluhiluhi ʻo ia i ke kaʻahele lōʻihi ʻana. Ua like pū ka hana a ka Liona a moe pupuʻu ihola ia a hiamoe a moe aʻela ʻo Toto ma kona ʻaoʻao.

Ua nānā ke Kiʻi Hoʻoweliweli i ke Kua Lāʻau, iā ia i hana ai, a ʻī akula iā ia:

"'Aʻohe oʻu manaʻo no ke kumu o kēia pā ma neʻi nei, a pēia pū kona mea i hana ʻia ai."

"E hoʻomaha i kou lolo a mai hopohopo no ka pā," pēlā i pane ai ke Kua Lāʻau. "A pau ka ʻaʻe ʻia o kēia pā, a laila kākou e ʻike ai i ka mea loʻa ma kēlā ʻaoʻao."

A hala kekahi wā, ua paʻa pono ke alapiʻi. He ʻano kāpulu nō kona nānā ʻana, akā, ua maopopo loa i ke Kua Lāʻau ua paʻa pono nō a e loaʻa nō nā haʻina a pau e pono ai. Na ke Kiʻi Hoʻoweliweli i hoʻāla iā Dorotea, a me ka Liona, a me Toto, a haʻi akula iā lākou ua mākaukau nō ke alapiʻi. ʻO ke Kiʻi Hoʻoweliweli ka mua i piʻi ai i luna o ke alapiʻi, akā, no kona hemahema loa, ua pili ka hahai ʻana o Dorotea ma hope ona e nānā pono ai iā ia i ʻole ʻo ia e palahuli i lalo. I ke kau ʻana o kona poʻo ma luna o ka pā, ʻī maila ke Kiʻi Hoʻoweliweli:

"Auē!"

"Hoʻomau ʻoe," wahi a Dorotea.

No laila, ua piʻi hou aku ke Kiʻi Hoʻoweliweli i luna hou aku a noho ʻo ia i lalo ma luna o ka pā, a kau akula ʻo Dorotea i kona poʻo ma luna a ʻuā akula:

"Auē!" e like nō me ke Kiʻi Hoʻoweliweli.

A laila, hiki maila ʻo Toto, a ʻo kona ʻaoa akula nō ia, akā, hoʻohāmau akula ʻo Dorotea iā ia.

Ua piʻi ka Liona ma luna o ke alapiʻi ma hope mai, a ʻo ke Kua Lāʻau Kini ka hope i hiki mai; akā, ʻuā maila lāua ʻelua, "Auē!" i ko lāua nānā ʻana akula ma luna o ka pā. A noho aʻela lākou ma kekahi lālani ma luna o ka pā, nānā akula lākou i lalo a ʻike akula i kekahi mea ʻano ʻē.

Aia ma mua o lākou kekahi ʻāina nui a laulā loa, he pakika loa ka papahele a hulali nō hoʻi a he keʻokeʻo e like me ka ʻili o kekahi pā lawelawe meaʻai nui. E kau liʻiliʻi ana nā hale he nui i hana ʻia ai me ke pā Kina wale nō a pena ʻia

Ua hana ʻia kēia poʻe a pau loa i ke pā Kina.

ma nā ʻano waihoʻoluʻu ʻālohilohi like ʻole. He liʻiliʻi nō kēia mau hale, ʻo ka mea lōʻihi loa o ia mau mea, ua like kona lōʻihi me ke kīkala o Dorotea. He mau hale mahi ʻai liʻiliʻi a uʻi nō kekahi me nā pā ā puni i hana ʻia ai i ke pā Kina; a nui nā pipi, a me nā hipa, a me nā lio, a me nā puaʻa, a me nā moa, ua hana ʻia ia mau mea a pau i ke pā Kina, a e kukū ana ma nā pūʻulu like ʻole.

Akā, ʻo ka mea ʻano ʻē loa, ʻo ia ka poʻe e noho ana ma kēia ʻāina ʻano ʻē. He mau wāhine ʻuī waiū nō me nā wāhine mālama hipa e komo ana i ka ʻāʻī lole wahine o nā waihoʻoluʻu ʻālohilohi like ʻole a me nā kiko melemele ā puni ko lākou mau lole wahine; a ua loaʻa nā kamāliʻi wāhine e komo ana i nā lole palaka he kālā a he kula a he poni nā waihoʻoluʻu; a ua loaʻa nā kahu hipa kāne e komo ana i ka lole wāwae kuli me nā kaha ʻākala a lenalena a uliuli, a ua loaʻa nā keiki aliʻi me ke kalaunu ma luna o ko lākou mau poʻo, e komo ana lākou i nā ʻaʻahu huluhulu mukuela a me ka lakeke pāhoehoe; a ua loaʻa nā luaʻāpana hoʻomākeʻaka me nā lole pihapiha me nā kiko ʻulaʻula poepoe ma ko lākou mau pāpālina, a me nā pāpale winiwini lōʻihi. A ʻo ka mea ʻano ʻē loa, ua hana ʻia kēia poʻe a pau loa i ke pā Kina, ʻo ko lākou lole nō kekahi, a no ko lākou liʻiliʻi loa, ʻo ka mea lōʻihi loa o lākou, ʻaʻohe ona lōʻihi aku i ke kuli o Dorotea.

ʻAʻohe wahi poʻe i nānā mai i nā mea kaʻahele i ka hoʻomaka ʻana, koe hoʻokahi ʻīlio pā Kina poni, ua nui loa kona poʻo, ua hiki mai ʻo ia i ka pā a ʻaoa maila iā lākou me ka leo liʻiliʻi, a naholo akula i kahi ʻē.

"Pehea kākou e iho ai i lalo?" wahi a Dorotea i nīnau ai.

Ua ʻike lākou ua kaumaha loa ke alapiʻi, a ʻaʻole i hiki iā lākou ke huki i luna, no laila, ua hāʻule ke Kiʻi Hoʻoweliweli i lalo o ka pā a lele akula nā mea i koe ma luna ona i

ʻole e ʻeha ko lākou mau wāwae ma ka papahele paʻakikī. Ua mālama pono lākou ʻaʻole e kau ma luna o kona poʻo a kukū ko lākou mau wāwae i nā kui. I ke kau pono ʻana o nā mea a pau ma lalo, ua hāpai lākou i ke Kiʻi Hoʻoweliweli i luna, ua pālahalaha loa kona kino, a paʻipaʻi akula lākou i kona mauʻu maloʻo ā kūpono hou kona kino.

ʻĪ akula ʻo Dorotea, "Pono kākou e kaha i kēia wahi ʻano ʻē e hiki aku ai i kekahi ʻaoʻao, no ka mea, ʻaʻole akamai ka hele ʻana ma kahi ʻaoʻao ʻokoʻa aʻe, koe ma ka Hema."

Ua hoʻomaka lākou e hele wāwae e kaha ana i ka ʻāina o ka poʻe pā Kina, a ʻo ka mea mua loa a lākou i ʻike ai, ʻo ia kekahi wahine ʻuī waiū pā Kina e ʻuīʻuī ana i ka waiū o kekahi pipi pā Kina. I ko lākou kokoke ʻana aku, ʻo ka peku maila nō ia o ka pipi ā palahuli ka paepae, ka pākeke, a me ka wahine ʻuī waiū pū, a kau akula nā mea a pau ma ka papahele me ke kanikē nui.

Ua pūʻiwa ʻo Dorotea i ka ʻike aku ua haki pū ka wāwae o ka pipi ā hemo, a e kau liʻiliʻi ana ka pākeke ma nā ʻāpana he nui, a ʻo ka wahine ʻuī, ua pāʻunu iki kona kuʻe-kuʻe lima hema.

"Ai lā!" wahi a ka wahine ʻuī waiū me ka huhū pū. "Nānā ʻoukou i kā ʻoukou hana! Ua haki pū ka wāwae o kaʻu pipi, pono au e lawe iā ia i ka hale hoʻoponopono e tuko hou ʻia ai ā paʻa. He aha hoʻi kā ʻoukou mea i hele mai nei e hoʻopūʻiwa ai i kaʻu pipi?"

Pane akula ʻo Dorotea, "Nui loa nō koʻu mihi. E huikala mai ʻoe iā mākou."

Akā, ua nui loa nō ka huhū o ka wahine ʻuī, ʻaʻohe ona pane mai. Ua ʻohi ʻo ia i ka wāwae me ka nuha pū a kaʻikaʻi akula i kāna pipi i kahi ʻē, e ʻoʻi maoli ana ka holoholona ma kona mau wāwae ʻekolu. I kona haʻalele ʻana akula iā lākou, nānā makaʻē maila ka wahine ʻuī waiū i nā malihini hemahema ma luna o kona poʻohiwi, e paʻa ana ʻo ia i kona kuʻekuʻe lima pāʻunu ā pili ma kona ʻaoʻao.

Ua nui nō ka minamina o Dorotea i kēia ulia.

"Pono nō kākou e mālama pono i neʻi," wahi a ke Kua Lāʻau lokomaikaʻi, "ma hope ʻeha kēia poʻe liʻiliʻi a uʻi, ʻaʻole e hiki iā lākou ke hoʻopoina."

I ko lākou neʻe ʻana i mua, ua hui ʻo Dorotea me kekahi Kamāliʻi Wahine i ʻaʻahu ʻia ai i ka lole nani, ua kū koke kēlā, iā ia i ʻike mai ai i nā malihini a hoʻomaka akula e holo i kahi ʻē.

Ua makemake ʻo Dorotea e ʻike hou i ke Kamāliʻi Wahine, no laila, alualu akula ʻo ia iā ia. Akā, ʻuā maila ke kaikamahine pā Kina:

"Mai alualu mai iaʻu! Mai alualu mai iaʻu!"

He leo liʻiliʻi a makaʻu loa kona leo a kū ihola Dorotea a ʻī akula:

"No ke aha?"

Pane maila ke Kamāliʻi Wahine, "No ka mea, ke holo au, ʻo koʻu palahuli nō paha ia a haki pū nō paha au."

"Akā, ʻaʻole hiki ke hoʻoponopono hou ʻia ʻoe?" i nīnau ai ke kaikamahine.

"ʻOia, hiki nō; akā, ʻaʻole like ka uʻi ma hope o ka hoʻoponopono ʻana ē?" wahi a ke Kamāliʻi Wahine i pane ai.

"Pēlā nō paha," wahi a Dorotea i pane ai.

Hoʻomau maila ka wahine pā Kina, "Loʻa Mr. Kolohe, ʻo ia kekahi o ko mākou poʻe luaʻāpana,

e hoʻāʻo mau ana ʻo ia e kū ma luna o kona poʻo. No ka pine-pine o kona haki pū ʻana, ua hoʻoponopono ʻia ʻo ia ma nā wahi like ʻole nō he lehulehu loa, ʻaʻohe loa ona wahi uʻi. Eia aʻe ʻo ia, e nānā ʻoukou no ʻoukou iho."

A he pololei nō, hiki maila kekahi luaʻāpana liʻiliʻi a hauʻoli i kahi o lākou, a ua hiki iā Dorotea ke ʻike, ma waho aʻe o kona lole nani he ʻulaʻula a lenalena a ʻōmaʻomaʻo, ua paʻapū nō ʻo ia i ka ʻoā ma nā ʻaoʻao like ʻole, a ʻike akāka ʻia ua hoʻoponopono ʻia ʻo ia ma nā wahi like ʻole he nui.

Ua hōʻō ka Luaʻāpana i kona mau lima ma loko o kona mau pākeke, ma hope o ka hoʻopuhaʻu ʻana i kona mau pāpālina me ke kūnou pū mai i kona poʻo iā lākou ma ke ʻano kīkoʻolā, ʻī maila ʻo ia:

"E ka wahine maikaʻi,
He aha kāu mākaʻikaʻi
I kēia luaʻāpana?
Ua ʻoʻoleʻa nō ʻoe
ʻO ka māloʻeloʻe koe
No kou piʻikoi ʻana!"

"E hāmau ʻoe!" wahi a ke Kamāliʻi Wahine. "ʻAʻole ʻoe ʻike he poʻe malihini kēia, he pono nō e walaʻau kūpono iā lākou?"

"He kūpono kēlā, me ke aloha pēlā," wahi a ka Luaʻāpana, a ma ia hope koke iho nō, kū aʻela ʻo ia ma luna o kona poʻo.

"Mai nānā iā Mr. Kolohe," wahi a ke Kamāliʻi Wahine iā Dorotea. "Ua nahā hoʻi kona poʻo, a pēlā i hūpō ai ʻoi ala."

"ʻŌ, ʻaʻole nō pilikia iaʻu," wahi a Dorotea. "Akā, nani loa nō ʻoe," wahi āna i hoʻomau ai, "Manaʻo au he aloha maoli nō au iā ia. E ʻae mai paha ʻoe iaʻu e hoʻihoʻi iā ʻoe i

Kanesasa a kūkulu iā ʻoe ma
luna o ka haka kapuahi a
ʻAnakē ʻEma? E hali au iā ʻoe
ma loko o kaʻu ʻie nei.”

"Nui nō koʻu kaumaha
inā me kēlā,” i pane ai ke
Kamāliʻi Wahine. "ʻIke ʻoe,
ma kēia ʻāina nei o
mākou, hauʻoli ko
mākou noho ʻana, a
hiki nō ke walaʻau a
ʻoni ma ʻō a ma ʻaneʻi e like me
ko mākou manaʻo. Akā, ke
lawe ʻia kekahi o mākou i
kahi ʻē, ʻoʻoleʻa koke pū ko
mākou mau ʻami, a kū
pololei mākou a he uʻi wale
nō ka nānā ʻana. ʻO ka
pololei, ʻo ia wale nō paha
ka mea i manaʻo ʻia ai no

ko mākou pono ke kau mākou ma luna o ka haka kapuahi a me ka waihona pā a me ka pākaukau o ka lumi hoʻokipa paha, akā, ʻoi aku ka ʻoluʻolu o ko mākou ola ma ʻaneʻi ma ko mākou ʻāina ponoʻī nō."

Koi maila ʻo Dorotea, "'Ā. 'Aʻole nō au e ʻae iā ʻoe e noho kaumaha! No laila, aloha wale nō kāua a hele nō au i kahi ʻē."

"Aloha nō," i pane mai ai ke Kamāliʻi Wahine.

Ua kaʻahele wāwae pono lākou ma ka ʻāina pā Kina. Ua holo aku nā holoholona a me nā poʻe like ʻole mai mua aku o lākou me ka makaʻu pū o haki mai nā malihini iā lākou, a ma hope o hoʻokahi hola paha, ua hōʻea aku nā hoa kaʻahele i kekahi ʻaoʻao o ka ʻāina a hiki akula i kekahi pā pā Kina.

'Aʻole i kiʻekiʻe loa kēia me ka mea mua, a ma ke kū ʻana ma luna o ke kua o ka Liona, ua hiki nō iā lākou ke kau ma luna. A laila, kūkulu pono ihola ka Liona i kona mau wāwae ma lalo ona a lele akula ma luna o ka pā; akā, iā ia i lele ai, ua hoʻokuʻi hewa ʻo ia i kekahi hale pule pā Kina me kona huelo a ua nāhāhā kēlā ma nā ʻāpana liʻiliʻi.

"Auē, minamina," wahi a Dorotea, "akā, manaʻo au ua laki nō 'aʻole kākou i hana ā ʻoi aku ka pilikia i kēia poʻe liʻiliʻi ma mua o ka haki wale nō o ka wāwae o ka pipi a me kēia hale pule. He lahilahi loa nō lākou!"

"He lahilahi loa nō," wahi a ke Kiʻi Hoʻoweliweli, "a nui nō koʻu mahalo ua hana ʻia au i ka mauʻu maloʻo, 'aʻole ʻinoʻino koke. Loʻa nō nā mea i ʻoi aku nō ka minamina ma ke ao nei ma mua o ke Kiʻi Hoʻoweliweli."

Mokuna XXI.
Lilo ka Liona 'o ia ke
Ali'i o nā Holoholona.

A pav ka

IHO ʻANA I LALO O KA PĀ PĀ KINA,
ua loaʻa nā hoa kaʻahele iā lākou
iho ma kekahi ʻāina kohu ʻole, ua
piha i nā ʻāina ālialia a me nā
ʻolokele, a piha i ka mauʻu loloa a
ʻīʻī. Ua hana nui ka hele wāwae
ʻana me ka palahuli ʻole ʻana ma loko o nā ʻālualua lepo
ʻūkele, no ka mea, ua mānoanoa ka mauʻu a uhi ʻia nā
ʻālualua, ʻaʻole ʻike ʻia. Akā naʻe, ma ka
waewae pono ʻana i ke ala e hele ai, ua kaha
nō lākou ā hōʻea aku lākou i ka ʻāina paʻa.
Akā, i ʻaneʻi, me he mea lā ua ʻoi aku ka ulu
ʻia o ka ʻāina i ka nāhelehele, a ma hope o ke
kaʻahele lōʻihi ʻana me ka māluhiluhi pū ma
waena o ka nāhelehele, ua komo lākou i loko o kekahi

ulu lāʻau, ua ʻoi aku ka nui me ke kahiko o nā kumulāʻau ma mua o kā lākou mea i ʻike ai ma mua.

ʻĪ maila ka Liona me ka nānā pū ma ʻō a ma ʻō me ka hauʻoli loa, "ʻOluʻolu maoli nō kēia ulu lāʻau. ʻAʻole au i ʻike i kekahi wahi i ʻoi aku kona nani."

ʻĪ maila ke Kiʻi Hoʻoweliweli, "He ʻano kaumaha nō hoʻi ka nānā ʻana."

Pane hou maila ka Liona, "ʻAʻohe wahi kaumaha. Makemake au e noho i neʻi nei ā pau loa koʻu ola ʻana. ʻIke ʻoe i ka palupalu o nā lau maloʻo ma lalo o kou wāwae a me ka uluwehi me ka uliuli loa o ka mākōpiʻi e ulu nei ma luna o nā kumulāʻau. ʻAʻohe mea a nā holoholona e ʻiʻini ai ā ʻoi aʻe i kēia i home no lākou."

ʻĪ akula ʻo Dorotea, "Malia paha loʻa nā holoholona hihiu ma ka ulu lāʻau i kēia manawa."

Pane hou maila ka Liona, "Loʻa nō paha, akā, ʻaʻole au ʻike iā lākou ma kekahi wahi."

Ua kaʻahele wāwae akula lākou ma loko o ka ulu lāʻau ā hiki i ka pōʻeleʻele hou ʻana mai, a ua hiki ʻole ke neʻe hou i mua. Ua moe ʻo Dorotea, a me Toto, a me ka Liona i lalo e hiamoe ai, ʻoiai ua noho kiaʻi ke Kua Lāʻau a me ke Kiʻi Hoʻoweliweli ma luna o lākou e like me kā lāua hana maʻamau.

I ke kakahiaka ʻana mai, ua hoʻomaka hou lākou. ʻAʻole i lōʻihi ka hele ʻana a lohe maila lākou i kekahi kani nakulu haʻahaʻa, me he mea lā ke nunulu maila nā holoholona hihiu he nui. Ua hoʻonē iki ʻo Toto, akā, ʻaʻole i makaʻu kekahi o nā hoa i koe, a ua hoʻomau nō lākou ma ke ala maikaʻi ā hiki akula lākou i kekahi wahi ākea ma ka ulu lāʻau, kahi i ʻākoakoa pū ai nā holoholona he nui o nā ʻano like ʻole. Ua loʻa nā tika, a me nā ʻelepani, a me nā pea, a me nā ʻīlio hae, a me nā ʻalopeke, a me nā ʻano holoholona like ‘ole ‘ē a‘e i ‘ike ‘ia ai ma nā mo‘olelo o ke ao ‘oko‘a, a no kekahi manawa pōkole, ua maka‘u ‘o Dorotea. Akā, ua wehewehe ka Liona e hui hālāwai kūkā ana nā holoholona, a ua ‘ike ‘o ia ma ko lākou hae ‘ana me ka nunulu ‘ana ho‘i ua nui ko lākou pilikia.

Iā ia e ‘ōlelo ana, ua ‘ike maila kekahi o lākou iā ia, a ‘ānō iho nō, ua hāmau ‘oko‘a ke anaina nui, me he mea lā he mana kalakupua. Hiki maila kekahi o nā tika nui loa i ka Liona a kūlou maila, me ka ‘ī pū mai:

“Welina, e ke Ali‘i o nā Holoholona! Ua hiki mai nō ‘oe i ka manawa kūpono e hakakā ai i kou ‘enemi a ho‘omalu pono hou ai ma luna o nā holoholona like ‘ole o ka ulu lā‘au.”

“He aha ko ‘oukou pilikia?” wahi a ka Liona i nīnau ai me ka leo li‘ili‘i.

Pane maila ka tika, “Ho‘oweliweli ‘ia mākou e kekahi ‘enemi weliweli loa ‘akahi

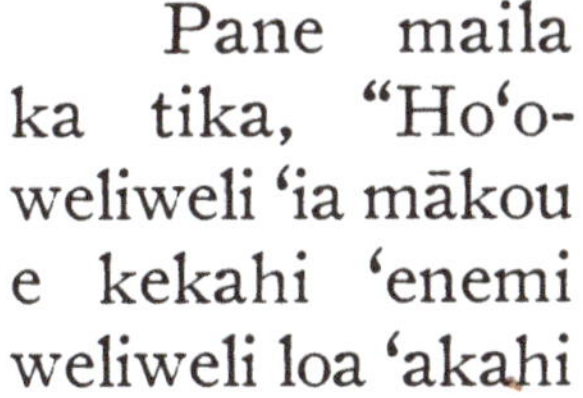

nō ‘o ia a hiki maila i loko o kēia ulu lā‘au nei. He
holoholona nui loa nō, ua ‘ano like nō me kekahi nananana
nunui, he nui nō kona kino e like me kekahi ‘elepani a loloa
kona mau wāwae e like me ke kumulā‘au. He ‘ewalu nō ona
wāwae loloa me kēlā, a i kona kolo ‘ana i loko o ka ulu lā‘au,
hopu ‘o ia i kekahi holoholona me ho‘okahi wāwae a alakō
aku a ho‘okomo i loko o kona waha, a ‘ai ‘o ia e like me ka
‘ai ‘ana o ka nananana i ka nalo. ‘A‘ohe mea palekana o
kekahi o mākou ke ola kēia holoholona weliweli, a ua kāhea
mākou i kekahi hālāwai kūkā e ho‘oholo ai i ka ho‘opakele
‘ana iā kākou iho, a hiki maila nō ‘oe ma waena o mākou
nei.”

Ua noho a no‘ono‘o ka Liona no kekahi manawa.

Nīnau akula ‘o ia, “He liona hou a‘e nō ma ka ulu lā‘au
nei?”

“‘A‘ole; ua lo‘a kekahi, akā, ua pau loa i ka ‘ai ‘ia e ka
holoholona ‘ino. A ‘a‘ole i lo‘a kekahi i nunui a koa e like me
‘oe.”

“Ke ho‘opau au i ko ‘oukou ‘enemi, e kūlou mai nō
‘oukou i mua o‘u a ho‘olohe mai ia‘u i Ali‘i ma luna o ka ulu
lā‘au?” wahi a ka Liona i nīnau ai.

Pane hou maila ka tika, “E hana nō mākou me kēlā me
ka hau‘oli nō; a uō maila nā holoholona ‘ē a‘e a pau me ka
ikaika loa: “Pēlā nō!”

Nīnau akula ka Liona, “Ai hea kēia nananana āu i
‘ōlelo maila i kēia manawa?”

“Ai ma ‘ō, ai ma waena o nā kumu ‘oka,” wahi a ka
tika me ke kuhi pū i kona māi‘u‘u o mua.

‘Ī akula ka Liona, “E mālama pono ‘oukou i kēia mau
hoa nei o‘u, a na‘u e hakakā aku i kēia holoholona.”

Ua aloha akula ʻo ia i kona mau hoa kaʻahele a kaʻi akula nō ʻo ia i kahi ʻē me ka haʻaheo pū e hakakā ai me ka ʻenemi.

E moemoe ana ka nananana nunui i kona loaʻa ʻana i ka Liona, a no kona pupuka loa, ua ʻekekeʻi ihola ka ihu o kona ʻenemi no ka hoʻopailua. Ua loloa nō nā wāwae e like me ka ʻōlelo a ka tika, a ua paʻapū kona kino i ka huluhulu ʻeleʻele a mānoanoa. He waha nunui nō kona, me kekahi lālani niho ʻoiʻoi loa he hoʻokahi kapuaʻi ka lōʻihi; akā, ua hui ʻia kona poʻo me kekahi paukū kino poupou me kekahi ʻāʻī loloa a wīwī e like me ke kīkala o kekahi nalo hopeʻō. Pēia i manaʻo ai ka Liona i ka hana e kiʻi ai e hakakā aku i ua holoholona ala, a ua ʻike nō ʻo ia ua ʻoi aku ka maʻalahi i ko ia ala hiamoe ʻana ma mua o kona wā ala, a lēhei ikaika aʻela ʻo ia a kau ma luna pono o ke kua o ka tutua. A laila, hoʻokahi nō pākī ʻana me kona māiʻuʻu piha me nā mikiʻao ʻoi loa, a hili ʻo ia i ke poʻo o ka nananana ā hemo mai kona kino aku. Lele ʻo ia i lalo, a nānā akula ʻo ia i ka tutua ā pau ka huhuki ʻana o kona mau wāwae, ʻo ia kona manawa i manaʻo ai ua pau loa kēlā i ka make.

Ua hoʻi aku ka Liona i kahi ākea, kahi i kakali ai nā holoholona o ka ulu lāʻau iā ia, a ʻōlelo akula me ka haʻaheo:

"Pau ko ʻoukou makaʻu i ko ʻoukou ʻenemi."

A laila, ua kūlou mai nā holoholona i mua o ka Liona, ʻo ia ko lākou Aliʻi, a hoʻohiki akula ʻo ia e hoʻi mai a noho aliʻi ma luna o lākou aia nō a pau ʻo Dorotea i ka haʻalele i ka hoʻi aku i Kanesasa.

Mokuna XXII.
Ka ʻĀina
o nā Kuālini.

Uă KAHA AKU NĀ HOA KAʻA-
hele ʻehā ma ke koena o
ka ulu lāʻau me ka palekana pū,
a puka akula mai loko aku o
kona malumalu kaumaha, a ʻike
akula lākou i kekahi puʻu kūnihi,
ua paʻapū mai luna ā i lalo i nā ʻāpana pōhaku nui.

ʻĪ maila ke Kiʻi Hoʻoweliweli, "Hana nui nō kēlā i ka
piʻi aku, akā, pono nō kākou e piʻi ā hiki i kēlā ʻaoʻao."

No laila, ua alakaʻi ʻo ia i ka hele ʻana a hahai akula
nā hoa. Kokoke loa nō ā kū aku i ka pōhaku mua a lohe
maila lākou i kekahi leo kalakala i ke kāhea mai:

"'Aʻole ʻoukou e neʻe mai i mua!"

Nīnau akula ke Kiʻi Hoʻoweliweli, "'O wai ʻoe?" A
laila, ʻōʻili maila kekahi poʻo ma luna o ka pōhaku a ʻī maila
kēlā leo hoʻokahi nō:

"No mākou kēia puʻu, ʻaʻole mākou ʻae i kekahi e kaha ma luna."

"Akā, pono mākou e kaha aku," wahi a ke Kiʻi Hoʻoweliweli. "Ke hele aku nei mākou i ka ʻāina o nā Kuālini."

Pane maila ka leo, "'Aʻole ʻoukou e hana pēlā!" a neʻe maila kekahi kanaka ʻano ʻē loa i mua mai hope mai o ka pōhaku, ʻo ia ka mea ʻano ʻē loa a nā kaʻahele i ʻike ai.

Ua pōkole ʻo ia a poupou hoʻi a ua nui loa kona poʻo, ua pālahalaha ma luna a koʻo ʻia e kekahi ʻāʻī mānoanoa a minomino pū. Akā, ʻaʻohe ona lima, a i kēia ʻike ʻana, ʻaʻole i makaʻu ke Kiʻi Hoʻoweliweli i ka manaʻo ʻaʻole hiki i kēia ʻano mea ola minamina wale ke hōʻākeʻakeʻa i ko lākou piʻi ʻana ma luna o ka puʻu. No laila, ʻī akula ʻo ia:

"E kala mai ʻoe i ka hana ʻana i ka hana āu e makemake ʻole ai, akā, pono nō mākou e ʻaʻe i kēia puʻu me kou makemake a makemake ʻole nō paha," a neʻe akula nō ʻo ia i mua ma ke ʻano koa.

A laila, ʻemo ʻole nō a lele kikī maila ke poʻo o ke kanaka i mua me kona ʻāʻī e naele ana ā ka piko o kona poʻo, kahi i pālahalaha ai, a hili maila i ke Kiʻi Hoʻoweliweli ma waenakonu a lele aʻela kēlā ma kahi ʻē me ke kūwalawala pū ā i lalo o ka puʻu. Ua ʻano like nō ka māmā o ka lele hou ʻana a hoʻi akula ke poʻo i kona paukū kino, a ʻakaʻaka ikaika maila ke kanaka ma ke ʻano kaena a ʻī maila:

"'Aʻole maʻalahi e like me ko ʻoukou manaʻo ē?"

Paʻē maila nā leo ʻakaʻaka ikaika o kekahi pūʻulu poʻe mai hope mai o kekahi mau pōhaku hou aku, a ʻike akula ʻo Dorotea i nā Poʻo Hāmale ʻaʻohe o lākou lima ma luna o ka puʻu, aia kekahi ma hope o kēlā me kēia pōhaku.

Ua piʻi ka huhū o ka Liona i ka ʻakaʻaka ʻana mai i ka pilikia o ke Kiʻi Hoʻoweliweli, a uō ikaika akula ʻo ia ā

'O ka lele maila nō ia o ke poʻo a pā ke Kiʻi Hoʻoweliweli.

kūpinaʻi e like me ka nākolo o ka hekili, a holo kikī akula ʻo ia i luna o ka puʻu.

Lele kikī hou maila kekahi poʻo i waho, a ʻolokaʻa aʻela ka Liona i lalo o ka puʻu me he mea lā ua pā ʻo ia i kekahi pōpō pū kuni ahi.

Ua holo ʻo Dorotea i lalo a kōkua akula i ke Kiʻi Hoʻoweliweli i ke kū ʻana ma kona mau wāwae, a hiki maila ka Liona i ona lā, ua ʻano māuiui nō a ʻehaʻeha nō ʻo ia, a ʻī maila:

"He makehewa ka hakakā ʻana i kēia poʻe me ke poʻo lele me kēlā; ʻaʻohe wahi poʻe hiki ke pale aku iā lākou."

Nīnau akula ke kaikamahine, "No laila, he aha kā kākou hana?"

Hāpai akula ke Kua Lāʻau Kini i ka manaʻo, "E kāhea ʻoe i nā Keko ʻĒheu. He kuleana nō kou e kauoha aku iā lākou hoʻokahi koe manawa."

"ʻOia, hiki nō," wahi āna i pane ai, a kau akula ʻo ia i ka Pāpale Kapu ma luna a puana ihola ʻo ia i nā ʻōlelo hoʻokalakupua. Ua ʻeleu nō nā Keko e like me kā lākou hana maʻamau, a ʻaʻole i liʻuliʻu ua kū nō ke anaina holoʻokoʻa i mua ona.

"He aha ke kauoha?" wahi a ke Aliʻi o nā Keko i nīele ai me ke kūlou haʻahaʻa pū nō.

"E halihali iā mākou ma luna o kēia puʻu ā ka ʻāina o nā Kuālini," i pane ai ke kaikamahine.

"Pēlā nō kā mākou hana," wahi a ke Aliʻi, a me ka ʻemo ʻole nō a hopu maila nā Keko ʻĒheu i nā hoa kaʻahele ʻehā a me Toto pū me ko lākou mau lima a lele akula i kahi ʻē me lākou. I ko lākou kaha ʻana ma luna o ka puʻu, ua ʻuāʻuā nā Poʻo Hāmale me ka huhū loa, a hoʻolele i ko lākou mau poʻo i luna o ka lani ā kiʻekiʻe, akā, ʻaʻohe pā o nā Keko ʻĒheu i ko lākou halihali ʻana iā Dorotea a me kona mau hoa me ka palekana pū ma luna o ka puʻu a kau iā lākou ma ka ʻāina nani o nā Kuālini.

ʻĪ maila ka luna iā Dorotea, "ʻO kēia ka manawa hope āu e kāhea mai ai iā mākou, no laila, aloha ʻoukou a e hoʻoikaika nō ʻoukou."

"Aloha nō ʻoukou, a mahalo ā nui loa," i pane ai ke kaikamahine; a kau akula nā Keko ma ka lewa a pau akula i ka ʻike ʻia me ka ʻemo ʻole nō.

Me he mea lā ua waiwai a hauʻoli ka ʻāina o nā Kuālini. Ua nui ʻino nā pā huika me nā alanui kīpapa maikaʻi ʻia nō e holoholo ana ma waena, a me nā kahawai liʻiliʻi e kahe loa ana me nā uapo nō ma luna. Ua pena ʻia nā pā, a me nā hale, a me nā uapo a pau he ʻulaʻula ʻālohilohi, e like nō me ka pena ʻia o ia mau mea ma ka ʻāina o nā Wīniki a uliuli ma ka ʻāina o nā Menekini. ʻO nā Kuālini, he poʻe pōkole a momona nō hoʻi lākou a he puʻipuʻi a hauʻoli nō ka nānā ʻana, a ua ʻaʻahu ʻia i ka ʻulaʻula, a ua moākāka loa ka nānā ʻana ke hoʻohālike ʻia me ka mauʻu uliuli a me ka huika lenalena.

Ua kau akula nā Keko iā lākou i lalo ma kahi kokoke i kekahi hale mahi ʻai, a ua hele aku nā kaʻahele ʻehā i ua hale lā a kīkēkē akula ma ka ʻīpuka. Ua wehe ʻia nō e ka wahine a ka mahi ʻai, a i ka noi ʻana o Dorotea i meaʻai, ua hana mai nō ka wahine i kekahi pāʻina maikaʻi loa na lākou me ʻekolu mau ʻano meaʻono a me ʻehā mau ʻano meaʻono kuki, a me kekahi pola waiū na Toto.

Nīnau akula ke keiki, "Pehea ka mamao ā kū aku i ke Kākela o Kalina?"

"ʻAʻole mamao loa," i pane ai ka wahine a ka mahi ʻai. "E hele ma ke ala e hele ana i ka Hema a kokoke nō ā kū aku ʻoukou."

Mahalo akula lākou i ka wahine maikaʻi, a hoʻomau hou akula lākou a kaʻahele wāwae akula ma kahi o nā pā mauʻu a kaha i nā uapo uʻi ā ʻike akula lākou i kekahi Kākela nani i mua o lākou. Aia ma mua o nā ʻīpuka pā ʻekolu mau kaikamāhine ʻōpiopio, ua ʻaʻahu ʻia i nā paʻa lole ʻulaʻula uʻi me nā līpine ʻōlenalena wai kula; a i ke kokoke ʻana mai o Dorotea, ʻī maila kekahi o lākou iā ia:

"He aha kā ʻoukou mea i hiki mai nei i ka ʻĀina Hema nei?"

Pane akula ʻo ia, "I hele mai nei mākou e ʻike ai i ka Uiti Maikaʻi e noho aliʻi nei i neʻi. E kaʻikaʻi paha ʻoe iā mākou ā i mua ona, e ʻoluʻolu?"

"E haʻi mai i ko ʻoukou mau inoa, a e nīele nō au iā Kalina inā e ʻike mai ʻo ia iā ʻoukou." Ua haʻi aku lākou i ko lākou mau inoa, a komo akula ke koa kaikamahine i loko o ke Kākela. A hala kekahi manawa pōkole, hoʻi hou maila ʻo ia e ʻōlelo ai e ʻae ʻia ʻo Dorotea a me nā mea ʻē aʻe me ka ʻemo ʻole nō.

Mokuna XXIII.
Hāʻawi Kalina, ka Uiti
Maikaʻi, e Like me
ka Makemake o
Dorotea.

Kakali

AʻELA LĀKOU MA MUA O KA HUI ʻANA
me Kalina, a kaʻikaʻi ʻia lākou i
loko o kekahi keʻena o ke
Kākela, kahi i holoi ai ʻo
Dorotea i kona maka a kahi i kona lauoho, a
hoʻoluliluli ihola ka Liona i kona huluhulu ʻāʻī ā
hemo ke ehu lepo, a paʻipaʻi pono ihola ke Kiʻi
Hoʻoweliweli iā ia iho ā kūpono kona kiʻi, a
hoʻohinuhinu ihola ke Kua Lāʻau i kona kini a hoʻokulu i
ka ʻaila i luna o kona mau ʻami.

I ko lākou pono hou ʻana, ua hahai lākou i ke koa kaikamahine ā i loko o kekahi lumi nui, kahi i noho ai ka Uiti Kalina ma luna o kekahi noho aliʻi paʻapū i nā rupi.

Ua uʻi a ʻōpiopio nō ʻo ia i ko lākou nānā ʻana. He ʻulaʻula nani loa kona lauoho a kuʻuwelu maila me nā ʻōmilomilo pū ma luna o kona poʻohiwi. He keʻokeʻo pū kona lole, akā, ua uliuli kona mau maka, a ua ʻoluʻolu kona nānā ʻana mai i ke kaikamahine liʻiliʻi.

Nīnau maila kēlā, "He aha kaʻu e kōkua ai iā ʻoe, e ke keiki?"

Haʻi aku nei ʻo Dorotea i ka Uiti i kona moʻolelo piha: no ka halihali ʻana mai o ka makani kaʻa wiliwili iā ia i ka ʻāina ʻo ʻOza, a no ka loaʻa iā ia kona mau hoaloha, a no kā lākou mau hana kupaianaha.

Hoʻohui akula ʻo ia i kekahi manaʻo hou aku, "ʻO koʻu makemake nui loa i kēia manawa, ʻo ia ka hoʻi hou ʻana i Kanesasa, no ka mea, manaʻo nō paha ʻAnakē ʻEma ua loʻa paha au i ka ulia nui, inā pēlā, ke kūmākena maila nō paha ʻo ia; a inā ʻaʻole i ʻoi aʻe ka maikaʻi o ka ʻohi huika ʻana i kēia makahiki ma mua o kēlā makahiki aku nei, manaʻo nō au ʻaʻole hiki ke hoʻomanawanui ʻo ʻAnakala Heneri i ka pilikia."

Kūlou maila ʻo Kalina i mua a honi maila i ka maka o ke kaikamahine e huli ana i luna.

ʻĪ maila ʻo ia, "Aloha nō hoʻi kēia keiki. Manaʻo nō au he hiki nō iaʻu ke haʻi aku iā ʻoe i kekahi hana e hoʻi ai i Kanesasa." A laila, hoʻomau maila ʻo ia:

"Akā, inā haʻi au iā ʻoe, pono nō ʻoe e hāʻawi mai i ka Pāpale Kapu Kula iaʻu."

"Me ka hauʻoli pū nō!" wahi a Dorotea i hoʻopuka ai; "he ʻoiaʻiʻo nō, ua pau nō kona pono noʻu i kēia manawa, a

"Inā haʻi au iā ʻoe, pono nō ʻoe e
hāʻawi mai i ka Pāpale
Kapu Kula iaʻu."

ke lo'a iā 'oe, hiki nō iā 'oe ke kauoha i nā Keko 'Ēheu 'ekolu nō manawa."

Pane maila 'o Kalina me ka mino'aka pū, "A mana'o au he pono nō ia'u ko lākou kōkua no kēlā mau manawa 'ekolu nō."

A laila, hā'awi akula 'o Dorotea i kona Pāpale Kapu Kula iā ia, a 'ī maila ka Uiti i ke Ki'i Ho'oweliweli, "He aha kāu hana ke pau 'o Dorotea i ka ha'alele mai iā kākou?"

Pane akula 'o ia, "E ho'i nō au i ke Kaona Nui 'Emelala, no ka mea, ua ho'olilo 'o 'Oza ia'u 'o au ke ali'i a makemake nā kānaka ia'u. 'O ka mea ho'okahi wale nō a'u e hopohopo ai, 'o ia ka'u hana e kaha hou ai ā hala nā Po'o Hāmale."

Pane maila 'o Kalina, "Ma o ka mana o ka Pāpale Kapu Kula, e kauoha nō au i nā Keko 'Ēheu e halihali iā 'oe ā hiki i nā 'īpuka pā o ke Kaona Nui 'Emelala, no ka mea, he kohu 'ole ka 'au'a 'ana i nā kānaka i ke ali'i maika'i loa."

Nīnau akula ke Ki'i Ho'oweliweli, "He maika'i loa nō au?"

Pane maila Kalina, "He 'oko'a maoli nō kou 'ano."

Huli 'o ia i ke Kua Lā'au Kini, a nīnau maila:

"He aha kāu hana ma hope o ka ha'alele 'ana o Dorotea i kēia 'āina?"

Hilina'i akula 'o ia ma luna o kāna ko'i lipi a no'ono'o ihola no kahi minuke. A laila, 'ī akula 'o ia:

"Ua nui nō ka 'olu'olu o nā Wīniki ia'u, a ua makemake lākou e ho'olilo ia'u 'o au ko lākou ali'i ma hope o ka make 'ana o ka Uiti 'Ino. Aloha nō au i nā Wīniki, a inā hiki ia'u ke ho'i hou i ka 'Āina o ke Komohana, makemake loa nō au e noho ali'i ma luna o lākou ā mau loa."

'Ī maila 'o Kalina, "'O ka 'elua o ka'u kauoha i nā Keko 'Ēheu, e halihali lākou iā 'oe me ka palekana ā hiki i ka 'āina o nā Wīniki. ʻAʻole nō nui loa kou lolo e like me ke Kiʻi Hoʻoweliweli ke nānā aku, akā, ua ʻoi aku nō kou mālama-lama ma mua ona—ke hoʻohinuhinu pono ʻia ʻoe—a manaʻo nō au he maikaʻi a naʻauao nō hoʻi kou noho aliʻi ʻana ma luna o lākou."

A laila, ua nānā ka Uiti i ka Liona nui a pūhuluhulu, a nīnau maila, "A hoʻi aku ʻo Dorotea i kona home ponoʻī, he aha kāu hana?"

Ua pane aku ʻo ia, "Aia ma ʻō aku o ka puʻu o nā Poʻo Hāmale kekahi ulu lāʻau nui a kahiko, a ua hoʻolilo mai nā holoholona o laila iaʻu ʻo au ko lākou Aliʻi. Inā hiki iaʻu ke hoʻi hou i kēlā ulu lāʻau, hoʻohala nō au i koʻu ola ʻana me ka hauʻoli nō ma laila."

ʻŌlelo mai ʻo Kalina, "ʻO ke kolu o kaʻu kauoha i nā Keko ʻĒheu, ʻo ia ka halihali ʻana iā ʻoe i kou ulu lāʻau. A

laila, i ka pau loa 'ana o ka ho'ohana 'ia o ka mana o ka Pāpale Kapu Kula, e hā'awi aku au i ka Pāpale i ke Ali'i o nā Keko, me kēlā e ho'oku'u la'ela'e 'ia ai 'o ia a me kona 'ohana ā mau loa."

I kēia manawa, ua mahalo nui akula ke Ki'i Ho'oweliweli, ke Kua Lā'au Kini, a me ka Liona i ka Uiti Maika'i no kona lokomaika'i; a 'ī akula 'o Dorotea:

"He 'oia'i'o nō, ua like nō kou maika'i me kou nani! Akā, 'a'ole nō na'e 'oe i ha'i mai ia'u i ka'u hana e ho'i ai i Kanesasa."

"Na kou Kāma'a Kālā e ho'iho'i iā 'oe ā hala ka panoa. Inā 'oe i 'ike i ka mana o kēia Kāma'a, ua pau nō 'oe i ka ho'i aku i kahi o kou 'Anakē 'Ema i kou lā mua i hiki mai ai i kēia 'āina."

"Akā, inā pēlā, 'a'ole i lo'a ia'u ko'u lolo kamaha'o loa!" i 'uā akula ke Ki'i Ho'oweliweli. "Ho'ohala nō paha au i ko'u ola holo'oko'a ma ka mahi kūlina a ka mahi 'ai."

"A 'a'ohe o'u pu'uwai aloha," wahi a ke Kua Lā'au Kini. "He kū wale nō au ā pau loa i ke kūkaehao ma ka ulu lā'au ā pau loa ho'i ka honua holo'oko'a."

"A he ola nō au he hōhē wale nō," wahi a ka Liona, "a 'a'ohe 'ōlelo maika'i a kekahi holoholona o ka ulu lā'au holo'oko'a ia'u."

"Pololei nō kēia mau mea a pau," wahi a Dorotea, "a nui ko'u hau'oli i ke kōkua i kēia mau hoaloha maika'i. Akā, i ka lo'a aku i kēia po'e pākahi ka mea a lākou i makemake nui loa ai, a hau'oli nō kēlā me kēia me ka lo'a pū o kekahi aupuni e noho ali'i ai, mana'o au he makemake nō au e ho'i i Kanesasa."

'Ī maila ka Uiti Maika'i, "He mana kupaianaha nō ko nā Kāma'a Kālā. A 'o kekahi mea no kēia kāma'a, he halihali ia iā 'oe i nā wahi like 'ole o ka honua nei ma 'ekolu mau keʻehi ʻana, a e hana ʻia kēlā me kēia hana me ka ʻāwīwī e like me ka ʻāwihi ʻana o ka maka. ʻO kāu hana wale nō, ʻo ia ke kīkē pū i nā kuʻekuʻe wāwae ʻekolu manawa a kauoha i nā kāmaʻa e halihali iā ʻoe ma kahi āu e makemake ai e hele."

"Inā pēlā nō," wahi a ke keiki me ka hauʻoli nō, "e noi au i nā kāmaʻa e halihali iaʻu i Kanesasa ʻānō."

Ua apo kona mau lima ā paʻa ma luna o ka ʻāʻī o ka Liona a honi iā ia me ka paʻipaʻi pū i kona poʻo nui me ke aloha nui. A laila, honi akula ʻo ia i ke Kua Lāʻau Kini, e uē ana ʻo ia, a weliweli hoʻi kēia hana no kona mau ʻami. Akā, ua pūliki ʻo ia i ke kino palupalu o ke Kiʻi Hoʻoweliweli i hoʻopiha ʻia, ʻaʻole ʻo ia i honi i kona maka pena ʻia, a ʻike ihola ʻo ia he uē pū nō ʻo ia i kēia haʻalele ʻana i kona mau hoa kaʻahele aloha.

Ua keʻehi ʻo Kalina ka Maikaʻi i lalo mai kona noho aliʻi rupi mai e honi ai i ke kaikamahine liʻiliʻi i ke aloha, a mahalo akula ʻo Dorotea iā ia no kona lokomaikaʻi nui iā ia a i kona mau hoaloha.

I kēia manawa, ua hāpai ʻo Dorotea iā Toto ma kona mau lima, a aloha hou akula ʻo ia, a kīkē pū ihola ʻo ia i nā kuʻekuʻe wāwae o kona mau kāmaʻa ʻekolu manawa, me ka ʻī aku:

"E hoʻihoʻi iaʻu iā ʻAnakē ʻEma!"

* * * * *

ʻĀnō iho nō a e niniu ana ʻo ia ma ka lewa me ka māmā loa, ʻo kāna mea wale nō i ʻike ai, ʻo ia ka makani e hū ana ma kona mau pepeiao.

He ʻekolu keʻehi wale nō me nā Kāmaʻa Kālā, a laila, ua kū ʻo ia me ka ʻemo ʻole nō a ʻolokaʻa aʻela ʻo ia ma ka mauʻu he mau manawa nō ma mua o kona hoʻomaopopo ʻana i kona wahi i loaʻa ai ʻo ia.

A liʻuliʻu iki nō, a noho aʻela ʻo ia i luna a nānā ʻo ia ma ʻō a ma ʻō ā puni ona.

"Auē nō hoʻi ē!" kāna i hoʻopuka ai.

No ka mea, e noho ana ʻo ia ma kekahi pā mauʻu ākea o Kanesasa, a i mua pono ona, aia ka hale mahi ʻai hou a ʻAnakala Heneri i kūkulu ai ma hope o ka lawe ʻana o ka makani kaʻa wiliwili i ka mea kahiko. E ʻuīʻuī ana ʻo ʻAnakala Heneri i ka waiū o nā pipi ma ka pā hānai pipi, a ua lele aku ʻo Toto mai loko aku o kona mau lima a e holo ana i kahi o ka hale mahi ʻai me ka ʻaoa ikaika pū.

Ua kū ʻo Dorotea i luna a ʻike aʻela ʻo ia e komo ana ʻo ia i kona mau kākini. Ua hāʻule nā Kāmaʻa Kālā ā hemo ma ka lewa, a ua pau loa i ka nalowale ma ka panoa.

'**A**kahi NŌ A PUKA MAI 'O 'Anakē 'Ema i waho o ka hale e hana wai i nā kāpiki a nānā a'ela 'o ia i luna a 'ike akula iā Dorotea e holo mai ana iā ia.

'Uā a'ela 'o ia, "E ku'u keiki!" me ka pūliki pū i ke kaikamahine li'ili'i i loko o kona mau lima a me ka honihoni nui iā ia. "Mai hea mai nei ho'i 'oe?"

"Mai ka 'Āina o 'Oza," wahi a Dorotea ma ke 'ano kūo'o. "A eia 'o Toto kekahi. Auē, e 'Anakē 'Ema! Nui loa nō ko'u hau'oli i ka ho'i mai!"

Ala Uinihapa Lenalena, Ke Ke alanui a Dorotea i hele ai mai ka ʻĀina Menekini mai ā hiki loa aku i ke Kaona Nui ʻEmelala.

Aliʻi Wahine o nā ʻIole Pā Mauʻu, Ke Ke aliʻi wahine ʻiole e hoʻomalu ana ma luna o nā ʻiole pā mauʻu ma kahi o ka pā piha i nā pua kala. Na ke Kua Lāʻau Kini i hoʻopakele i ke ola o ke Aliʻi Wahine Pā Mauʻu a na ke Aliʻi Wahine i kōkua iā Dorotea me kona poʻe ʻōhua kaʻahele i ko lākou pilikia.

Uiti Maikaʻi o ka ʻĀkau, Ka He ʻehā nō uiti ma ka ʻĀina ʻo ʻOza ma nā kūkulu ʻehā. Maikaʻi ka uiti o ke kūkulu ʻākau a me ka hema a ʻino ka uiti o ka hikina me ke komohana. ʻAʻole i hōʻike ʻia ka inoa ponoʻī o ka Uiti Maikaʻi o ka ʻĀkau.

Uiti ʻIno o ka Hikina, Ka Kekahi o nā uiti ʻino ʻelua o ka ʻĀina ʻo ʻOza. Ua pepehi ʻia ʻo ia ā make i ka hāʻule ʻana o ka hale o Dorotea ma luna ona ma hope o kona halihali ʻia ʻana i ka ʻĀina ʻo ʻOza i loko o kekahi makani kaʻa wiliwili.

Uiti ʻIno o ke Komohana, Ka Kekahi o nā uiti ʻino ʻelua o ka ʻĀina ʻo ʻOza. Ua make ʻo ia iā Dorotea ma ke kākela o ka Uiti.

Kailata He kamāliʻi wahine ma ka ʻĀina ʻo ʻOza i ka wā ma mua o ka hoʻokuapaʻa ʻia ʻana o nā Keko ʻĒheu i poʻe lawelawe ma lalo o ka mana kalakupua o ka Pāpale Kapu Kula Aʻiaʻi. Ua male ʻo Kailata iā Kuelala.

Kaona Nui ʻEmelala, Ke Ke kūlanakauhale i ʻōmaʻomaʻo pū ai nā mea a pau a hoʻomalu ʻia e ke Kāula Nui.

Kāula, Ke Kāhea ʻia nō hoʻi *Ke Kāula Nui* a i ʻole *Ke Kāula Kamahaʻo*. ʻO ia ke kahuna hoʻokalakupua, ʻo ʻOza kona inoa. Hiki maila ʻo ia i ka ʻĀina ʻo ʻOza mai Nebraska mai ma luna o kekahi pāluna ea wela a kuhi ʻia e nā kānaka o ka ʻāina ʻo ʻOza he kāula ʻo ia a noho ihola ʻo ia i aliʻi ma ke Kaona Nui ʻEmelala.

Kalina, Ka Uiti Maikaʻi o ka Hema Maikaʻi ka uiti o ke kūkulu ʻākau a me ka hema a ʻino ka uiti o ka hikina me ke komohana. ʻAʻole i hōʻike ʻia ka inoa ponoʻī o ka Uiti Maikaʻi o ka ʻĀkau, akā, ʻo Kalina ka inoa o ka Uiti o ka Hema.

Kalida, Nā He tutua hae he hapa pea a hapa tika kona kino ma ka ʻĀina ʻo ʻOza.

Kāmaʻa Kālā, Nā Nā kāmaʻa kalakupua o ka Uiti ʻIno o ka Hikina i lilo ai iā Dorotea ma hope o ka make ʻana o ka Uiti i ka hāʻule ʻana o ka hale o Dorotea ma luna ona ma ka ʻĀina Menekini.

Keko ʻĒheu, Nā He lāhui keko lele me nā ʻēheu e ulu ana mai ko lākou mau poʻohiwi mai. Hoʻokuapaʻa ʻia lākou ma lalo o ka mana kalakupua o ka Pāpale Kapu Kula Aʻiaʻi e Kailata, ke kamāliʻi wahine.

Kiaʻi o ka ʻĪpuka Pā, Ke Ke kiaʻi nui o ka ʻīpuka pā o ke Kaona Nui ʻEmelala nāna i hoʻokuʻu iā Dorotea a me kona poʻe hoa kaʻahele i loko o ke Kaona Nui a alakaʻi akula iā lākou ma ke alanui o laila i ka hele ʻana e hālāwai me ke Kāula Nui a i ka haʻalele ʻana i ke Kaona Nui.

Kiʻi Hoʻoweliweli, Ke Ke kiʻi hoʻoweliweli manu i kāpili ʻia ai e kekahi poʻe Menekini no kekahi mahi kūlina ma ka ʻāina ʻākau ma ʻOza. Ua lilo ia he hoa kaʻahele no Dorotea no ka hele e hālāwai me ke Kāula ʻo ʻOza no ka noi iā ia i lolo nona.

Kua Lāʻau Kini, Ke Ke kanaka i hana ʻia me ke kini a Dorotea i hui ai ma ka ulu lāʻau. He kua kumulāʻau kāna ʻoihana i kekahi wā ma mua. Ua lilo ia he hoa kaʻahele no Dorotea no ka hele e hālāwai me ke Kāula ʻo ʻOza no ka noi iā ia i puʻuwai nona.

Kuālini, Nā (Ke Kualini, Nā Kuālini) He lāhui kanaka e noho ana ma ke kūkulu hema o ka ʻĀina ʻo ʻOza. ʻO ka Uiti maikaʻi, ʻo Kalina, ke hoʻomalu ma luna o ka lāhui Kualini. ʻO ka ʻulaʻula ka waihoʻoluʻu punahele a nā Kuālini.

Kuelala Ke kanaka uʻi a naʻauao loa o ka ʻĀina ʻo ʻOza i male iā Kailata, ke kamāliʻi wahine o ka ʻāina, i ka wā ma mua o ka hoʻopaʻa ʻia ʻana o nā Keko ʻĒheu i poʻe kauā lawelawe ma lalo o ka mana kalakupua o ka Pāpale Kapu Kula Aʻiaʻi.

Liona Hōhē, Ka Ka liona a Dorotea i hui ai ma loko o ka ulu lāʻau. He

makaʻu wale kona ʻano. Ua lilo ʻo ia he hoa kaʻahele no Dorotea no ka hele e hālāwai me ke Kāula ʻo ʻOza no ka noi iā ia i ke koa o ka naʻau i ʻole ʻo ia e hōhē hou.

Menekini, Nā He lāhui kanaka ma ka ʻākau o ka ʻĀina ʻo ʻOza. He poʻe pōkole lākou a ʻo ka uliuli kā lākou waihoʻoluʻu punahele.

Pāpale Kapu Kula Aʻiaʻi, Ka ʻŌlelo ʻia nō hoʻi *ka Pāpale Kapu Kula*. He pāpale kapu kalakupua i hōʻāmana ʻia ai e Kailata, ke kamāliʻi wahine o ka ʻĀina ʻo ʻOza, i ka wā i hoʻokuapaʻa ʻia ai nā Keko ʻĒheu ma lalo o ka mana kalakupua o kēia pāpale kapu. Ke lilo kēia i kekahi poʻe, lilo iā ia ka mana e hoʻokuapaʻa ai i nā Keko ʻĒheu na lākou e hoʻokō i ʻekolu makemake a ka mea iā ia ka Pāpale Kapu Kula e kauoha ai.

Poʻo Hāmale, Nā He lāhui o ke kūkulu hema o ka ʻĀina ʻo ʻOza e kū kiaʻi ana i kekahi puʻu. ʻAʻohe o lākou lima a he poʻo nunui ko lākou a he ʻāʻī ko lākou e naele ana ā loloa a hoʻolele lākou i ko lākou poʻo e hili ai i ka ʻenemi.

Wīniki, Nā (Ka Wīniki, Nā Wīniki) He lāhui kanaka e noho ana ma ke kūkulu komohana o ka ʻĀina ʻo ʻOza. Ua hoʻokuapaʻa ʻia lākou ma lalo o ka hoʻomalu ʻino ʻana o ka Uiti o ke Komohana. ʻO ka lenalena kā lākou waihoʻoluʻu punahele.

ʻĀina Kualini, Ka Kahi ma ke kūkulu hema ma ka ʻĀina ʻo ʻOza i noho ai ka lāhui Kualini. Hoʻomalu ʻia kēia ʻĀina e ka Uiti Maikaʻi ʻo Kalina.

ʻĀina Menekini, Ka Kahi ma ke kūkulu ʻākau ma ka ʻĀina ʻo ʻOza i noho ai ka lāhui Menekini. I laila i kau ai ʻo Dorotea i kona hōʻea ʻana i ka ʻĀina ʻo ʻOza.

ʻĀina Winiki, Ka Kahi ma ke kūkulu komohana ma ka ʻĀina ʻo ʻOza i hoʻokuapaʻa ʻia ai ka lāhui Winiki ma lalo o ka mana o ka Uiti ʻIno o ke Komohana.

ʻĀina ʻo ʻOza, Ka He ʻāina me nā uiti a me nā lāhui mea ola kupaianaha. ʻO ʻOza ka inoa o ka ʻĀina a ʻo ʻOza hoʻi ka inoa o ke Kāula Nui e hoʻomalu ana ma luna o ke Kaona Nui ʻEmelala.

ʻAnakala Heneri Ka ʻanakala o Dorotea ma Kanesasa nāna i lawe hānai iā ia. He mahi ʻai kāna hana. ʻO ʻAnakē ʻEma kāna wahine.

ʻAnakē ʻEma Ka ʻanakē o Dorotea ma Kanesasa nāna i lawe hānai iā ia. ʻO ʻAnakala Heneri kāna kāne.

Boka He Menekini waiwai nāna i hoʻokipa iā Dorotea a me kona poʻe hoa kaʻahele ma kekahi pāʻina ma kona hale.

Dorotea Ke kaikamahine mea nui i loko o kēia moʻolelo i hiki maila i ka ʻāina ʻo ʻOza ma ka ulia mai Kanesasa mai ma ka halihali ʻia ʻana ma loko o kekahi makani kaʻa wiliwili. Me ke kōkua o kekahi mau hoa kaʻahele o ka ʻāina ʻo ʻOza, ua ʻimi ʻo ia i ka mea e hoʻi hou ai i kona home ponoʻī.

Toto Ka ʻīlio a Dorotea hele mau me ia ma nā wahi a pau.

EIA ke pani o kēia moʻolelo, ʻo *Ke Kāula Kamahaʻo o ʻOza*, i kākau ʻia e L. Frank Baum a kaha kiʻi ʻia e William Wallace Denslow. Na R. Keao NeSmith i unuhi i kēia puke ma ka ʻōlelo Hawaiʻi. Ua hoʻoili ʻia nā kiʻi mai nā kope mai o ka puka mua ʻana i loaʻa mai iā C. J. Hinke, a hoʻololi ʻia no kēia paʻi ʻana ma ka ʻōlelo Hawaiʻi e Michael Everson. Ua paʻi ʻia kēia puke e ka LightningSource na ka Evertype, nāna i paʻi i ua puke nei ma ka 2018.